신의 축복이 있기를,
로즈워터 씨

GOD BLESS YOU, MR. ROSEWATER
by Kurt Vonnegut, Jr.

이 도서의 국립중앙도서관 출판예정도서목록(CIP)은
서지정보유통지원시스템 홈페이지(http://seoji.nl.go.kr)와
국가자료종합목록 구축시스템(http://kolis-net.nl.go.kr)에서 이용하실 수 있습니다.
(CIP제어번호: CIP2010000484)

God Bless You, Mr. Rosewater

신의 축복이 있기를, 로즈워터 씨

커트 보니것 장편소설

김한영 옮김

문학동네

텔레파시 능력자이자

건달들의 친구인

앨빈 데이비스에게 바침

차례

산 사람이든 죽은 사람이든 인간은

순전히 우연 덩어리라고 해석해선 안 된다.

"2차 세계대전이 끝났다. 그날 한낮에
나는 상이용사 훈장을 달고 타임스스퀘어를 돌아다녔다."
— 엘리엇 로즈워터, 로즈워터 재단 이사장

1

꿀벌 이야기에서 꿀이 빠질 수 없는 것처럼 사람 이야기에선 돈이 빠질 수 없는 노릇이다.

그 액수는, 어느 하루를 잡아 산정하자면, 1964년 6월 1일에 87,472,033달러 61센트였다. 이날 그 돈은 노먼 무샤리라는 악덕 변호사의 탐욕스런 눈길을 사로잡았다. 이 흥미로운 액수에서 나오는 수입이 일 년에 삼백오십만 달러, 하루에 약 만 달러였다. 일요일도 포함해서.

원래 미국에서 열네번째 부자인 로즈워터 가의 재산이었던 그 돈은 1947년, 노먼 무샤리가 여섯 살이던 해에 어느 자선문화재단의 기금이 되었다. 국세청 직원과 로즈워터 성이 붙지 않은 하이에나들이 군침을 흘리며 달려드는 것을 막기 위해 재단을 설립했던 것이다. 그리고 바로크 걸작처럼 미사여구로 가득한 허울 좋은 설립강령을 통해, 재단 이사장직은 영국 왕관과 똑같은 방식으로 세습될 것이라고 못 박았다. 그래서 이사장직은 재단 설립자인 인디애나 주 상원의원 리스터 에임스 로즈워터의 가장 가깝고 가장 나이 많은 후손들이 영구적으로 상속받게 되었다.

이사장의 형제들은 스물한 살이 되면 재단 임원이 될 수 있었다. 법적으로 정신이상 판정을 받지 않는 한 한번 임원은 평생 임원이었다. 그들은 재단 수입에서 원하는 만큼 풍족한 보수를 가져갔다.

* * *

법이 정한 바에 따라 설립강령은 상속자들이 재단의 기금 운영에 전혀 관여하지 못하도록 했다. 기금 관리는 재단과 같은 날 태어난 사단법인이 맡았다. 그 법인은 너무나도 정직하게 로즈워터 사단법인이라 불렸다. 거의 모든 사단법인이 그렇듯 로즈워터 법인도 수익을 내고 대차 계정을 맞추는 일에 전념했다. 직원들은 높은 임금을 받았고, 그 때문에 교활하고 행복하고 정력적이었다. 그들의 주 업무는 다른 기업의 주식과 채권을 사고 파는 것이었다. 인디애나 주 로즈워터 군의 톱 제조공장, 볼링장, 모텔, 은행, 양조장, 광활한 농장과 켄터키 주 북부의 탄광 몇 곳을 운영하는 일은 부수적인 업무였다.

로즈워터 법인은 뉴욕 시 5번가 500번지 건물의 두 층을 사용했고, 런던, 도쿄, 부에노스아이레스, 로즈워터 군에 작은 지부를 두었다. 로즈워터 재단의 그 누구도 법인에 기금을 어떻게 쓰라고 명령할 수 없었다. 역으로 법인도 재단에 법인이 만들어낸 막대한 이윤을 어떻게 쓰라고 말할 권한이 없었다.

* * *

젊은 노먼 무샤리가 이 사실을 알게 된 것은 코넬 로스쿨을 수석으로 졸업한 뒤, 로즈워터 재단과 법인을 위해 워싱턴 DC에 설립된 법률회사 '매캘리스터, 롭젠트, 리드, 맥기' 사에 취직했을 때였다. 그는 레바논계였고 브루클린의 러그 상인 아들이었다. 키는 5피트 3인치에 궁둥이는 엄청나게 컸는데, 홀랑 벗으면 눈이 부실 정도였다.

그는 가장 어리고 가장 작았으며, 모든 점에서 회사에서 가장 보잘것없는 백인 남자 직원이었다. 그는 가장 연로한 변호사이자 일흔여섯의 마음씨 착한 늙은 바보 서먼드 매캘리스터 밑에서 일하게 되었다. 만일 다른 동업자들이 매캘리스터의 업무에 일말의 사악함이 가미될 필요가 있다고 느끼지 않았다면 무샤리는 절대 고용되지 않았을 것이다.

어느 누구도 무샤리와 함께 점심을 먹지 않았다. 그는 싸구려 카페테리아에서 허기를 때웠고, 틈만 나면 로즈워터 재단을 말아먹을 음모를 꾸몄다. 그는 로즈워터 가 사람들을 전혀 몰랐다. 그의 마음을 사로잡은 것은 로즈워터의 가산이 매캘리스터, 롭젠트, 리드, 맥기 사가 위탁 관리하는 돈 가운데 단일 금액으로 가장 크다는 사실이었다. 그는 존경하는 교수 레너드 리치가 법률 분야에서 성공하는 방법에 대해 일러줬던 말을 떠올렸다. 훌륭한 조종사가 항상 착륙할 장소를 눈여겨보듯 변호사는 뭉칫돈이 막 손바꿈하려는 상황을 찾아야 한다는 말이었다.

리치는 말했다. "큰 계약에는 반드시 한 사람이 재산을 포기했는데 그 재산을 받기로 한 사람이 아직 그것을 받지 못한 마법 같은 순간이 찾아온다네. 정신을 똑바로 차리고 있는 변호사라면 그 순간을 자기 것으로 만들어 천분의 일 초 동안 그것을 소유하고, 그로부터 약간의 돈을 움켜쥔 다음 새 주인에게 넘겨주겠지. 만일 그 재산을 받을 사람이 큰돈에 익숙하지 않고 열등감과 막연한 죄의식에 사로잡혀 있다면, 사람들 대부분이 그렇지만 말일세, 변호사는 절반까지도 뚝 떼어 가질 수 있고, 그러면서도 수령인으로부터 눈물 어린 감사의 말을 들을 걸세."

회사 파일함에서 로즈워터 재단과 관련된 기밀 서류를 뒤지면 뒤질수록 그의 흥분은 커져만 갔다. 특히 설립강령에서 임원이 정신이상 판정을 받으면 즉시 퇴출시킨다는 조항을 봤을 때는 등줄기에 전율이 흘렀다. 상원의원의 아들이자 재단 초대 이사장인 엘리엇 로즈워터 씨가 미치광이라는 것은 사무실에서 흔히 주고받는 뒷얘기였다. 물론 다소 농 섞인 표현이었지만, 법정에서는 농담이 통하지 않는다는 걸 무샤리는 잘 알았다. 무샤리의 동료 변호사들은 엘리엇을 "괴짜" "성인" "광신도" "세례 요한" 등으로 다양하게 불렀다.

무샤리는 골똘히 생각했다. '어떻게 해서든 이 미치광이를 판사 앞에 세워야 한단 말이야.'

소문을 종합해보면, 차기 이사장 후보인 로드아일랜드의 사촌은 모든 면에서 조금 모자라는 것이 분명했다. 그 마법의 순간이 오면 무샤리는 어떻게든 그의 대리인이 될 생각이었다.

무샤리는 귀머거리나 마찬가지였기 때문에 사무실에서 자신에게도 별명이 있다는 사실을 알지 못했다. 그 별명은 그가 사무실을 드나들 때면 누군가가 휘파람으로 부르는 동요에 담겨 있었다. 동요 제목은 '펑, 족제비가 사라졌네'였다.

* * *

엘리엇 로즈워터 씨는 1947년에 재단 이사장이 되었다. 그로부터 십칠 년 뒤 무샤리가 엘리엇의 뒤를 캐기 시작했을 때 그의 나이 마흔여섯이었고, 무샤리의 나이는 꼭 절반이었다. 무샤리는 자신이 골리앗을 쓰러뜨리기 위해 나선 용감한 소년 다윗이라고 생각했다. 하나님도 어린 다윗이 이기기를 바라는 것만 같았다. 온갖 기밀 서류가 엘리엇이 미친 사람처럼 행동한다는 것을 보여줬기 때문이다.

한 예로 회사 금고에 깊숙이 감춰져 있는 어느 파일에는 세 개의 봉인이 찍힌 봉투가 들어 있었다. 엘리엇 씨가 사망했을 때 재단을 넘겨받을 사람에게 그대로 건네질 봉투였다.

그 안에는 엘리엇 씨가 쓴 편지가 들어 있었고, 내용은 다음과 같았다.

친애하는 사촌 또는 아무개 씨에게

먼저 당신에게 굴러 들어온 엄청난 행운을 축하하오. 인생을 즐기길 바라오. 지금까지 어떤 부류의 모사꾼들이 당신에게 돌아갈 막대한 부를 주무르고 관리해왔는지 알면 도움이 될 것이라 생각하오.

미국의 수많은 가산처럼 로즈워터 가의 가산도 애초에 유머나 융통성은 조금도 없이 교회만 열심히 다니던 시골 소년이 남북전쟁 때부터 투기와 뇌물을 일삼는 사기꾼으로 돌변해 쌓아올린 것이라오. 그 시골 소년은 나의 증조부 노어 로즈워터로, 인디애나 주 로즈워터 군에서 태어나셨소.

노어와 그의 동생 조지는 초기 개척자인 부친에게서 초콜릿케이크만큼이나 검고 비옥한 농토 600에이커와 파산 직전의 작은 톱공장을 물려받았소. 그때 전쟁이 터졌소.

조지는 병사를 모집해 소총중대를 만들고, 선두에 서서 전장으로 나갔소.

노어는 시골의 바보 한 명을 고용해 자기 대신 전쟁에 내보낸 뒤 공장을 검과 총검 제작소로 바꾸고, 농장을 개조해 돼지를 키우기 시작했다오. 에이브러햄 링컨은 연방 복구를 위해서라면 아무리 많은 돈을 써도 아깝지 않다고 선언했고, 노어는 자신의 상품에 국가적 비극에 합당한 가격을 매겼다오. 그리고 다음의 사실을 발견했소. 정부가 물건의 가격이나 품질에 이의를 제기한다 해도 뇌물만 조금 쓰면 깨끗이 해결된다는 사실을.

그는 인디애나 주에서 가장 못생긴 여자 클레오타 헤릭과 결혼했소. 순전히 사십만 달러에 이르는 재산 때문이었다오. 그녀의 돈으로 그는 공장을 넓히고 로즈워터 군 곳곳에 있는 농장을 사들였소. 그리고 북부에서 가장 큰 돼지농장의 주인이 된 뒤 식육가공 도매업자에게 휘둘리지 않으려고 인디애나폴리스에 있는 도살장의 경영지배권을 매입했소. 또 철강 공급업자에게 휘둘리지 않으려고 피츠버그에 있는 철강회사의 경영지배권을 매입했고, 석탄 공급업자에게 휘둘리지 않으려고 몇몇 광산의 경영지배권을 매입했고, 대부업자에게 휘둘리지 않기 위해 은행을 설립했소.

그는 피해자가 되지 않겠다는 강박관념에 사로잡혀 유가증권과 주식, 채권 거래를 점점 늘리고, 검과 돼지 거래를 점점 줄였다오. 무가치한 증권으로 몇 번 실험을 해본 그는 그런 증권은 힘들이지 않고 쉽게 팔아치울 수 있겠다고 확신하게 되었소. 그래서 한편으로는 공무원에게 뇌물을 계속 상납하고 정부의 재산과 자원을 넘겨받았으며, 다른 한편으로는 물탄 주식을 팔고 다니는 일에 열정을 쏟기 시작했소.

모두에게 유토피아가 되리라고 기대했던 미합중국이 한 세기를 맞기도 전에, 노어 로즈워터와 그 부류의 몇몇 사람들은 건국의 조상들이 한 가지 면에서 어리석은 실수를 저질렀음을 입증했다오. 불과 백 년 전의 그 조상들이 각 시민의 재산을 제한해야 한다는 내용을 유토피아의 법률에 넣지 않았다는 거였소. 그들은 값나가는 물건을 사랑하는 계층에 대한 나약한 동정심 때문에, 대륙은 워낙 광대하고 가치가 높은 반면 인구는 워낙 희박하고 진취적이라 행여 어느 도둑이 아무리 손이 빨라도 남에게 작은 불편을 끼치는 것 이상은 할 수 없을 거라는 느낌 때문에 그런 실수를 저질렀소.

노어와 그 부류의 몇몇 사람들은 이 대륙이 실제로는 유한하다는 것과 타락한 공직자, 특히 입법자들을 잘만 구슬리면 큰 덩어리를 손에 넣을 수 있다는 것을 간파했소. 노어와 그의 일가친척은 가만히 앉아 그 덩어리들을 받아먹었다오.

이렇게 해서 한 줌밖에 안 되는 탐욕스런 사람들이 이 나라에서 관리할 가치가 있는 모든 것을 거머쥐고 관리하게 되었다오. 이렇게 해서 야만적이고 어리석고 완전히 부적절하고 불필요하고 유머 없는 미국 계급제도가 창출되었소. 정직하고 부지런하고 평화적인 시민들은 최저임금만 요구해도 즉시 흡혈귀로 분류되곤 했소. 그 이후로 칭찬은 언제나 엉성한 법망을 피해 범죄를 저지르고 막대한 돈을 챙기는 방법을 고안하는 자들의 몫이 되었소. 이렇게 해서 아메리칸드림은 죽은 물고기처럼 허연 배를 내놓고 가스를 가득 품은 채 끝없는 탐욕의 더러운 수면 위로 떠오르더니 대낮의 햇살 아래 펑 하고 터져버렸다오.

이 파산한 유토피아의 화폐에 새겨진 '다수에서 하나로'는 아이러니한 표어인 게 분명하오. 미국 갑부 하나하나가 다수에게 돌아가야 할 부, 특권, 즐거움을 대표하게 되었기 때문이오. 노어 로즈워터 같은 자들이 만든 역사에 비추어볼 때 다음과 같은 표어가 훨씬 더 교훈적일지 모르겠소. '가능한 한 많이 낚아채라. 그러지 않으면 아무것도 얻지 못할 것이다.'

노어는 새뮤얼을 낳았고, 새뮤얼은 제럴딘 에임스 록펠러와 결혼했소. 아버지보다 정치에 훨씬 더 관심이 많았던 새뮤얼은 공화당의 막후 실력자로 정력적으로 일했고, 공화당이 후보를 지명할 때면 미친 듯이 빙글빙글 춤을 추며 뜻 모를 바빌로니아어로 유창하게 지껄이는 무슬림 탁발승 같은 후보들, 가난한 사람들이 법 앞에선 그와 로즈워터 같은 자들이 평등하다는 말을 꺼낼라치면 즉시 군대에게 발포 명령을 내릴 후보들을 지명하게 만들었소.

새뮤얼은 신문사 몇 개를 사들이고, 설교자들도 사들였다오. 그리고 그들에게 아주 단순한 교훈을 가르치게 했고, 그들은 주어진 임무를 훌륭히 수행했소. 그 교훈은 '미합중국이 유토피아가 되어야 한다고 생각하는 자는 누구든 욕심 많고 게으르고 천벌을 받아 마땅한 바보'라는 것이었소. 새뮤얼은 미국의 노동자는 단 한 명도 일당 팔십 센트 이상을 받을 가치가 없다고 소리 높여 외쳤다오. 그러나 삼백 년 전에 죽은 이탈리아인의 그림 한 장 값으로 십만 달러를 지불할 기회가 주어지면 감사하는 마음으로 기꺼이 지불할 사람이었소. 그리고 가난한 자들의 영적 고양을 위해 박물관에 그림을 기증함으로써 가난한 자들에 대한 모욕을 은폐했소. 하지만 박물관은 일요일엔 문을 열지 않았다오.

새뮤얼은 리스터 에임스 로즈워터를 낳았고, 그는 유니스 엘리엇 모건과 결혼했소. 노어와 클레오타 부부, 새뮤얼과 제럴딘 부부와는 달리 그들은 웃음을 아는 사람들이었소. 역사에 달린 어느 진기한 각주처럼 유니스는 1927년과 1933년 두 차례나 미국 여성 체스 챔피언 자리에 올랐소.

유니스는 또 여자 검투사의 일대기를 그린 역사소설 『마케도니아의 람바』를 썼고, 이 소설은 1936년에 베스트셀러가 되었소. 1937년 매사추세츠 주 코투잇에서 요트 사고로 사망한 그녀는 현명하고 재미있는 사람이었고, 가난한 계층의 삶을 진심으로 염려했다오. 그녀가 바로 나의 어머니요.

그녀의 남편 리스터는 사업에 손을 대지 않았소. 태어난 순간부터 내가 이 글을 쓰고 있는 지금까지 그는 자산 관리를 은행과 변호사에게 일임했다오. 그는 성인이 된 뒤로 거의 모든 시간을 미국 의회에서 보내며 도덕을 가르치고 있소. 처음에는 로즈워터 군 선거구의 하원의원으로 일했고, 그후로는 인디애나 주를 대표하는 상원의원으로 일하고 있소. 그가 인디애나 사람이라는 것은 말도 안 되는 정치적 허구일 뿐이오. 그리고 리스터는 엘리엇을 낳았소.

리스터는 상속받은 부의 영향과 의미를 곰곰이 생각해왔소. 마치 대부분의 사람들이 자신의 왼쪽 엄지발가락에 대해 생각하는 것처럼 말이오. 재산은 결코 그에게 즐거움이나 걱정이나 흥미를 일으키지 않았소. 재산의 95퍼센트를 지금 당신이 관리하는 재단에 줘버려도 아무렇지 않게 여길 사람이었다오.

엘리엇은 실비아 뒤브레 제테를랭과 결혼했소. 이 파리 출신의 미녀는 결국 그를 미워하게 되었소. 그녀의 어머니는 화가들의 후원자였고, 아버지는 생존하는 첼리스트 가운데 가장 위대한 사람이었소. 또 외조부모는 로스차일드 가와 뒤퐁가 사람이었소.

엘리엇은 술고래, 유토피아 몽상가, 허울 좋은 성인, 목표 없는 바보가 되었소.

그는 자식을 낳지 않았소.

부디 평안하기를, 친애하는 사촌 또는 아무개 씨. 관대하시오. 친절하시오. 예술과 과학 따위는 무시해도 상관없소. 그런 것들은 아무에게도 도움이 되지 않소. 가난한 자들의 세심하고 진실한 친구가 되시오.

서명함,

고 엘리엇 로즈워터

노먼 무샤리의 가슴은 도난경보기처럼 윙윙거렸다. 그는 커다란 대여금고를 빌려 편지를 그 안에 넣었다. 머지않아 이 확실한 첫번째 증거 외에 다른 증거들도 그곳에 보관할 작정이었다.

무샤리는 자기 자리로 돌아갔다. 그리고 늙은 매캘리스터가 피고 측 변호를 맡은 실비아와 엘리엇의 이혼 수속에 대해 곰곰이 생각해보았다. 실비아는 파리에 살고 있었다. 무샤리는 그녀에게 편지를 써, 이혼소송을 할 때는 당사자들이 서로에게 편지를 돌려주는 것이 친절하고 예의 바른 관습이라고 알려주며 엘리엇의 편지를 보관하고 있다면 남김없이 보내달라고 요청했다.

쉰세 통의 편지가 즉시 그에게 도착했다.

2

엘리엇 로즈워터는 1918년 워싱턴 DC에서 태어났다. 그의 아버지는 인디애나 주민을 대표한다고 주장했지만, 부자는 똑같이 동부 연안과 유럽에서 자라고 교육받고 인생을 즐겼다. 그의 가족은 일 년에 한 번 '고향'인 로즈워터 군에 들렀고, 그곳이 고향이라는 거짓말을 계속 써먹을 수 있을 정도로 아주 잠깐만 로즈워터에 머물렀다.

엘리엇은 루미스와 하버드에서 평범한 학창 시절을 보냈다. 그는 여름철엔 케이프코드에서 요트 실력을 쌓았고, 겨울방학엔 스위스에서 멋진 스키 실력을 과시했다.

1941년 12월 8일 하버드 법대를 다니던 그는 미국 보병대에 자원입대했다. 그리고 많은 전투에서 공훈을 세웠다. 그는 대위까지 승진했고, 중대장을 역임했다. 유럽에서 전쟁이 끝날 무렵 엘리엇은 전투피로증이란 진단을 받고 파리의 병원에 입원했는데, 그곳에서 실비아를 만나 결혼에 성공했다.

전쟁이 끝난 후 엘리엇은 눈부시게 아름다운 아내를 데리고 하버드로 돌아왔고, 법률 학위를 땄다. 그리고 계속해서 국제법을 공부했으며, 나름대로 국제연합을 돕겠다는 꿈을 꾸었다. 그는 국제법 분야에서 박사학위를 받자마자 새로 설립한 로즈워터 재단의 초대 이사장으로 부임했다. 설립강령에 따라 그는 자신의 직무를 소극적으로든 적극적으로든 원하는 대로 정할 수 있었다.

엘리엇은 재단을 진지하게 받아들이기로 결정했다. 그는 뉴욕에 저택을 구입했다. 현관홀에 분수가 있는 저택이었다. 그리고 벤틀리 한 대와 재규어 한 대를 차고에 세워두었다. 그는 엠파이어스테이트 빌딩에 사무실 몇 개를 임대해 라임색, 짙은 오렌지색, 베이지색으로 칠했다. 그리고 그곳을 그가 소망하는 아름답고, 자비롭고, 과학적인 모든 일을 하기 위한 본부로 선언했다.

그는 술고래였지만 아무도 그를 걱정하지 않았다. 아무리 폭음을 해도 전혀 취한 것처럼 보이지 않았다.

* * *

1947년에서 1953년까지 로즈워터 재단은 천사백만 달러를 지출했다. 엘리엇은 디트로이트에 산아제한 클리닉을 설립하는 일부터 플로리다 주 탬파 시에 엘그레코의 작품을 기증하는 일에 이르기까지 전방위로 자선을 베풀었다. 로즈워터의 돈은 암과 정신병, 인종 편견, 경찰 폭력을 비롯해 수많은 불행과 맞서 싸웠고, 대학교수들로부터 진리를 추구할 용기를 끌어냈으며, 가격을 따지지 않고 미를 추구했다.

아이러니하게도 엘리엇이 후원한 연구 중에는 샌디에이고 지역의 알코올중독에 관한 연구가 있었다. 그러나 연구보고서가 제출되었을 때 엘리엇은 너무 취해 보고서를 읽을 수 없었다. 그날 실비아는 사무실로 찾아와 그를 집으로 데려가야 했다. 그녀가 차도에 서 있는 택시까지 그를 데려가느라 진땀 흘리는 모습을 백여 명의 사람들이 지켜보았다. 그 자리에서 엘리엇은 오전 내내 창작한 이행시를 낭송했다.

많고도 많은 좋은 것들을 나는 사들였다네!
많고도 많은 나쁜 것들과 나는 투쟁했다네!

* * *

엘리엇은 잘못을 뉘우치고 그날부터 이틀간 술을 멀리하더니, 일주일 동안 종적을 감췄다. 그동안에 다른 무엇보다도 그는 펜실베이니아 주 밀퍼드의 한 호텔에서 열린 공상과학 소설가들의 회의에 뛰어들었다. 노먼 무샤리는 매캘리스터, 롭젠트, 리드, 맥기 사의 파일에 들어 있는 사립탐정의 보고서를 보고 그 일화를 알게 되었다. 늙은 매캘리스터가 탐정을 고용해, 엘리엇이 나중에 재단을 곤경에 빠뜨릴 만한 행동을 하지는 않는지 그의 행적을 추적했던 것이다.

보고서에는 엘리엇이 작가들에게 한 말이 한마디도 빠짐없이 적혀 있었다. 작가들의 회의를 녹음하던 테이프에 엘리엇의 술주정이 고스란히 담겼다.

밀퍼드에서 그는 이렇게 말했다. "나는 여기 모인 개자식들을 사랑합니다. 나는 오직 여러분의 소설만 읽습니다. 오직 여러분만이 지금 벌어지고 있는 진짜 멋진 변화들을 이야기하고, 오직 여러분만이 인생이란 우주여행이라는 것, 잠깐 지나가는 여행이 아니라 수십억 년 동안 계속되는 항해라는 것을 아는 미친놈입니다. 오직 여러분만이 진정으로 미래를 걱정하는 배짱을 지녔고, 기계가 우리를 어떻게 만드는지, 전쟁이 우리를 어떻게 만드는지, 도시가 우리를 어떻게 만드는지, 단순무식한 생각이 우리를 어떻게 만드는지, 엄청난 오해, 실수, 사고, 재앙이 우리를 어떻게 만드는지 정확히 알고 있습니다. 오직 여러분만이 무한한 시간과 거리에 대해, 결코 사라지지 않는 신비에 대해 번민하며, 바로 지금 우리가 다음 십억 년 동안의 우주여행이 천국이 될지 지옥이 될지 결정하고 있다는 사실 앞에서 번민합니다."

* * *

이어서 엘리엇은 공상과학 소설가는 결코 졸작을 쓰지 않는다는 점을 인정했지만, 그건 중요하지 않다고 선언했다. 또 공상과학 소설가는 글을 잘 쓰는 어느 작가보다도 중요한 변화에 더 민감하기 때문에 시인이나 매한가지라고 말했다. "단 한 번의 생애에서 참새 방귀만큼밖에 안 되는 아주 작은 일들을 세세하게 묘사하는 잘난 글쟁이들은 죄다 무시해버립시다. 우리의 주제는 은하, 영겁, 앞으로 태어날 무수한 영혼이니까요."

* * *

엘리엇은 계속 말했다. "킬고어 트라우트가 이 자리에 있다면 얼마나 좋을까요? 그러면 그와 악수를 나누며 당신은 살아 있는 가장 위대한 작가라고 말해줄 텐데요. 방금 들은 바로는 그가 직장에서 빠져나올 수 없어 이곳에 오지 못했다고 합니다! 그런데 이 사회가 우리의 가장 위대한 예언자에게 허락한 직업이 무엇인지 아십니까?" 엘리엇은 목이 메어 말을 중단했고, 한동안 트라우트의 직업을 입 밖에 꺼내지 못했다. "이 사회는 그를 하이애니스의 어느 쿠폰교환소 물품관리자로 만들었습니다!"

그건 사실이었다. 여든일곱 권에 달하는 페이퍼백 소설의 저자인 트라우트는 지독한 가난뱅이였고, 공상과학 분야 밖에서는 알아주는 사람이 없었다. 엘리엇이 이렇게 흥분해서 말할 당시 트라우트의 나이는 예순여섯이었다.

엘리엇은 혀 꼬부라진 소리로 예언했다. "지금으로부터 만 년이 지나면 이 나라 장군과 대통령 들의 이름은 까맣게 잊힐 것이고, 『2BRO2B』의 저자만이 우리 시대의 유일한 영웅으로 기억될 것입니다." 『2BRO2B』는 트라우트가 쓴 소설로, 제목을 잘 살펴보면 햄릿이 제기한 유명한 명제라는 것을 알아챌 수 있다.

* * *

무샤리는 엘리엇에 관한 일건서류를 작성하기 위해 그 소설책을 구하러 나갔다. 이름 있는 큰 서점에서는 트라우트라는 이름을 들어본 적이 없다고 했다. 무샤리는 마지막 기회라 생각하고 어느 더럽고 비좁은 서점에 들어갔다. 그런데 가장 추잡한 포르노 잡지들 사이에 트라우트가 쓴 모든 소설이 너덜너덜한 상태로 꽂혀 있었다. 애초에 이십오 센트였던 『2BRO2B』의 가격은 오 달러였고, 바츠야야나의 『카마수트라』 역시 같은 가격이었다.

무샤리는 『카마수트라』를 훑어보았다. 사랑의 기술과 테크닉을 소개한 동양의 오랜 금서에는 이렇게 적혀 있었다.

> 카시아 피스툴라 나무 열매와 정향나무 열매의 즙으로 젤리를 만들고, 소마, 한련초, 어성취 줄기의 분말을 섞어 이 혼합물을 곧 통정할 여자의 여음상(女陰像)에 바르면 남자는 즉시 그 여자를 사랑하지 않게 된다.

무샤리는 이것이 전혀 재미있지 않았다. 하긴 그는 어떤 것에도 재미를 못 느꼈고, 언제나 고지식한 법 정신에만 사로잡혀 있었다.

재치라곤 눈곱만큼도 없는 목석답게 그는 트라우트의 소설이 그런 서점에서 그런 이상한 사람들에게 그렇게 비싼 가격에 팔리기 때문에 아주 지저분한 책일 거라고 생각했다. 트라우트와 포르노의 공통점은 섹스가 아니라 어처구니없이 관대한 세계에 대한 환상이라는 점을 그는 이해하지 못했다.

* * *

야한 문장의 난무 속에 성적 욕망에 빠지는 대신 자동화에 대해 알게 된 무샤리는 속았다는 느낌이 들었다. 트라우트가 즐겨 사용한 공식은 자신이 사는 곳처럼 완전히 소름 끼치는 사회를 묘사한 다음 결말로 가면서 그런 사회 문제의 개선 방안을 제시하는 것이었다. 『2BRO2B』에서 그는 미국 사회를 빗대 거의 모든 일을 기계가 대신하고 박사학위를 서너 개 가진 사람만이 일자리를 구할 수 있는 사회를 묘사했다. 물론 인구과잉도 큰 문제였다.

심각한 질병은 모두 정복되었다. 그래서 사람들은 자발적으로 죽음을 선택했고, 정부는 죽음을 장려하기 위해 모든 주요 교차로에, 오렌지색 지붕의 하워드존슨스 레스토랑 바로 옆에 '윤리적 자살원'을 설치했다. 자살원에는 예쁜 도우미가 있었고, 배경음악이 흐르는 가운데 바카라운저 안락의자에 앉아 고통 없이 죽는 열네 가지 방법 중 하나를 선택할 수 있었다. 자살원은 늘 붐볐다. 수많은 사람이 자신을 어리석고 무의미한 존재라고 느꼈고, 목숨을 끊는 일이야말로 이타적이고 애국적인 행위라고 여겼기 때문이다. 또한 자살을 결정하면 옆 건물에서 공짜로 마지막 식사를 할 수 있었다.

이런 식으로 트라우트는 굉장한 상상력을 이어갔다.

한 등장인물이 자기도 천국에 가게 될지 도우미에게 묻자, 그녀는 물론 그럴 거라고 대답한다. 그가 다시 그곳에서 신을 보게 될지 묻자 그녀는 "물론 보게 되실 거예요"라고 대답한다.

"제발 그랬으면 좋겠소. 그분께 꼭 물어보고 싶은 게 있거든. 이곳에서는 결코 알아낼 수 없었던 질문이라오."

"그게 뭔가요?" 그를 가죽끈으로 묶으며 그녀가 묻는다.

"도대체 인간은 무엇 때문에 존재하는 거요?"

* * *

밀퍼드에 모인 작가들에게 엘리엇은 섹스와 경제와 문체를 더 많이 공부하길 바란다고 말한 다음, 하지만 정말 큰 주제를 다루는 사람들은 그런 것을 공부할 시간이 많지 않을 거라고 덧붙였다.

그때 정말 훌륭한 공상과학 소설은 절대 돈 문제를 다루지 않는다는 생각이 떠올랐다. "지구상에서 돌고 도는 돈의 웃기는 꼬락서니를 생각해보시오! 믿을 수 없는 힘을 가진 괴상한 생물은 반물질은하 508G의 트랄파마도어 행성에만 있는 것이 아닙니다! 지구에 사는 백만장자의 힘을 보시오! 나를 보시오! 나는 여러분과 똑같이 벌거벗은 채 태어났지만, 하느님과 친구들과 이웃들도 알다시피, 하루에 쓸 수 있는 돈이 수천 달러나 됩니다!"

그는 자신의 마술 같은 힘을 극적으로 보여주기 위해 연설을 잠시 중단하고 지저분한 수표 한 장을 꺼내 그곳에 있던 모든 사람에게 이백 달러씩 돌아가도록 서명했다.

"여러분에게도 환상이 있을 거요. 내일 은행에 가면 그 환상이 이루어질 겁니다. 이렇게 중요한 돈으로 이런 일을 할 수 있다니, 내가 제정신이 아닌가봅니다." 그는 잠시 비틀거렸고, 다시 똑바로 서더니 그대로 잠깐 잠이 들었다. 그리고 억지로 두 눈을 떴다. "친구 여러분, 이웃 여러분, 특히 불멸의 킬고어 트라우트 씨, 이렇게 부탁드리오. 지금 우리 주변에서 돈이 얼마나 한심하게 돌고 있는지 생각해보시오. 그런 다음 더 나은 방법을 생각해내시오."

* * *

엘리엇은 비틀거리며 밀퍼드 회의장을 빠져나와 지나가는 차를 잡아타고 펜실베이니아 주 스와스모어로 갔다. 그리고 어느 작은 술집으로 들어가 의용소방관 배지를 내보이는 사람은 누구나 그와 함께 공짜 술을 마실 수 있다고 큰 소리로 외쳤다. 술판은 갈수록 떠들썩해졌다. 그는 생물체가 거주하는 행성이 있는데, 그 거주자들이 소중하게 여기는 거의 모든 것과 뜨겁고 맹렬하게 결합하려는 대기가 그 행성을 둘러싸고 있다고 생각하면 얼마나 놀랍고 감동적이냐고 주장했다. 그는 지구와 지구의 구성요소인 산소 얘기를 하고 있었다.

그는 혀 꼬부라진 소리로 말했다. "친구들, 생각해보게나. 그게 다른 어떤 것보다 우리를 하나로 묶어준다니까. 중력은 예외지만 말이야. 우리 극소수의 사람들, 우리 행복한 사람들…… 우리의 의식주와 우리가 사랑하는 사람들을 산소와 결합시키지 않기 위해 진지한 업무에 종사하는 우리 동지들. 여러분에게 이 말을 해야겠군. 나는 한때 의용소방관으로 일했고, 지금도 뉴욕시에 그렇게 인간적인 일, 그렇게 인도주의적인 일이 있다면 기꺼이 그 일을 할 거라네." 엘리엇이 소방관이었다는 말은 순전히 허풍이었다. 그 일에 그나마 가장 가까이 접근해본 것은 어린 시절 해마다 방문했던 로즈워터 군의 가족 영지에서였다. 마을 주민 가운데 몇몇 아첨꾼이 어린 엘리엇에게 잘 보이려고 그를 로즈워터 의용소방대의 마스코트로 세운 것이었다. 그는 단 한 번도 불과 싸워본 적이 없었다.

"그러니까, 어느 날엔가 그 러시아 상륙함정이 쳐들어왔는데 막을 방법이 없다면, 이 나라에서 좋은 자리란 자리는 몽땅 차지하고 엿 먹을 짓이나 벌이는 그 개자식들은 보드카와 캐비아를 싸들고 정복자들을 찾아가 그놈들의 요구를 모두 들어줄 거란 말이지. 바로 그때 사냥칼과 라이플총을 들고 숲으로 들어가 목숨 걸고 백 년 동안 투쟁할 사람이 누구라고 생각하는가? 의용소방관이지. 바로 그들이야."

엘리엇은 스와스모어에서 소란과 공무집행 방해로 체포되었다. 다음 날 아침 그가 정신을 차리자 경찰은 그의 아내를 불렀다. 그는 아내에게 사과하고 슬며시 집으로 돌아갔다.

* * *

그러나 그는 다시 한 달 만에 집을 나가 웨스트버지니아의 클로버릭에서 소방관들과 흥청망청 술을 마셨고, 다음 날에는 뉴저지의 뉴이집트에서 똑같은 밤을 보냈다. 이 여행에서 그는 사백 달러짜리 양복을 다른 사람과 바꿔 입었다. 그가 원한 옷은 대천사 가브리엘의 날개 같은 옷깃 때문에 양 어깨가 지브롤터 해협처럼 보이는 1939년산 푸른색 초크스트라이프 더블 재킷과 바느질로 영구 주름을 낸 바지였다.

뉴이집트에서 그 소방관은 "당신, 분명 미쳤군"이라고 말했다.

그러자 엘리엇이 대꾸했다. "난 이런 모습이 싫소. 당신처럼 보이고 싶단 말이야. 당신은 맹세코 이 세상의 소금이오. 미국의 장점은 바로 당신 같은 사람, 그런 양복을 입은 사람이지. 당신은 미국 보병의 영혼이오."

결국 엘리엇은 연미복 몇 벌, 턱시도, 회색 플란넬 양복 한 벌을 남겨두고 옷장에 있는 옷을 전부 다른 옷과 교환했다. 16피트에 달하는 그의 옷장은 상하가 붙은 작업복, 가슴막이가 달린 작업바지, 로버트홀 부활절 세일 양복, 야전잠바, 아이젠하워재킷, 보온용 스웨터 등으로 가득한 우울한 박물관이 되었다. 실비아는 그 옷들을 태워버리고 싶어했지만 엘리엇은 말했다. "그것 대신 내 연미복, 턱시도, 회색 플란넬 양복을 태우시오."

* * *

엘리엇은 누가 봐도 아픈 사람이었지만, 그를 강제로 끌고 가 치료를 받게 할 사람은 아무도 없었고, 그가 정신이상자임을 입증하고 이익을 보겠다는 황홀한 꿈을 꾸는 사람도 아직은 없었다. 어린 노먼 무샤리는 고작 열두 살로 혼란스런 시기를 보내고 있었다. 그 무렵 무샤리는 플라스틱 비행기 모형을 조립하고, 자위를 하고, 조 매카시 상원의원과 그의 변호사 로이 콘의 사진을 벽에 잔뜩 붙여놓았다. 엘리엇 로즈워터는 전혀 관심 밖이었다.

실비아는 부유하고 매력적인 괴짜들 사이에서 너무 유럽적으로 자란 탓에 그를 밀어내지 못했다. 그리고 상원의원은 드와이트 데이비드 아이젠하워의 당선과 함께 박살난 공화당 보수세력을 불러 모으기 위해 일생을 걸고 정치투쟁을 벌이는 중이었다. 상원의원은 아들의 기이한 생활방식을 전해 듣고도 걱정하지 않았다. 아들이 본데 있게 자랐다는 이유에서였다. "녀석은 근성 있고, 기개도 있어. 또한 경험주의적이지. 건강이 좋아지고 준비가 되면 언제든 정신을 차릴 거야. 우리 가문에서는 상습적인 주정뱅이나 고질적인 미치광이가 나온 적이 한 번도 없거든."

이렇게 말하고서 그는 의사당으로 들어가 로마의 황금시대에 관한 아주 유명한 연설을 했다. 이것은 그 연설의 일부이다.

저는 옥타비아누스 황제, 즉 나중에 카이사르 아우구스투스로 알려진 인물에 대해 이야기하고자 합니다. 가장 심오한 의미에서 진정한 인도주의자라고 할 수 있는 그 위대한 인도주의자가 로마제국의 지배권을 잡은 것은 우리 시대와 대단히 흡사한 타락의 시대였습니다. 매음, 이혼, 알코올중독, 자유주의, 동성애, 포르노, 낙태, 매수, 살인, 노조를 등에 업은 공갈 협박, 청소년 비행, 비겁, 무신론, 강탈, 중상모략, 절도가 극에 달했던 시대였지요. 오늘날 미국과 똑같이 로마는 강도, 변절자, 게으른 노동자의 낙원이었습니다. 오늘날 미국과 똑같이 법과 질서를 수호하는 기관들은 폭도에게 공공연히 공격당했고, 자식은 반항을 일삼고 부모나 조국을 조금도 존경하지 않았으며, 품행이 단정한 여자라도 백주 대낮에 거리를 안전하게 다닐 수 없었습니다! 교활하고, 담합에 능하고, 뇌물을 잘 쓰는 외국인이 사회 곳곳에서 우위를 점했습니다. 로마군의 기둥이자 로마의 영혼인 정직한 농민들은 대도시 환전상의 발에 짓밟혔습니다.

어떻게 해야겠습니까? 우리 시대에도 머리가 텅 빈 자유주의자가 있지만, 당시에도 어리석은 자유주의자가 있었습니다. 자유주의자들이 위대한 국가를 방탕하고 혼란스러운 무법천지로 만든 뒤에 항상 말하는 것처럼, 그들도 이렇게 말했습니다. "이렇게 좋았던 적이 있었는가? 이 모든 자유를 보라! 이 모든 평등을 보라! 우리 눈앞에서 성적 위선이 완전히 사라진 것을 보라! 얼마나 좋은가! 과거에 사람들은 강간이나 간음을 생각할 때마다 은근히 눈살을 찌푸렸다. 그러나 이제 사람들은 그런 생각을 하면서 기쁨을 느낀다!"

그렇다면 당시의 무섭고, 음울하고, 재미없는 보수주의자들은 뭐라고 말해야 했을까요? 하긴 그런 사람들은 얼마 남아 있지도 않았습니다. 노년에 조롱을 받으며 죽어갔지요. 그리고 그들의 자식은 그들에게 등을 돌려버렸습니다. 자유주의자, 마약과 밀주를 공급하는 자, 무의미한 정치적 스트립쇼를 일삼는 자, 야만인을 너무나 사랑한 나머지 모든 문을 활짝 열고 모든 병사가 무기를 내려놓고 야만인을 들여보내길 원하는 자들 때문에 말입니다.

카이사르 아우구스투스가 위대한 악티움해전에서 발정 난 두 미치광이 안토니우스와 클레오파트라를 격파하고 돌아왔을 때 로마가 바로 그러했습니다. 그가 앞으로 지배하게 될 로마를 돌아보면서 어떤 생각을 했는지 제 입으로 말할 필요는 없겠지요. 잠시 조용한 시간을 갖고, 그가 오늘날의 대혼란을 봤다면 무슨 말을 했을지 각자 생각해봅시다.

잠시 침묵이 흘렀다. 삼십 초 정도의 시간이 천 년처럼 느껴졌다.

그렇다면 카이사르 아우구스투스는 이 무질서한 집안을 똑바로 세우기 위해 어떤 수단을 사용했을까요? 그는 우리가 절대 하지 말아야 한다고, 절대 성공하지 못할 거라고 귀에 못이 박히도록 듣는 바로 그 수단을 이용했습니다. 도덕을 법에 명문화했고, 잔인하고 냉정한 경찰력을 동원해 시행하기 힘든 법을 강행했습니다. 그는 로마인이 돼지같이 행동하는 것을 법으로 금지했습니다. 아시겠습니까? 돼지 같은 행동은 불법이 되었습니다! 그래서 돼지같이 행동하다 붙잡힌 로마인은 엄지손가락에 줄이 묶여 매달리거나, 우물에 던져지거나, 사자의 먹이가 되거나, 그 밖에 더 예의 바르고 신뢰할 만한 행동을 깨우칠 수 있는 형벌을 당했습니다. 효과가 있었을까요? 물론, 효과가 있었습니다! 돼지들은 기적처럼 사라졌습니다! 지금 같으면 말도 안 되는 이 억압의 뒤를 이은 시대를 사람들은 뭐라고 부르는지 아십니까? 친애하는 의원 여러분, 더도 덜도 아니고 바로 '로마의 황금시대'라고 부릅니다.

* * *

우리가 그 잔혹한 예를 따라야 할까요? 물론 저는 그래야 한다고 생각합니다. 최근에 저는 표현은 다르지만 거의 매일 이런 취지의 말을 했습니다. "물리력을 사용해서라도 미국인을 바람직하고 훌륭한 국민으로 만들자." 제가 지금 사악한 노동자들을 사자 먹이로 던져야 한다고 주장하는 걸까요? 저는 과연 "분명히 그렇다, 오늘 오후라도 준비만 된다면"이라고 대답할까요? 그렇다면 저를 비늘로 뒤덮인 원시적인 짐승이라고 상상하며 즐거워하는 사람들은 은밀한 기쁨을 느끼겠지요. 그러나 저를 비판하는 사람들에겐 실망스럽겠지만, 저는 지금 단지 농담을 하고 있다는 말을 덧붙여야겠습니다. 저는 잔인하고 유별난 형벌을 조금도 좋아하지 않습니다. 단지 당근과 채찍이 당나귀를 움직일 수 있다는 사실, 우주시대에도 그 진리가 인간세계에 적용될 수 있다는 사실에 매혹을 느낄 뿐입니다.

연설은 계속되었다. 상원의원은 자유기업 체제 안에는 건국의 아버지들이 구상한 대로 당근과 채찍이 제도화되어 있지만, 공상적 개량주의자, 인간은 그 무엇을 위해서도 투쟁해선 안 된다고 생각하는 자들이 체제의 논리를 알아볼 수 없을 정도로 심하게 훼손했다고 역설했다.

그리고 이렇게 마무리했다.

우리 앞엔 두 갈래 길이 있습니다. 우리는 도덕을 법으로 명문화해 가혹하게 시행할 수 있습니다. 또는 진정한 자유기업 체제로 돌아가 카이사르 아우구스투스가 그 속에 심어놓은 죽느냐 사느냐의 정의를 되살릴 수 있습니다. 저는 후자를 열렬히 지지하는 바입니다. 우리는 강해져야 합니다. 허우적거리는 사람은 조용히 사라지고 헤엄치는 사람이 살아남는 국가로 되돌아가야 합니다. 저는 고대 역사에서 또 한번의 힘들었던 시대를 인용했습니다. 만일 그 이름을 잊었다면 다시 한번 상기시켜드리겠습니다. 친애하는 의원 여러분, 그것은 '로마의 황금시대'였습니다, '로마의 황금시대'.

어려울 때 도와줄 수 있는 친구로 말하자면, 엘리엇은 그런 친구를 죄다 쫓아버렸다. 그는 부유한 친구들에게 너희가 부유한 건 순전히 눈먼 행운 덕분이라고 빈정거렸다. 예술가 친구들에겐 그들의 예술에 관심을 보이는 사람은 빈둥거리는 것 외에는 할 일이 없는 부유한 멍텅구리뿐이라고 떠들어댔다. 학자 친구들에겐 "도대체 어느 한가한 사람이 너희가 쓴 그 지루한 글을 읽고, 너희가 말하는 그 해괴한 헛소리를 듣겠나?" 라고 물었다. 과학계에 몸담고 있는 친구들에겐 최근 신문과 잡지에서 읽은 과학적 진보에 대해 호들갑스럽게 감사를 표하며, 그들의 얼굴을 똑바로 쳐다보고 과학적 사고 덕분에 인간의 삶이 점점 나아진다고 선언했다.

* * *

그래서 엘리엇은 정신분석 치료를 시작했다. 그는 술을 끊겠다고 맹세했고, 외모에 대한 자신감을 되살렸으며, 예술과 과학에 대한 열정을 표현했고, 많은 친구를 되찾았다.

실비아는 날아갈 듯 기뻐했다. 그러나 치료를 시작한 지 일 년이 되었을 때 의사의 전화를 받고 깜짝 놀랐다. 의사는 환자를 포기하겠다고 말했다. 그의 엄격한 비엔나학파 이론에 따르면 엘리엇은 치료가 불가능하다는 것이었다.

"하지만 남편을 치료했잖아요!"

"죄송하지만 부인, 만일 내가 로스앤젤레스 출신의 돌팔이 의

사라면 부인의 말에 뻔뻔스럽게 동의했을 겁니다. 하지만 나는 요가 수행자가 아닙니다. 부군은 신경증을 앓고 있는데, 내가 치료해본 사례 중 가장 단단한 껍데기에 둘러싸여 있습니다. 그 내용물이 무엇인지 나는 상상조차 못하겠습니다. 꼬박 일 년 동안 연구했지만 그 겉껍데기에 작은 흠집조차 내지 못했습니다."

"하지만 선생님의 치료를 받고 집에 올 때는 항상 즐거워하던걸요?"

"우리가 무슨 얘기를 나눴는지 아십니까?"

"그건 물어보지 않는 게 낫다고 생각했어요."

"미국 역사입니다! 여기 심각한 환자가 있습니다. 다른 무엇보다도 자신의 어머니를 죽였고, 아버지를 지독한 폭군으로 여기는 환자이지요. 그에게 마음 가는 대로 편하게 얘기하자고 하면 무슨 이야기를 하는지 아십니까? 미국 역사입니다."

엘리엇이 사랑하는 어머니를 죽였다는 말은 어떻게 보면 사실이었다. 열아홉 살 때 엘리엇은 어머니를 요트에 태우고 코투잇 항구를 떠났다. 그가 돛을 한쪽 뱃전에서 반대편 뱃전으로 돌렸는데, 급격한 회전 때문에 어머니가 배 밖으로 떨어졌다. 유니스 모건 로즈워터는 돌멩이처럼 물속으로 가라앉았다.

의사가 말했다. "부군께 무슨 꿈을 꾸느냐고 물었더니 '새뮤얼 곰퍼스, 마크 트웨인, 알렉산더 해밀턴'*이라고 대답하더군요. 다시 아버지가 꿈에 나타나느냐고 물었더니, 아니라고 하면서 '하지만 소스타인 베블런**은 자주 나타난다'고 했어요. 로즈워터 부인, 내가 졌습니다. 그만두겠습니다."

* * *

의사가 포기했어도 엘리엇은 마냥 즐거워 보였다. 그는 아무렇지 않게 말했다. "그건 의사가 이해를 못하는 치료법이야. 그래서 그걸 치료라고 인정하지 않는 거지."

그날 저녁 그와 실비아는 메트로폴리탄 오페라하우스에서 〈아이다〉 개막 공연을 관람했다. 로즈워터 재단이 의상 비용을 지원한 공연이었다. 연미복을 말쑥하게 차려입은 엘리엇은 키가 크고 멋져 보였다. 크고 온화한 얼굴은 혈색이 좋았고, 푸른 눈은 정신 건강을 보여주듯 반짝거렸다.

오페라의 마지막 장면이 펼쳐질 때까지만 해도 모든 것이 순조로웠다. 마지막 장면에서 남녀 주인공은 밀폐된 방에서 숨이 막혀 죽어가는 연기를 선보였다. 죽음을 눈앞에 둔 주인공들이 숨을 헐떡거리자 엘리엇이 그들을 향해 불쑥 소리쳤다. "노래를 부르지 않으면 훨씬 더 오래 견딜 것이오." 그러더니 벌떡 일어

---

* 새뮤얼 곰퍼스는 19세기 말 미국 노동총동맹을 설립하고 위원장직을 역임한 온건파 노동운동가, 알렉산더 해밀턴은 미국 '건국의 아버지' 중 한 명.

** 19세기 말~20세기 초의 진보적 사회학자이자 경제학자.

나 특등석 칸막이 너머로 상반신을 빼고 외쳤다. "당신들은 산소에 대해 아무것도 모를 거요. 하지만 내 말을 믿어요. 노래를 부르면 안 돼요."

엘리엇의 얼굴은 백지장처럼 창백했다. 실비아가 그의 소매를 잡아당겼다. 엘리엇은 실비아를 멍하니 바라보더니, 그녀가 잡아끄는 대로 장난감 풍선처럼 가볍게 끌려 나갔다.

3

노먼 무샤리는 〈아이다〉 공연이 있던 날 밤에 엘리엇이 다시 사라졌다는 걸 알게 되었다. 택시를 타고 집으로 가다 42번가와 5번가가 만나는 곳에서 택시에서 뛰어내렸던 것이다.

그로부터 열흘 뒤 실비아는 편지 한 통을 받았다. 캘리포니아 주 엘시노어에 있는 엘시노어 의용소방대의 편지지에 쓴 편지였다. 엘리엇은 그 장소의 이름에 이끌려 새로운 공상에 빠졌다. 자신이 셰익스피어의 햄릿과 아주 비슷하다고 생각했던 것이다.

사랑하는 오필리아

엘시노어는 기대했던 것과는 영 딴판이오. 아니면 엘시노어가 또 있는데 내가 잘못 온 건지도 모르겠소. 이곳 고등학교의 풋볼팀 선수들은 자기네를 '용맹한 덴마크인'이라 부른다오. 하지만 주변 마을에서는 '우울한 덴마크인'으로 통하지. 지난 삼 년 동안 1승 2무 24패를 기록했기 때문이오. 이런 성적은 햄릿이 쿼터백으로 뛰었을 때나 가능할 것이오.

내가 택시에서 뛰쳐나올 때 당신은 우리가 이혼해야 할지도 모르겠다고 마지막으로 말했소. 우리의 결혼생활이 당신에게 그토록 불편했다는 사실을 나는 전혀 몰랐소. 내가 얼마나 둔감했는지 이제는 알 것 같소. 하지만 생판 모르는 사람이 지적한다 해도 여전히 내가 알코올중독자라고 생각하기는 어렵소.

내 생각에 나는 햄릿과 공통점이 많고, 중대한 사명이 있고, 단지 그 사명을 어떻게 수행해야 할지 몰라 잠시 헤매는 중인 것 같소. 물론 햄릿은 나보다 훨씬 유리했소. 그는 부친의 망령이 나타나 할 일을 정확히 일러줬지만, 나는 아무 설명도 없이 임무를 수행해야 하니 말이오. 그러나 어디에선가 그 무엇이 내게 어디로 가야 할지, 거기서 무엇을 해야 할지, 왜 그것을 해야 하는지 말해주는 듯하오. 걱정 마시오. 환청이 들리는 건 아니니까. 하지만 내 운명은 우리의 뉴욕 생활을 지배하는 얄팍하고 부조리한 위선과는 거리가 아주 멀다는 느낌이 든다오. 그래서 나는 방랑하고 또 방랑하는 것이오.

환청이 들리는 건 아니라는 대목에 이르러 젊은 무사리는 순간 낙심했다. 그러나 편지 말미에 결정적인 구절이 등장했다. 마치 실비아가 자세한 설명을 애타게 기다린다고 생각한 듯 엘리엇은 엘시노어의 소방 장비를 이렇게 묘사했다.

이곳의 소방차는 오렌지색과 검은색 줄무늬가 칠해져 있어 꼭 호랑이 같다오. 얼마나 멋있는지 모르오! 소방관은 물에 합성세제를 타서 사용한다오. 그래서 물이 석고보드를 흠뻑 적신 뒤 벽을 뚫고 불에 도달하는 거요. 충분히 납득이 가는 방법이오. 그게 펌프와 호스를 망가뜨리지만 않는다면 말이오. 그건 소방관도 잘 모르는데 그 물을 오래 사용하지는 않기 때문이라오. 그래서 펌프회사에 편지를 보내 그렇게 해도 괜찮은지 물어보라고 했더니, 그러겠다고 하더구려. 이곳 사람들은 내가 동부 오지에서 온 아주 대단한 의용소방관인 줄 안다오. 이곳 소방관들은 훌륭하오. 로즈워터 재단을 찾아와 문을 두드리는 좀팽이나 댄스교사와는 아주 다르다오. 이 사람들은 내가 전쟁 중에 알게 된 미국인들과 같소.

조금만 기다리시오, 나의 오필리아.

사랑을 담아, 햄릿

엘리엇은 엘시노어에서 텍사스 주 바시티로 갔고, 곧 경찰에 체포되었다. 그는 덥수룩한 수염에 먼지를 잔뜩 뒤집어쓰고 바시티 소방서로 어슬렁거리며 걸어가 그곳에서 쉬고 있는 사람들과 얘기를 나누며, 어떤 사람들은 평생 쓰고도 남을 재산을 소유하고 다른 사람들은 빈털터리로 살아가는 대신 정부가 국가의 부를 평등하게 분배하는 게 옳지 않겠느냐고 말했다.

그는 두서없이 장황하게 지껄였다. "육군, 해군, 해병대의 주된 목적은 가난한 미국인에게 깨끗하고 깁지 않고 다림질한 옷을 입혀 부유한 미국인이 그들을 봐도 비위가 상하지 않게 하는 것이라 생각하오." 그는 또한 혁명을 언급하며, 대략 이십 년에 한 번 혁명이 일어날 수 있는데, 퇴역 보병과 의용소방관이 이끈다면 그것도 괜찮을 것 같다고 말했다.

그는 수상한 인물로 체포되어 유치장으로 끌려갔다. 한동안 아리송한 질의응답이 오간 뒤 경찰은 그를 풀어주었다. 그리고 다시는 바시티에 오지 않겠다는 약속을 받아냈다.

그로부터 일주일 뒤, 그는 아이오와 주 뉴비엔나에 나타났다. 그리고 그곳 소방서의 편지지로 실비아에게 또 한 통의 편지를 써 보냈다. 실비아를 "세상에서 가장 인내심 많은 여자"라고 부르며, 그녀의 오랜 불면이 거의 끝났다고 썼다.

이제 나는 어디로 가야 할지 안다오. 최대한 빠른 속도로 그곳에 가고 있소! 도착하면 전화하리다! 어쩌면 그곳에 영원히 머물지도 모르겠소. 도착한 다음에 무엇을 해야 할지는 아직 분명하지 않소. 그러나 확신하건대 곧 분명해질 것이오. 내 눈에서 비늘이 떨어지고 이제야 세상이 보이는 것 같소!

그나저나 나는 이곳 소방관에게 물에 세제를 넣어보라고 말했소. 그 전에 먼저 펌프회사에 편지를 써 보내라는 충고도 했고. 그들은 내 제안을 좋아했다오. 그래서 다음 회의 때 그 방안을 논의할 것이오. 술을 한 모금도 입에 대지 않은 지 벌써 열여섯 시간이나 되었소! 그런데도 그 독약이 전혀 그립지 않구려! 그럼 안녕히!

편지를 받은 실비아는 즉시 전화기에 녹음 장치를 연결했고, 이것은 노먼 무샤리에게 또하나의 좋은 기회였다. 실비아가 그렇게 한 것은 엘리엇이 마침내 완전히 미쳤다고 생각했기 때문이다. 실비아는 그가 전화하면 그의 소재와 건강 상태를 알려주는 모든 단서를 녹음해 어떻게든 그를 데려올 작정이었다.

전화가 왔다.

"오필리아?"

"오, 엘리엇, 엘리엇. 지금 어디예요, 여보?"

"여긴 미국이오. 개척자의 나약한 후손들과 함께 있지."

"거기가 어디예요? 구체적으로 말해봐요."

"어디에나 있는 곳이오. 따분하고 작은 미국 마을에 있는 알루미늄과 유리로 된 공중전화 부스 안이지. 내 앞의 작은 회색 선반 위에는 오 센트, 십 센트, 이십오 센트 동전이 흩어져 있소. 선반에 볼펜으로 무슨 글귀가 적혀 있구려."

"뭐라고 적혀 있나요?"

"'실라 테일러는 감질만 나게 하는 여자다.' 나와 비슷하군."

엘리엇의 마지막 말에는 귀에 거슬리는, 거들먹거리는 어투가 묻어 있었다.

"들리오? 그레이하운드 버스가 터미널 앞에서 로마의 나팔을 공허하게 불어대는구려. 버스터미널은 과자가게를 겸하고 있다오. 보시오! 늙은 미국인 하나가 그 소리를 듣고 비척거리며 나오고 있소. 아무도 그에게 작별 인사를 하지 않고, 노인도 배웅하는 사람을 찾아 주위를 둘러보지 않는구려. 그는 삼실로 묶은 갈색 종이 꾸러미를 들었소. 어디론가, 죽으러 가는 게 분명하오.

노인은 태어나서 한 번도 떠난 적이 없는 마을, 한 번도 벗어난 적이 없는 삶을 떠나려 하오. 그러나 그의 세계에 작별 인사를 할 여력은 없는 듯하오. 그는 막강한 버스기사의 심기를 건드리지 않으려고 온 신경을 곤두세우고 있소. 버스기사는 푸른색 가죽이 덮인 왕좌에서 못마땅한 눈으로 그를 내려다보고 있구려. 저런! 참 불쌍하군! 노인은 어깨를 펴고 천천히 버스에 올랐지만, 이젠 버스표를 못 찾고 있소. 마침내 버스표를 찾았지만, 너무 늦고 말았소. 화가 머리끝까지 난 버스기사는 문을 꽝 닫고 거친 소리를 내며 기어를 넣고 차를 출발시킨 다음, 길을 건너는 늙은 미국 여자에게 경적을 울리고 창문이 덜그럭거리도록 차를 모는구려. 온통 증오, 증오뿐이오."

"엘리엇, 근처에 강이 있나요?"

"이 공중전화 부스는 오하이오 강이라 불리는 시궁창의 넓은 유역에 있소. 오하이오 강은 여기서 30마일 남쪽에 있지. 핵잠수함만큼이나 큰 잉어가 개척자의 후손들이 토해낸 찌꺼기를 먹으면서 비대하게 살찌고 있다오. 강 건너편에는 한때 푸른 언덕으로 뒤덮였던 땅, 대니얼 분이 개척한 약속의 땅이었으나 이제는 노천광 때문에 군데군데 파이고 말라비틀어져버린 켄터키가 펼쳐져 있소. 몇몇 광산은 미국의 오래된 가문이 설립한 어느 자선문화재단의 소유인데, 그 흥미로운 가문의 이름은 로즈워터라오.

강 건너편엔 로즈워터 재단의 소유지가 드문드문 흩어져 있다오. 하지만 강 이쪽, 그러니까 여기 공중전화 부스가 있는 쪽은 사방 약 15마일 안쪽의 거의 모든 것이 로즈워터 재단 소유라오. 재단은 급격히 번창하는 낚시용 지렁이 사업만큼은 주민 몫으로 남겨뒀지. 집집마다 '낚시용 지렁이 팝니다'라는 간판이 큼직하게 붙어 있다오.

돼지와 지렁이 외에 이곳의 주요 산업은 톱 제조라오. 톱공장은 물론 재단 소유지. 이곳에서 톱은 아주 중요하기 때문에, 노어로즈워터 고등학교 운동부는 '용맹한 톱 제조공'이라 불린다오. 하지만 지금은 톱 만드는 사람이 많이 사라졌소. 톱공장이 거의 자동화되었거든. 핀볼 게임기를 다룰 줄 아는 사람이면 톱공장을 움직여 하루에 톱을 이만 사천 개나 만들 수 있을 거요.

열여덟쯤 돼 보이는 젊은 남자애가, 파란색이랑 흰색이 들어간 저 신성한 운동복을 입은 걸로 봐선 고등학교 운동선수인 모양인데, 여기 공중전화 부스 앞에서 태평하게 어슬렁거리고 있소. 생긴 건 위험해 보이지만, 실제로는 어느 누구도 해치지 못할 거요. 그 아이가 학교에서 가장 높은 점수를 받는 과목이 그의 농구팀 코치가 가르치는 〈시민생활〉하고 〈현대 미국 민주주의의 문제〉거든. 저 아이는 조금이라도 폭력적인 행동을 하면 이 공화국이 약해질 뿐 아니라 자기 인생도 망가지리라는 걸 잘 알지. 로즈워터에는 저 아이를 위한 일자리가 없소. 사실 어디에서도 일자리를 얻기는 힘들 거요. 많은 사람이 종종 호주머니에 피임기구를 갖고 다니는 저 아이에게 불안과 역겨움을 느낀다오. 또 피임기구를 사용하지 않는 소년의 아버지에게도 불안과 역겨움을 느끼는데, 그건 전후의 풍요로움 덕분에 버릇이 잘못 든 아이와 녹색 눈을 한 소군주 같은 아이가 더 있기 때문이라오. 저 아이는 지금 여자친구를 만나고 있소. 열네 살이나 되었을까, 그런데 벌써 싸구려 창녀처럼 보이는구려.

길 건너편엔 소방서가 있소. 트럭 네 대, 술 취한 남자 세 명, 개 열여섯 마리가 있고, 맨정신의 쾌활한 젊은이가 금속 광택제 통을 들고 있소."

"오, 엘리엇, 엘리엇. 집으로 돌아오세요, 제발."

"실비아, 이해하지 못하겠소? 이곳이 나의 집이오. 여기가 항상 나의 집이었다는 걸 이제 깨달았소. 여기, 인디애나 주, 로즈워터 군, 로즈워터 읍이 내 집이오."

* * *

"그럼 거기서 뭘 할 작정인가요, 엘리엇?"

"이 사람들을 보살필 거요."

"그건…… 참 좋은 일이네요." 실비아가 구슬프게 말했다. 그녀는 가냘프고 섬세한 여자, 교양 있고 연약한 여성이었다. 그녀는 하프시코드를 연주했고, 6개 언어를 매혹적으로 구사했다. 그리고 어린 시절과 젊은 시절엔 부모 집에서 동시대의 위대한 인물을 많이 만났다. 피카소, 슈바이처, 헤밍웨이, 토스카니니, 드골 같은. 그녀는 로즈워터 군에 가본 적이 없었고, 낚시용 지렁이가 무엇인지도 몰랐으며, 지상의 어느 곳이 죽음처럼 그렇게 편평할 수 있는지, 어느 곳의 사람들이 죽음처럼 그렇게 우둔할 수 있는지 또한 알지 못했다.

엘리엇이 말했다. "이 사람들, 이 미국인들을 보고 무엇을 느꼈는지 아시오? 그들은 더이상 자신을 보살필 능력조차 없다는 거요. 어디에도 쓰일 데가 없기 때문이오. 강 이쪽의 공장, 농장, 광산은 거의 다 자동화되었소. 미국은 이제 이 사람들을 전쟁에도 써먹지 않소, 더이상. 실비아, 나는 예술가가 될 거요."

"예술가요?"

"난 이 버림받은 미국인을 사랑할 거요. 비록 쓸모없고 볼품없는 사람들이지만. 바로 그게 나의 예술작품이 될 거요."

4

엘리엇이 사랑과 이해의 물감으로 그림을 그리겠다고 말한 그 캔버스, 로즈워터 군은 다른 사람들—주로 로즈워터 가의 사람들—이 이미 대담하게 설계해놓은 직사각형의 넓은 대지였다. 엘리엇의 선조들은 몬드리안의 화폭을 기대했다. 도로의 반은 동서로 나 있었고, 나머지 반은 남북으로 나 있었다. 14마일 길이의 정체된 운하 하나가 군을 정확히 양분하면서 군의 경계까지 이어졌다. 그것은 엘리엇의 증조부가 시카고, 인디애나폴리스, 로즈워터, 오하이오 강을 연결하는 운하를 광고하며 증권을 발행할 때 진짜처럼 보이기 위해 만든 일종의 미끼였다. 이제 그 운하에는 메기, 개복치, 황어, 블루길, 잉어가 살았다. 낚시용 지렁이는 그런 물고기를 잡으려는 사람들에게 팔려나갔다.

지렁이를 파는 상인 대부분은 로즈워터 주간(州間) 운하의 주식과 채권을 소유했던 자들의 후손이었다. 운하 건설 계획이 완전히 실패하자 그들 중 일부는 농장을 팔았고, 노어 로즈워터는 그 농장을 사들였다. 군의 남서부 구석에 자리 잡은 뉴암브로시아라는 유토피아 공동체는 갖고 있던 모든 것을 운하에 걸었다 잃고 말았다. 독일인, 공산주의자, 무신론자가 모인 그 공동체는 집단혼, 절대적 진실, 절대적 청결, 절대적 사랑을 실천하며 살았다. 이제 그들은 운하의 지분이 표시된 쓸모없는 종잇장처럼 바람에 흩어졌다. 아무도 떠나는 그들을 보며 슬퍼하지 않았다. 그들이 로즈워터 군에 기여한 것 가운데 엘리엇의 시대까지 이어진 하나는 양조장이었다. 그후 양조장은 로즈워터 골든 라거 암브로시아 맥주의 본산지가 되었다. 맥주병에 붙은 모든 상표에는 뉴암브로시아 주민이 건설하고 싶어했던 지상의 천국 그림이 그려져 있었다. 그 꿈의 도시에는 뾰족탑들이 서 있었고, 뾰족탑에는 피뢰침이 달려 있었으며, 하늘에는 천사가 가득했다.

* * *

로즈워터 읍은 로즈워터 군의 한가운데에 있었다. 읍내 중앙에는 원주와 모든 것을 갖춘, 순수한 붉은 벽돌로 지은 파르테논이 있었다. 지붕은 초록색 구리로 얹었다. 파르테논 가운데로 운하가 관통했고, 그래서 북적이던 과거에는 뉴욕센트럴 철도, 모논 철도, 니켈플레이트 철도가 지나갔다. 엘리엇과 실비아가 살 곳을 정할 당시에는 운하와 모논 철도만 남아 있었다. 모논 철도는 파산했고, 철로는 빨갛게 녹슬었다.

파르테논 서쪽에는 낡은 로즈워터 톱회사 건물이 서 있었다. 그 건물 역시 붉은 벽돌로 지었고 초록색 지붕을 얹었다. 지붕의 대들보는 부러지고, 창문은 희뿌연 먼지로 뒤덮인 그곳은 제비와 박쥐에게 뉴암브로시아였다. 시계탑 네 개에는 바늘이 없었고, 커다란 청동 사이렌은 새둥지로 꽉 막혔다.

파르테논 동쪽에는 군청사가 있었는데, 역시 붉은 벽돌에 초록색 지붕이었다. 군청의 탑은 낡은 톱회사 건물의 그것과 똑같았다. 네 개의 시계 중 셋에는 바늘이 있었지만, 돌아가지 않았다. 죽은 치아의 뿌리에 붙은 농양처럼 그 공공건물 지하에는 개인이 운영하는 점포가 용케 들어앉아 있었다. 작은 빨간색 네온 간판이 그곳이 '벨라 미용실'임을 말해주었다. 여주인 벨라는 몸무게가 114파운드였다.

군청 동쪽에는 새뮤얼로즈워터 재향군인 기념공원이 자리했다. 공원 안에는 깃대와 검은 칠을 한 4×8인치 외장합판으로 된 전사자 명부가 있었다. 명부는 파이프에 매달려 있었고, 폭이 2인치밖에 안 되는 박공형 지붕이 비를 막아주었다. 명부에는 로즈워터 군을 위해 목숨을 내던진 모든 군민의 이름이 적혀 있었다.

*　*　*

그 밖의 석조건물이라고는 공원 동쪽 끝에, 인위적으로 높인 지대 위에 세워진 쇠못을 박은 담장에 둘러싸인 로즈워터 저택과 마차 차고, 그리고 공원의 남쪽 경계에 접해 있는 '용맹한 톱 제조공들'의 고향인 노어로즈워터 고등학교가 전부였다. 공원 북쪽에는 낡은 로즈워터 오페라하우스가 서 있었다. 웨딩케이크 형태의 골조로 지은 탓에 화재에 매우 약한 이 건물은 현재 소방서로 쓰였다. 그 외에는 변소, 오두막, 알코올중독, 무지, 백치가 전부였다. 로즈워터 군에서 건강하고 부지런하고 영리한 것은 죄다 군청 소재지를 멀리했다.

새로운 로즈워터 톱회사는 로즈워터와 뉴암브로시아 중간쯤에 있는 옥수수밭에 노란 벽돌 일색에 창문이 전혀 없는 새 건물을 지었다. 새 회사 옆으로는 뉴욕센트럴 철도회사의 새 철로가 번득거리며 지나갔고, 군청 소재지에서 11마일 비켜난 곳으로 왕복 2차선 고속도로가 쭉 뻗어나갔다. 회사 근처에는 로즈워터 모텔과 로즈워터 극장, 그리고 로즈워터 농장의 수확물 집

하장인 거대한 축사와 곡물 엘리베이터가 있었다. 또 꼭 필요한 일을 하면서 높은 임금을 받는 몇 안 되는 농학자, 토목기사, 양조기술자, 회계사, 관리자가 뉴암브로시아 근처의 또다른 옥수수밭에 자리한 안전하고 값비싼 목장 주택에 거주했다. 이 공동체는 아무 이유 없이 '에이번데일'이라 불렸다. 모든 목장 주택에는 가스등을 설치한 안뜰이 있었고, 안뜰의 골격과 테라스는 니켈플레이트 철도회사의 용지에서 가져온 침목으로 만들었다.

* * *

에이번데일의 말쑥한 사람들 중에서 엘리엇은 단연 입헌군주 같은 존재였다. 그들은 로즈워터 기업의 고용인이었고, 그들이 관리하는 자산은 로즈워터 재단 소유였다. 엘리엇은 그들에게 무엇을 하라고 지시할 수 없었다. 그러나 그는 분명 왕이었고, 에이번데일은 그것을 알고 있었다.

그래서 엘리엇 왕과 실비아 왕비가 로즈워터 저택에 거처를 정하자 에이번데일에서 공물이 쏟아져 들어왔다. 초대, 방문, 아첨 편지와 전화 같은 것이었다. 모두가 굽실거렸다. 엘리엇은 실비아에게 부유한 방문객이 찾아오면 얄팍하고 무성의하게 맞으라고 했다. 에이번데일의 여자들은 딱딱하게 굳은 얼굴로 저택을 떠났고, 엘리엇은 그 모습을 즐겁게 바라보았다.

* * *

흥미롭게도 사회적 상승을 꿈꾸는 에이번데일의 전문기술자들은 로즈워터 가문 사람들이 그들을 무시하는 이유가 자기네보다 우월하다고 느끼기 때문이라는 이론을 참고 받아들였다. 심지어 시시때때로 토론을 벌이면서 그 이론을 즐기기까지 했다. 그들은 상류계층의 진정한 속물근성을 애타게 배우고 싶어 했고, 엘리엇과 실비아는 그런 면에서 깨달음을 주는 것 같았다.

그런데 갑자기 왕과 왕비는 로즈워터 군 내셔널은행의 지하금고에서 금은보석을 꺼내 얼간이, 괴짜, 굶주린 사람, 실업자에게 풍성한 연회를 베풀어주기 시작했다.

왕과 왕비는 어느 누구의 기준으로 보나 죽는 게 나을 듯싶은 사람들의 일그러진 두려움과 꿈에 귀를 기울였고, 그들에게 사랑과 약간의 돈을 나눠주었다. 그들이 동정심에 기대지 않고 영위할 수 있는 유일한 사회생활은 로즈워터 의용소방대에서 일하는 것이었다. 엘리엇은 즉시 소방위에 취임했고, 실비아는 여성 후원회장으로 선출되었다. 실비아는 그때까지 볼링공을 만져본 적도 없었지만, 후원회 볼링팀의 주장이 되었다.

군주를 향한 에이번데일의 끈끈한 존경은 회의적인 경멸로 바뀌었고, 다시 잔인한 야만으로 바뀌었다. 그들은 난폭성, 음주, 서방질, 자만심을 낱낱이 파헤쳤다. 왕과 왕비 이야기를 하는 에이번데일 사람들의 목소리에서는 양철을 절단하는 띠톱 소리가 묻어났다. 마치 폭정이 전복된 것 같았다. 에이번데일은 더이상 상승하는 젊은 간부들의 거주지가 아니었다. 그들은 실질적 지배계급의 강력한 구성원이었다.

그로부터 오 년 뒤, 신경쇠약에 걸린 실비아는 소방서에 불을 질렀다. 에이번데일의 공화주의자들은 로즈워터 가의 왕당파들을 향해 병적인 잔혹성을 키워오던 차에 이 사건을 웃음으로 맞이했다.

* * *

실비아는 인디애나폴리스의 사립 정신병원에 입원했다. 엘리엇과 소방서장 찰리 워머그랜이 그녀를 그곳으로 데려갔다. 두 사람은 그녀를 소방서장의 차에 태웠다. 지붕에 사이렌이 달린 빨간색 헨리 J였다. 그들은 젊은 정신과 의사 에드 브라운에게 그녀를 인계했다. 에드 브라운은 나중에 그녀의 병에 관한 논문으로 명성을 얻었는데, 그 논문에서 엘리엇과 실비아를 'Z선생과 Z부인'이라 불렀고, 로즈워터 마을을 'USA 홈타운'이라 칭했다. 그는 실비아의 병을 가리키는 '사마리안실조증'이라는 신조어를 만들었는데, 그 뜻은 '자신보다 불행한 사람의 고통에 대한 히스테리성 무관심'이었다.

* * *

노먼 무샤리는 닥터 브라운의 논문을 읽었다. 이것 역시 매캘리스터, 롭젠트, 리드, 맥기 사의 기밀 서류에 들어 있었다. 그는 두 눈이 촉촉해지고 충혈되는 바람에 눈앞의 종이를 보는 것이 마치 올리브유를 통해 세상을 보는 것 같았다. 논문은 이렇게 시작했다.

사마리안실조증은 과도하게 활성화된 양심을 마음의 다른 부분이 억압하는 증상이다. 양심은 다른 모든 심리 기능에 "너희 모두 내 지시를 따라야 해!"라고 날카롭게 소리를 지른다. 다른 심리 기능은 양심의 지시를 따르기 위해 한동안 노력하지만, 양심은 화를 가라앉히지 않고 계속 소리 지르고, 양심이 요구하는 헌신적인 행동을 해도 외부세계는 눈곱만큼도 개선되지 않는다는 것을 알게 된다.

그들은 마침내 반란을 일으킨다. 포학한 양심을 비밀 감옥에 가두고, 그 어두운 지하 감옥 위에 무거운 뚜껑을 덮는다. 그들은 더이상 양심의 소리를 듣지 못한다. 달콤한 침묵 속에서 심리 기능들은 새로운 지도자를 물색한다. 양심의 입을 막을 때마다 가장 먼저 나타나는 지도자, 바로 사리사욕이 등장한다. 사리사욕은 그들에게 깃발 하나를 주고 잘 보이는 곳에 소중히 걸어두게 한다. 검은 바탕에 하얀 해골과 두 개의 넙다리뼈를 교차시킨 그림 밑에 "널 지옥으로 보내주겠다, 각오하라!"는 글자가 적힌 해적기이다.

(무샤리는 군침을 삼키면서 닥터 브라운의 논문을 읽었다.) Z부인의 시끄러운 양심을 다시 자유롭게 풀어주는 것은 현명치 못한 일처럼 여겨졌다. 그렇다고 그녀를 일제 코흐* 처럼 냉혹하고 비정한 사람으로 만들어 퇴원시키는 것도 썩 내키지는 않았다. 나는 그녀의 양심을 그대로 가둬두는 동시에 비밀 감옥의 뚜껑을 살짝 열어 죄수의 울부짖음이 아주 약하게 들리도록 하는 것을 치료 목표로 삼았다. 그리고 화학요법과 전기충격 요법으로 시행착오를 거친 끝에 목표를 달성했다. 그러나 썩 자랑스러운 성과는 아니었다. 깊이 있는 한 여성을 진정시켜 얄팍한 사람으로 만들었기 때문이다. 나는 그녀를 대서양, 태평양, 인도양과 연결해주던 지하의 강물을 가로막았고, 그녀를 지름 3피트에 깊이 4인치밖에 안 되는 염소 처리한 파란색 풀장에 만족하는 사람으로 만들었다.

어떤 의사가!

어떤 치료법으로!

* 2차 세계대전 당시 나치 친위대원인 남편을 따라 유대인 수용소에서 근무하며 악행을 일삼았다.

* * *

닥터 브라운은 Z부인이 어느 정도까지 죄의식과 동정심을 느끼며 살아야 안전할지 결정하기 위해 몇몇 모델을 선택해야 했다! 그 모델은 정상이라고 평판이 난 사람들이었다. 정신과 의사는 이 시대에 이 나라에서 정상으로 통용되는 범주를 조사한 끝에, 정상인이란 부유하고 산업화된 사회의 상류계층에서 탈없이 살아가는 사람으로 양심의 소리를 전혀 듣지 못하는 부류라고 결론지었다.

따라서 논리적인 사람이라면, 내가 발표한 사마리안실조증이라는 새로운 병이 건강한 미국인에겐 사실상 얼굴에 달린 코만큼이나 공통적인 것이므로 내가 허튼소리를 했다는 죄의식을 느끼리라고 결론 내릴지도 모르겠다. 이에 대해 나는 다음과 같이 나 자신을 변호하고자 한다. 사마리안실조증은 생물학적으로 대단히 성숙해 다른 사람을 사랑하고 그들을 돕고 싶어하는 극소수 사람만을 골라 공격하는 강력한 질병이다.

나는 단 한 명의 환자를 치료했다. 그리고 다른 의사가 다른 환자를 치료했다는 말을 들어보지 못했다. 내 주위를 둘러봐도 Z부인 외에 사마리안실조증에 걸릴 가능성이 있는 사람은 단 한 명뿐이다. 물론 그 사람은 Z선생이다. 그는 자비심이 대단히 깊기 때문에, 만일 사마리안실조증에 걸린다면 우리가 그를 치료하기도 전에 자살하거나, 어쩌면 수백 명을 죽인 다음 미친개처럼 총에 맞아 쓰러질 것이라는 예감이 든다.

* * *

치료 외에는 방법이 없다.

어떻게든 치료해야 한다!

Z부인은 우리 병원에서 치료를 받고 회복된 뒤 아직 젊어 보일 때 "밖에 나가 기분 전환도 하고 즐겁게 놀아야겠다……"는 소망을 피력했다. 그녀의 외모는 여전히 눈부시게 매력적이었고, 보는 이에게 무한한 사랑을 불러일으켰지만, 이제 그녀는 그런 사랑에 걸맞은 사람이 아니었다.

그녀는 더이상 홈타운이나 Z선생을 돌보려 하지 않았고, 화려한 파리로 돌아가 유쾌한 옛 친구들과 어울리겠다고 선언했다. 또한 새 옷을 사고 싶다고, 키 크고 가무잡잡한 낯선 남자와 밤새 춤추다 그의 품에 안겨 실신했으면 좋겠다고, 그 남자가 이중간첩이라면 더욱 금상첨화일 거라고 말했다.

그녀는 종종 남편을 "나의 더럽고 술에 찌든 남부 아저씨"라 불렀지만, 남편 면전에서는 절대 그러지 않았다. 그녀는 정신분열증이 아니었음에도, 남편이 일주일에 세 번 병문안을 오면 편집증이 의심될 정도로 갖은 애교를 부렸다. 마치 클라라 보*를 보는 것 같았다! 그녀는 그의 뺨을 잡아당기고, 키스를 유도한 다음 까르르 웃으며 그의 키스를 거부했다. 그녀는 그에게 아주 잠깐 동안 파리에 가서 사랑하는 가족을 보고 싶다고, 눈 깜짝할 사이에 돌아오겠다고 말했다. 그리고 홈타운에 사는 모든 불우한 친구들에게 작별 인사와 그녀의 사랑을 전해달라고 부탁했다.

Z선생은 그녀의 연기에 속지 않았다. 그는 인디애나폴리스 공항에서 그녀를 배웅했고, 비행기가 하늘 저편으로 사라질 무렵 다시는 그녀를 보지 못할 거라고 내게 말했다. 그리고 "그녀는 확실히 행복해 보였소. 그곳에 돌아가 그녀가 소중히 여기는 사람들을 만나면 확실히 행복한 시간을 보낼 거요"라고 덧붙였다.

그는 '확실히'라는 말을 두 번 사용했다. 나는 그 말이 귀에 거슬렸다. 그리고 그가 한번 더 그 단어로 나를 공격하리라는 직감이 들었다. 과연 그랬다. "선생은 확실히 큰 명성을 얻겠구먼."

---

* 단발머리와 짧은 스커트에 쾌활하고 경박한 여자 역으로 인기를 모은 할리우드 여배우.

* * *

여자의 부모는 당연히 Z선생을 못마땅하게 여기는데, 그들을 통해 알게 된 바에 따르면 그는 자주 편지를 보내고 전화도 한단다. 그녀는 남편의 편지를 열어보지 않고, 전화도 받지 않는다. 그리고 그들의 만족스러운 견해에 따르면, 그녀는 Z선생이 원한 것처럼 확실히 행복하게 지내고 있다.

예후. 얼마 안 있어 다시 한번 쇠약 증세가 나타날 것이다.

* * *

Z선생으로 말하자면, 그의 상태도 확실히 좋지 않다. 그는 확실히 내가 아는 어떤 사람과도 다르기 때문이다. 그는 아주 잠깐씩 인디애나폴리스로 외출하는 것 외에는 홈타운을 벗어나지 않는다. 아마도 홈타운을 떠날 수 없는 모양이다. 그 이유는 무엇일까?

이런 환자를 한 번이라도 겪으면 의사는 과학에 진저리를 치게 되므로, 완전히 비과학적인 관점에서 보자면 그 이유는 이렇다.

그곳이 그의 최종 목적지라는 것.

훌륭한 의사의 예후는 정확했다. 실비아는 국제적인 제트족* 사이에서 인기 있고 영향력 있는 여자가 되었고, 다양한 트위스트 춤을 익혔다. 사람들은 그녀를 로즈워터 공작부인이라 불렀다. 많은 남자들이 청혼했지만 그녀는 행복에 겨워 결혼이나 이혼 생각은 하지도 않았다. 결국 1964년 7월, 그녀는 또 한번 히스테리를 일으켰다.

그녀는 스위스로 건너가 치료를 받았다. 육 개월 뒤 퇴원하긴 했지만, 견디기 힘들 정도로 생각이 깊은 과거의 여자로 돌아왔고, 침묵과 슬픔 속으로 침잠했다. 엘리엇과 로즈워터 가의 인정 많은 사람들이 의식의 수면 위로 떠올랐다. 그녀는 그들에게 돌아가길 원했지만, 그리움 때문이 아니라 의무감 때문이었다. 그녀의 의사는 만일 그곳에 돌아가면 치명적인 결과에 이를 수 있다고 경고했다. 그러면서 엘리엇과 이혼하고 유럽에 남아 자신만의 조용하고 의미 있는 삶을 영위하라고 충고했다.

이렇게 해서 대단히 예의 바른 이혼 소송이 시작되었고, 매캘리스터, 롭젠트, 리드, 맥기 사가 조정을 맡았다.

---

* 제트기로 유람 다니는 부유층.

* * *

실비아는 이혼하기 위해 미국으로 건너왔다. 회의는 6월 어느 날 저녁 워싱턴 DC에 있는 엘리엇의 아버지 리스터 에임스 로즈워터 상원의원의 아파트에서 열렸다. 엘리엇은 오지 않았다. 그는 로즈워터 군을 벗어나지 않으려 했다. 상원의원, 실비아, 늙은 변호사 서먼드 매캘리스터, 그리고 그의 주의 깊은 젊은 보조자 무샤리가 참석했다.

회의 분위기는 솔직하고, 감상적이고, 관대하고, 때때로 명랑했지만, 기본적으론 내내 비극적이었다. 그리고 브랜디가 있었다.

상원의원이 술잔을 빙글빙글 돌리며 말했다. "마음속으론 나와 마찬가지로 엘리엇도 한심한 그곳 사람들을 좋아하지 않아. 줄곧 술에 취해 있지 않다면야 그들을 좋아할 리가 없지. 전에도 말했고 다시 한번 말하지만, 이건 기본적으로 술 문제라네. 엘리엇이 술을 끊는다면, 인간 쓰레기장 밑바닥의 그 구더기 같은 자들에 대한 동정심도 사라질 거야."

그는 손뼉을 치고 늙은 머리를 절레절레 흔들었다. "아이만 있었다면!" 그는 세인트폴 고등학교와 하버드 대학을 나왔지만, 로즈워터 돼지농장의 목부가 치는 밴조 소리 같은 콧소리를 섞어 말하기를 좋아했다. 그는 철테 안경을 벗고 고통이 가득

담긴 푸른 눈으로 며느리를 바라보았다. "아이만 있었다면!" 그리고 안경을 다시 쓴 뒤 체념한 듯 두 손을 펼쳤다. 그의 손은 상자거북처럼 얼룩덜룩했다. "로즈워터 가문의 종말이 눈앞에 보이는구나."

"다른 로즈워터 사람들도 있잖소." 매캘리스터가 친근하게 말했다.

무샤리는 움찔했다. 곧 그 다른 사람들의 대리인이 될 작정이었기 때문이다.

"나는 순수한 로즈워터 혈통을 말하는 거요!" 상원의원이 씁쓸하게 소리쳤다. "빌어먹을 피스콴투잇!" 로드아일랜드의 바닷가 휴양지 피스콴투잇은 로즈워터 가문의 하나뿐인 다른 분파가 거주하는 곳이었다.

"독수리들이 잔치를 벌이겠군." 상원의원은 신음 소리와 함께 로드아일랜드 로즈워터 가가 인디애나 로즈워터 가의 뼈를 낚아채는 모습을 상상하며 고통으로 몸부림쳤다. 그는 마른기침을 했고, 기침한 것이 창피했다. 그 또한 아들처럼 골초였다.

그는 벽난로 선반으로 다가가 그 위에 놓인 엘리엇의 컬러사진을 들여다보았다. 2차 세계대전이 끝날 때 찍은 사진이었다. 사진 속엔 가슴에 훈장을 여러 개 단 보병 대위가 당당하게 서 있었다. "이렇게 순수하고, 이렇게 훤칠하고, 이렇게 믿음직스러웠는데! 이렇게 순수했는데!" 상원의원은 분을 이기지 못하고 이를 갈았다. "아, 그토록 고상하던 기품이 그 꼴이 되어버리다니!"*

그는 가렵지도 않은 머리를 긁어댔다. "이제는 밀가루반죽같이 허여멀건 놈이 되고 말았어. 차라리 당근파이 색깔이 더 건강해 보이겠더군! 속옷 바람으로 자고, 감자튀김으로 영양식을 하고, 서던 컴포트**와 로즈워터 골든 라거 암브로시아 맥주나 퍼마시다니." 상원의원은 손톱으로 사진을 톡톡 쳤다. "이 녀석을 봐! 엘리엇 로즈워터 대위. 은성 훈장, 청동 성장, 군인장, 명예 상이기장! 요트 챔피언! 스키 챔피언! 그랬던 녀석이, 오 하느님 맙소사. 인생은 녀석에게 모든 것을 주겠다고 했지! 수백만 달러, 수백 명의 중요한 친구, 상상할 수 없을 만큼 아름답고, 지적이고, 재능 있고, 사랑이 넘치는 아내! 훌륭한 교육, 고상한 정신과 훤칠하고 단정한 몸. 그런데, 인생이 모든 것을 주겠다고 하는데 녀석은 뭐라고 대답했지?"

"싫다고요."

"왜지? 누가 그 이유를 말해주겠나?"

아무도 대답하지 못했다.

---

* 「햄릿」 3막 1장.

** 알코올에 향기, 색깔, 단맛을 첨가한 리큐어.

*   *   *

상원의원이 말했다. "오래전에 여자 사촌이 한 명 있었다네. 록펠러 가의 여자였지. 어느 날 그녀가 내게 고백하기를, 열다섯 살부터 열일곱 살까지는 항상 겸손하게 거절만 하고 살았다더군. 그 정도 나이와 그 정도 신분의 여자라면 그렇게 사는 것도 괜찮아. 하지만 록펠러 가의 남자였다면, 그건 절대로 본때 있는 행동이 아니었겠지. 더구나, 이렇게 말해도 될지 모르겠지만, 로즈워터 가의 남자에겐 더더욱 안 어울리는 행동이야."

그는 어깨를 으쓱했다. "어쨌거나 인생이 모든 것을 주겠다고 하는데 그저 '싫다'고만 하는 녀석이 정말 우리 로즈워터 가에 있다니. 녀석은 이제 집에 들어가지도 않는 것 같더군." 엘리엇은 실비아가 돌아오지 않으리란 게 확실해지자 저택을 떠나 사무실로 들어갔다.

"녀석은 눈썹 한번 까딱하는 것으로 인디애나 주지사가 될 수 있었고, 땀 몇 방울 흘리는 것으로 미국 대통령도 될 수 있었지. 그런데 지금 어떻게 되었나? 자네들에게 물어보고 싶군. 지금 어떤 신세가 되었지?"

상원의원은 다시 기침을 했고, 자신의 물음에 스스로 답했다. "곧 임기가 만료되는 공증인에 불과하지."

* * *

이건 정말 맞는 말이었다. 공증인 임명장이 엘리엇의 분주한 사무실의 흰곰팡이 핀 싸구려 마감재 벽에 걸린 유일한 공식 서류였으니까. 곤란한 문제를 들고 많은 사람들이 찾아오면, 무엇보다도 그들의 서명을 공증할 사람이 필요했다.

엘리엇의 사무실은 벽돌로 지은 파르테논에서 북동쪽으로 한 블록 떨어진 메인 스트리트에 있었고, 길 건너엔 로즈워터 재단이 세운 새로운 소방서가 있었다. 그의 사무실은 단층 건물에 올려 지은 옥탑으로, 아래층에는 간이식당과 주류판매점이 있었다. 창문이라곤 경사진 지붕 밖으로 돌출된 두 개의 채광창이 전부였다. 한쪽 창 밖으로 '식사'라는 간판이, 다른 창 밖으로 '맥주'라는 간판이 보였다. 두 간판 모두 전기가 들어왔고, 깜빡이등을 설치해놓았다. 엘리엇의 아버지가 워싱턴에서 '그 녀석' 때문에 분통을 터뜨릴 즈음 엘리엇은 아기처럼 잠을 잤고, 간판들은 소리 없이 깜박거렸다.

엘리엇은 윗입술을 큐피드의 활 모양으로 오므리고 달콤하게 뭐라고 중얼거리더니 돌아누워 코를 골았다. 한때 운동선수처럼 날렵했던 그는 이제 6피트 3인치 키에 몸무게가 230파운드나 나가는, 창백한 안색에 머리숱이 눈에 띄게 줄어든 거구의 중년이 되고 말았다. 그는 전쟁 잉여물자로 나온 길고 코끼리

피부처럼 쭈글쭈글한 속옷에 폭 싸여 있었다. 사무실의 창문과 거리 쪽으로 난 문에는 이런 글귀가 붙어 있었다.

로즈워터 재단

무엇을 도와드릴까요?

5

엘리엇은 모든 근심 걱정을 뒤로하고 달콤한 잠에 빠져 있었다.

온갖 악몽에 시달리는 듯 보이는 것은 작고 불결한 사무실 화장실의 변기였다. 변기는 탄식했고, 흐느꼈고, 물에 빠진 것처럼 꼬르륵거렸다. 변기의 수조 위에는 통조림, 납세신고서, 〈내셔널 지오그래픽〉이 무더기로 쌓였고, 세면대의 차가운 물에는 그릇 하나와 숟가락 하나가 담겨 있었다. 활짝 열린 세면대 위 약품수납장은 비타민제, 두통약, 치질 연고, 하제, 진정제 등으로 가득 찼다. 엘리엇은 그 약들을 자주 사용했지만, 자신을 위해서는 아니었다. 그를 찾아오는 사람 중 막연하게 아픈 사람을 위한 약이었다.

사랑과 이해와 약간의 돈으론 부족했다. 그들에겐 약도 필요했다.

사무실에는 납세신고서, 재향군인 관리국 서류, 연금신청서, 사회보장국 서류, 임시입국 청원서 등 온갖 서류가 사방에 쌓여 있었다. 어떤 서류 더미는 한쪽으로 기울어지다 못해 쓰러져 여기저기 모래언덕을 만들었다. 그리고 서류 더미와 모래언덕 사이로 종이컵과 빈 암브로시아 캔, 담배꽁초, 빈 서던 컴포트 병이 나뒹굴었다.

사무실 벽에는 엘리엇이 〈라이프〉와 〈룩〉에서 오려낸 사진들이 압핀으로 꽂혀 있었다. 그 사진들은 폭풍 전야에 부는 가벼운 산들바람에도 요란스럽게 팔랑거렸다. 엘리엇은 어떤 사진들, 특히 갓 태어난 동물 사진이 사람을 기쁘게 해준다는 사실을 깨달았다. 방문객은 또한 구경거리가 되는 사고 사진을 좋아했다. 그러나 우주비행사 사진은 따분해했다. 사람들은 엘리자베스 테일러 사진을 좋아했는데, 그녀를 아주 싫어하면서도 그녀를 보면 우월감이 들었기 때문이다. 사람들이 좋아하는 인물은 에이브러햄 링컨이었다. 엘리엇은 토머스 제퍼슨과 소크라테스를 널리 알려보려 했지만, 사람들은 다음번 방문 때면 그들을 기억하지 못했다. "누가 누구요?" 그들은 묻곤 했다.

예전에 그 사무실은 치과였다. 예전 용도를 보여주는 단서는 거리에서 올라오는 계단이 유일했다. 치과의사는 함석을 잘라 만든 표지를 계단 수직면에 못으로 박고, 각 표지에 그가 시술하는 치료의 장점을 적어놓았다. 엘리엇은 그 표지의 문구들을 페인트로 지우고 새로운 문구를 적어넣었다. 열두 계단에 맞춰 아래와 같이 나눈, 윌리엄 블레이크의 시였다.

나의 탄생을
주관한
천사가 말했다,
"기쁨과
미소로 만들어진
작은 생명이여,
가서 사랑하라,
지상에 있는
다른 이의
도움 없이."*

그리고 계단이 끝나는 곳 벽에는 상원의원이 연필로 직접 쓴 반박 글이 적혀 있었다. 블레이크의 또다른 시였다.

* 원문의 방식에 따라 두 단어씩 배치하다보니 10행이 되었다.

사랑은 저만의 만족을 구하고
저만의 기쁨에 남들을 묶는다.
남들이 불행에 빠질 때 즐기고
천국의 원한 속에 지옥을 세운다.

* * *

한편 워싱턴에선 엘리엇의 아버지가 차라리 엘리엇과 함께 죽었으면 좋겠다고 큰 소리로 외쳤다.

"나한테 아주 근본적인 대책이 있소." 매캘리스터가 말했다.

"지난번에 당신이 내놓은 근본적인 대책 때문에 팔천칠백만 달러가 내 손아귀에서 빠져나갔소."

매캘리스터는 피곤한 미소를 지으며 재단 설립을 기획한 것 때문에 사과하지는 않겠다고 말했다. 어쨌든 재단 설립은 의도했던 대로 잘 마무리되었고, 거액의 재산을 한 푼도 세금으로 뺏기지 않고 아버지에게서 아들로 넘겨줬다. 아들이 미치광이일 수도 있다는 사실은 매캘리스터의 책임이 아니었다. "엘리엇과 실비아에게 마지막으로 한번 더 화해를 시도해보라고 권하고 싶은데."

실비아가 고개를 저으며 속삭이듯 말했다. "아뇨. 죄송하지만 못하겠어요." 커다란 안락의자에 앉아 있던 그녀는 몸을 동그랗게 움츠렸다. 신발은 벗은 상태였다. 푸른빛과 흰빛이 감도는 계란형 얼굴은 흠잡을 데 없이 아름다웠고, 머리는 칠흑같이 검고 윤기가 흘렀으며, 눈 밑엔 다크서클이 앉아 있었다. "죄송해요."

이것은 물론 의학적인 결정이자 또한 현명한 결정이었다. 두번째 발병과 회복을 거친 뒤에도 그녀는 로즈워터 군 시절 초기의 옛 모습을 되찾지 못했다. 그녀는 완전히 딴사람이 되었고, 엘리엇과 결혼한 이래 세번째 성격을 갖게 되었다. 이 세번째 성격의 핵심은 자신이 무가치하다는 느낌, 가난한 사람들과 엘리엇의 개인위생에 혐오감이 드는 것에 대한 수치심, 그 혐오감을 무시하고 로즈워터로 돌아가 대의를 위해 목숨을 내던지고 싶은 자살 충동이었다.

그녀가 다시 한번 말한 "죄송해요"에는 완전한 희생을 거부하도록 의사가 처방해준 자의식적이고 피상적인 반항심이 담겨 있었다.

* * *

상원의원은 벽난로 선반에서 엘리엇의 사진을 치워버렸다. "누가 너를 탓하겠느냐? 주정뱅이 집시 같은 아들놈과 또다시 건초 더미에서 뒹굴기를 바랄 순 없지." 그러더니 상스러운 마지막 표현을 사과했다. "늙은이는 희망을 잃으면 노골적이고 천박해지는 경향이 있으니 이해하기 바란다."

실비아는 사랑스런 머리를 살짝 숙였다 들어올렸다. "저는 엘리엇을 그렇게 생각하지 않아요. 그는 주정뱅이 집시가 아니에요."

"아니, 난 그렇게 생각한다. 그 녀석이 내 앞에 나타날 때마다 속으로 '저런 장티푸스 병균 덩어리 같으니!' 라고 생각하지. 실비아, 나를 위로할 필요는 없다. 내 아들놈은 훌륭한 여자를 곁에 둘 자격이 없다. 그 녀석한테는 창녀, 꾀병 환자, 뚜쟁이, 도둑 같은 지저분한 사람이 어울려."

"아버님, 그들은 그렇게 나쁜 사람이 아니에요."

"내 생각에는 말이다, 엘리엇이 그들에게 끌리는 가장 큰 이유는 그들에게 좋은 점이 하나도 없어서야."

신경쇠약을 두 번이나 겪은 과거와 구체적인 꿈이 전혀 없는 미래 사이에서 실비아는 의사가 추천했을 만한 쪽으로 조용히 대꾸했다. "전 이 문제로 논쟁하고 싶지 않아요."

"여전히 엘리엇 편을 들겠다는 게냐?"

"네. 오늘밤 저는 다른 건 몰라도 이것 하나는 분명히 말할 수 있어요. 엘리엇은 분명 옳은 일을 하고 있어요. 정말 아름다운 일이에요. 다만 제가 더이상 그의 곁에 있을 정도로 강하거나 착하지 않을 뿐이에요. 그건 제 잘못이에요."

상원의원의 얼굴 가득 고통스런 당혹감과 무력감이 차례로 번졌다. "엘리엇이 돕는 그 사람들의 좋은 점을 하나만 말해보거라."

"그럴 수 없어요."

"그렇겠지."

"그건 비밀이에요." 그녀는 억지스럽게 계속되는 논쟁이 그쯤에서 끝나기를 간절히 원했다.

상원의원은 자신이 얼마나 무자비한지 까맣게 모른 채 실비아를 계속 몰아붙였다. "네가 우리의 친구라면, 그 엄청난 비밀이 무엇인지 말해보거라."

"그건, 그들은 인간이라는 거예요." 실비아는 사람들의 얼굴을 번갈아 쳐다보며 이해의 눈빛을 구했으나, 그런 건 전혀 없었다. 그녀는 마지막으로 무샤리의 얼굴을 쳐다보았다. 무샤리는 그녀를 향해 소름 끼치도록 어색한 미소를 지어 보였다. 탐욕과 욕정이 묻어나는 미소였다.

실비아는 급히 용서를 구하고 욕실로 들어가 울음을 터뜨렸다.

* * *

로즈워터 군의 하늘에서 천둥소리가 울렸다. 바둑이 한 마리가 그 소리에 놀라 마치 광견병에 걸린 듯 소방서에서 뛰쳐나오더니, 거리 한가운데에 멈춰 서서 부들부들 떨었다. 희미한 가로등은 멀찍이 서 있었고, 다른 불빛이라고는 군청사 지하에 자리한 경찰서 앞의 푸른 등, 소방서 앞의 붉은 등, 그리고 버스터미널을 겸한 소시티캔디키친 과자가게 건너편 공중전화 부스의 흰 등이 전부였다.

엄청난 굉음이 울렸고, 번개가 모든 것을 푸르스름한 다이아몬드색으로 물들였다.

바둑이가 로즈워터 재단으로 달려가 문을 긁으며 울부짖었다. 위층에서 엘리엇은 아무것도 모른 채 잠에 빠져 있었다. 천장 들보에 걸린 허연 반투명 셔츠가 유령처럼 흔들렸다.

* * *

엘리엇은 셔츠가 한 벌밖에 없었고, 슈트도 한 벌뿐이었다. 곰팡내 나는 푸른색 초크스트라이프 더블 재킷인 그 슈트는 지금 화장실 손잡이에 걸려 있었다. 꽤 잘 만든 슈트였다. 아주 오래되었지만 아직도 한 벌로 건재했기 때문이다. 엘리엇은 몇 년 전인 1952년, 뉴저지 주 뉴이집트에서 의용소방관에게 자기 양복을 주고 이 옷을 손에 넣었다.

엘리엇은 구두도 한 켤레밖에 없었다. 그 검정색 구두는 엉뚱한 실험 때문에 표면에 잔금이 가고 말았다. 구두에 광을 내려고 존슨 사의 '글로코트'로 닦았는데, 그것이 구두용이 아니라 바닥용 왁스였다. 구두 한 짝은 책상 위에, 다른 한 짝은 화장실 세면대 가장자리에 놓여 있었고, 각 신발에는 밤색 나일론 양말이 대님과 함께 꽂혀 있었다. 세면대 위 신발의 대님은 한쪽 끝이 물속에 빠져 물에 흠뻑 젖었고, 마술 같은 모세관현상 때문에 함께 꽂혀 있는 양말도 같은 신세를 면치 못했다.

잡지 사진을 제외하고 그 사무실에서 색채가 화려하고 새로운 물건이라고는, 기적의 세제 '타이드' 대형 상자와 사무실 문 옆에 걸린 의용소방관용 노란색 레인코트, 붉은색 헬멧뿐이었다. 엘리엇의 직위는 소방위였다. 그는 헌신적이고 숙련된 소방관이었을 뿐 아니라 소방서에 새 트럭을 여섯 대나 기증했기 때문에 소방경이나 소방정이 될 수도 있었다. 그가 소방위에 머문 것은 자신의 고집 때문이었다.

엘리엇은 화재가 났을 때를 제외하고는 거의 사무실을 떠나지 않았기 때문에 모든 신고 전화를 접수했다. 그의 간이침대 옆에는 전화기가 두 대 있었다. 검은색 전화기는 재단을 위한 것이었고, 빨간색 전화기는 화재 신고를 받는 것이었다. 화재 신고가 들어오면 엘리엇은 공증인 임명장 밑에 붙은 빨간 단추를 눌렀다. 그러면 소방서 꼭대기에 우뚝 솟은 전망대 아래 달린 확성기가 작동했다. 확성기와 전망대 설치에 들어간 비용은 엘리엇이 댔다.

천둥소리가 귀를 찢을 듯 울렸다.

"자, 어서, 어서." 엘리엇이 꿈속에서 중얼거렸다.

그때 검은색 전화기가 울렸다. 엘리엇은 잠에서 깼고, 세번째 벨이 울릴 때 전화를 받았다. 그는 시간에 상관없이 모든 전화를 항상 똑같이 받았다.

"로즈워터 재단입니다. 무엇을 도와드릴까요?"

* * *

엘리엇이 범죄자와 어울린다는 건 상원의원의 과대망상일 뿐, 실은 그렇지 않았다. 엘리엇을 찾는 내담자 대부분은 범죄를 저지를 만큼 용감하지도, 영리하지도 않았다. 그러나 엘리엇은 특히 아버지나 은행원이나 변호사와 입씨름할 때면 내담자들에 대해 그 역시도 오해를 하곤 했다. 그는 자신이 도우려는 사람들이 과거 여러 세대에 걸쳐 숲을 개간하고, 습지를 메우고, 다리를 건설하고, 전시에 아들을 보병대에 보낸 사람들과 같은 부류라고 주장하곤 했다. 엘리엇에게 자주 의지하는 사람들은 그보다 훨씬 박약하고 훨씬 부족했다. 예를 들어 그들의 아들은 군대에 들어갈 때가 되면 대개 정신적, 도덕적, 신체적으로 부적격 판정을 받아 입대를 거부당했다.

로즈워터 군에 사는 가난한 주민 가운데 강인한 성격을 가진 사람들은 자존심 때문에 엘리엇과 그의 조건 없는 사랑으로부터 거리를 유지하고, 뱃심 좋게 로즈워터 군 밖으로 나가 인디애나폴리스나 시카고나 디트로이트에서 일자리를 구했다. 물론 그런 곳에서 안정적인 일자리를 얻는 사람은 극히 드물었지만, 적어도 그들은 힘닿는 데까지 노력했다.

* * *

엘리엇의 검은색 전화기를 울린 사람은 어느 누가 봐도 너무 우둔해서 인간다운 생활이 힘들어 보이는 예순여덟의 노처녀로, 이름은 다이애나 문 글램퍼스였다. 그녀는 누구의 사랑도 받아본 적이 없었다. 어느 누구도 그녀를 사랑할 이유가 없었다. 그녀는 추하고, 멍청하고, 따분했다. 아주 가끔 누군가에게 자신을 소개해야 할 때면 그녀는 늘 이름 전체를 말했고, 그런 다음 그녀를 세상에 억지로 떠민 그 신비한 방정식을 아무 의미도 없이 덧붙였다.

"어머니 성이 문이었고, 아버지 성이 글램퍼스였지요."

* * *

글램퍼스와 문의 교배로 태어난 이 여자는 벽돌로 지은 로즈워터 저택의 하녀였다. 상원의원의 법률상 주거지인 그 저택에 상원의원은 실제로 한 해에 열흘 이상 머문 적이 없었다. 매년 삼백오십오 일 동안 다이애나는 스물여섯 개의 방을 혼자 독차지했다. 그녀는 혼자 청소하고, 청소하고, 또 청소했지만, 누군가가 흙을 묻혀 들어왔다고 투덜댈 수 있는 즐거움조차 누리지 못했다.

하루 일을 끝낸 뒤 다이애나는 승용차 여섯 대가 들어가는 로즈워터 차고의 자기 방으로 돌아갔다. 차고에는 1936년형 포드 페이턴과 빨간색 세발자전거뿐이었다. 포드는 받침대 위에 올려져 있었고, 세발자전거는 핸들에 화재경보기가 달려 있었는데, 엘리엇이 어렸을 때 타던 것이었다.

일을 마치면 다이애나는 자기 방에 앉아 금이 간 초록색 플라스틱 라디오를 듣거나 성경을 뒤적이곤 했다. 그녀는 글을 읽을 줄 몰랐는데도 성경책은 닳아서 너덜너덜했다. 침대 옆 탁자 위에는 하얀 전화기가 놓여 있었다. 프린세스 전화기라 불리는 그 전화기를 그녀는 인디애나 전화회사에서 기본사용료 외에 월 칠십오 센트를 추가로 내고 빌려 썼다.

천둥소리가 울렸다.

다이애나는 살려달라고 소리를 질렀다. 소리를 지를 수밖에 없었다. 1916년 로즈워터 제재회사의 야유회 때 번개가 어머니와 아버지의 목숨을 앗아갔고, 신장이 항상 아팠던 그녀는 번개가 신장을 내리칠 것이라 믿었기 때문이다.

그녀는 수화기를 와락 붙잡았다. 그리고 그녀가 걸어본 적이 있는 단 하나의 번호를 눌렀다. 그녀는 상대방이 전화를 받길 애타게 기다리며 훌쩍이고 끙끙거렸다.

엘리엇이 전화를 받았다. 그의 목소리는 부드럽고 아버지 같았으며, 첼로의 낮은 음처럼 인간적이었다. "로즈워터 재단입니다. 무엇을 도와드릴까요?"

* * *

"전기가 또 나를 쫓아와요, 로즈워터 씨. 어쩔 수 없이 전화했어요! 너무 무서워요!"

"아무 때나 전화해도 괜찮아요. 전화 받으려고 여기 있는 거니까."

"이번엔 정말로 붙잡힐 것 같아요."

"저런, 빌어먹을 전기 같으니." 엘리엇은 진짜로 화를 냈다. "그놈의 전기 때문에 미치겠군. 왜 하필 우리 아줌마를 못살게 구는 거지?"

"이번엔 말로만 끝나는 대신에 전기한테 따라잡혀 딱 죽었으면 좋겠어요."

"아줌마, 그런 일이 일어나면 우리 마을은 초상집이 될 거요."

"누가 내 걱정을 하겠어요?"

"내가 하죠."

"로즈워터 씨는 모든 사람을 걱정해요. 내 말은, 로즈워터 씨 말고 누가 내 걱정을 하겠냐는 거예요?"

"아주 많은 사람이요, 아줌마."

"난 멍청하고 늙은 여자예요. 예순여덟이나 먹은……"

"예순여덟이면 한창때잖아요."

"예순여덟 해 동안 이 몸뚱이에 좋은 일이라곤 한 번도 없이 살았어요. 좋은 일은 한 번도 없었어요. 어떻게 그랬을까요? 하느님이 뇌를 나눠줄 때 난 문 뒤에 숨어 있었어요."

"그렇지 않아요!"

"하느님이 튼튼하고 아름다운 몸을 나눠줄 때도 난 문 뒤에 숨어 있었어요. 어렸을 때도 빨리 달리거나 높이 뛰지 못했어요. 정말 아무것도 잘한다고 느껴보질 못했어요, 한 번도. 태어났을 때부터 항상 배에 가스가 차고, 발목이 붓고, 콩팥이 아팠어요. 그리고 하느님이 돈과 행운을 나눠줄 때도 난 문 뒤에 있었어요. 겨우 용기를 내 문을 열고 나와 '하느님, 자비로운 하느님, 여기 작고 늙은 내가 있어요' 라고 속삭이듯 말했을 땐 이미 좋은 건 하나도 남아 있지 않았어요. 어쩔 수 없이 하느님은 나에게 코로 쓰라고 쭈글쭈글한 감자를 줬어요. 머리로 쓰라고 철사를 주었구요. 그리고 개구리 같은 목소리를 주었지요."

"아줌마 목소리는 절대 개구리 같지 않아요. 아주 사랑스러워요."

"개구리 목소리예요." 다이애나가 고집을 부렸다. "원래 이 개구리는 하늘나라에 있었어요. 하느님은 그 개구리를 이 슬픈 세상에 태어나게 할 생각이었어요. 하지만 늙은 개구리는 영리했어요. 그래서 하느님에게 말했어요. '자비로운 하느님. 내가 세상에 태어나든 안 태어나든 별 차이가 없다면 차라리 태어나지 않았으면 좋겠어요. 개구리한테 저곳은 별로 재미없을 것 같아요.' 하느님은 개구리가 하늘나라에서 뛰어다니도록 허락했지요. 그곳에선 아무도 개구리를 미끼로 쓰거나 개구리 다리를 먹지 않았어요. 그리고 하느님은 그 개구리의 목소리를 내게 주었어요."

* * *

천둥이 또 한번 울렸다. 그러자 다이애나의 목소리가 한 옥타브 올라갔다. "나도 하느님한테 그 개구리처럼 말했어야 했는데, 그걸 못했어요. 여기는 다이애나 문 글램퍼스에게도 별로 좋은 곳이 아니라고!"

* * *

“자, 자, 아줌마. 진정해요.” 엘리엇이 말했다. 그리고 서던 컴포트 병을 들어 한 모금 마셨다.

“콩팥이 하루 종일 아파요, 로즈워터 씨. 빨갛게 달궈지고 전기가 통하는 대포알이 아주 천천히 콩팥을 들쑤시면서 빙글빙글 도는 것 같아요. 독이 묻은 면도날이 삐죽삐죽 튀어나온 대포알이요.”

“별로 유쾌하진 않겠군요.”

“그래요.”

“아줌마, 제발 병원에 가서 그 한심한 콩팥을 검사해봐요.”

“검사했어요. 로즈워터 씨 말대로, 오늘 윈터스 박사님한테 갔죠. 나를 젖소처럼 다루더군요. 꼭 술 취한 수의사 같았어요. 여기저기 때리고 이리저리 굴리더니, 세상에, 껄껄 웃더라구요. 그리고 로즈워터 군에 사는 모든 사람이 나처럼 콩팥이 건강하면 좋겠다고 했어요. 그러면서 나는 콩팥이 아니라 머리가 아픈 거라고 하대요. 오, 로즈워터 씨, 이제부터 내 의사는 당신뿐이에요.”

“아줌마, 난 의사가 아니에요.”

“괜찮아요. 인디애나에 있는 의사를 몽땅 합쳐도 당신이 고친 가망 없는 병이 더 많으니까요.”

"자, 그만해요."

"돈 레너드는 십 년 동안 부스럼을 달고 살았는데, 당신이 고쳐줬죠. 네드 캘빈은 어렸을 때부터 눈을 실룩거렸는데, 그것도 멈추게 했어요. 펄 플레밍은 당신을 보러 가서는 목발을 집어던졌고요. 나도 더이상 콩팥이 아프지 않아요. 당신의 친절한 목소릴 들었을 뿐인데요."

"정말 기쁘군요."

"그리고 천둥 번개도 멈췄어요."

사실이었다. 어느덧 창밖에는 구슬픈 음악 소리처럼 비가 내렸다.

* * *

"이제 잠자리에 들어요, 아줌마."

"고마워요. 오, 로즈워터 씨. 이 마을 한가운데에 당신의 동상을 크게 세워야 해요. 다이아몬드와 금, 엄청 비싼 루비, 순수한 우라늄으로 만들어서요. 당신은 훌륭한 이름, 훌륭한 교육, 많은 재산, 당신의 어머니가 가르친 훌륭한 예절을 갖추었으니, 어느 대도시에 나가 밴드가 연주를 하고 사람들이 환호하는 동안 최고로 훌륭한 사람들과 캐딜락을 타고 돌아다닐 수 있을 텐데. 그러면 이 세상에서 아주 높고 힘 있는 사람이 된 당신의 눈에 가난하고 낡은 로즈워터에 사는 평범하고 우둔한 보통 사람은 작은 벌레처럼 보일 텐데."

"자, 그만해요."

"당신은 사람들이 원하는 모든 것을 포기하고 이렇게 힘없는 우리를 돕고 있어요. 우린 그걸 알아요. 신의 축복이 있기를, 로즈워터 씨. 잘 자요."

6

"자연의 작은 위험신호들을……" 로즈워터 상원의원이 실비아와 매캘리스터와 무샤리 앞에서 침통하게 말했다. "얼마나 많이 무시하고 지나쳤는가? 내가 장님이었지."

"의원님 탓이 아니오." 매캘리스터가 말했다.

상원의원이 말했다. "자식이 하나밖에 없고, 그 집안이 강인한 정신을 가진 특별한 인간을 배출하기로 유명하다면, 하나밖에 없는 자식이 미치광이인지 아닌지를 어떤 기준으로 판단할 수 있단 말인가?"

"당신 탓이 아니라니까!"

"난 평생 동안 사람들에게 불행은 본인 탓이라고 말해왔지."

"의원님은 예외였소."

"빌어먹을, 예외는 거의 없소."

"자신을 거기에 포함시켜요. 의원님은 극소수의 예외요."

"엘리엇이 어렸을 때 소방서 마스코트가 됐다고 그렇게 소란을 피우지 않았다면 지금처럼 되지 않았을 거란 생각이 자주 드는구려. 맙소사, 사람들이 그 아이를 망쳐놨어. 1번 소방차에 태워 돌아다니고, 경적을 울리게 하고, 시동을 켰다 껐다 해서 역화*가 나오는 방법을 가르치고. 소음기가 불을 뿜으면 녀석은 미친 듯이 웃어댔지. 물론 그놈들은 하나같이 지독한 술 냄새를 풍겼어." 그는 고개를 끄덕이고 눈을 깜박거렸다. "술과 소방차라. 행복했던 어린 시절로 돌아가고 싶은 게지. 모르겠어, 정말 모르겠어. 소방서에 갈 때마다 녀석에게 그곳이 집이라고 말했지만, 그걸 믿을 정도로 멍청하다곤 결코 생각하지 않았다구."

* * *

"다 내 탓이오." 상원의원이 말했다.

"그렇다고 칩시다." 매캘리스터가 말했다. "그러면 엘리엇이 2차 세계대전에서 겪은 일도 모두 의원님 탓이겠지. 그 소방관들이 연기 나는 건물에 있었던 것도 분명 당신 탓일 테고."

---

* 내연기관에서 연료가 연소되기 전에 흡기 밸브가 닫히지 않을 때 소음기에서 발생하는 불.

매캘리스터는 2차 세계대전이 끝날 무렵 엘리엇이 겪은 신경쇠약의 주된 원인을 들먹이는 것이었다. 연기 나는 건물은 바이에른의 클라리넷공장으로, SS부대가 그곳을 점거하고 있다는 정보가 있었다.

건물을 공격할 때 엘리엇은 그의 중대에서 한 소대를 이끌고 갔다. 그가 항상 사용하는 무기는 기관단총이었다. 그러나 이번에는 연기 속에서 부하를 쏠 위험이 있었기 때문에 라이플총에 총검을 부착하고 들어갔다. 그는 살육이 휩쓸던 몇 년 동안에도 코앞에서 사람을 총검으로 찔러본 적이 없었다.

그는 창문으로 수류탄을 던졌다. 수류탄이 터지자 로즈워터 대위는 지체 없이 창문 안으로 뛰어들었다. 건물 안에는 아주 고요한 연기의 바다가 그의 눈높이까지 차 있었고, 그 표면은 물결 모양으로 일렁였다. 그는 숨을 유지하기 위해 고개를 뒤로 젖혔다. 바로 그때 독일인의 말소리가 들렸다. 형체는 보이지 않았다.

그는 한 걸음 앞으로 내딛으려다 시체에 걸려 비틀거리며 다른 시체 위에 쓰러졌다. 수류탄이 터질 때 죽은 독일인들이었다. 그는 다시 일어났다. 바로 코앞에 가스마스크와 철모를 쓴 독일인이 서 있었다.

엘리엇은 용감한 군인답게 무릎으로 적의 국부를 차고 그의 목에 총검을 쑤셔넣었다 뺀 다음 라이플총의 개머리판으로 턱을 가격했다.

바로 그때 왼쪽 어딘가에서 미군 하사의 목소리가 들렸다. 그가 외치는 소리를 들으니 그쪽 시야는 이쪽보다 훨씬 나은 게 분명했다. "사격 중지! 사격 중지! 이런 빌어먹을, 이들은 군인이 아니다. 소방관이다!"

사실이었다. 엘리엇은 세 명의 비무장 소방관을 죽였다. 그들은 평범한 마을 주민으로 공장 건물이 산소와 결합하는 것을 막기 위한 용감한 업무에 종사하고 있었다.

군의관이 도착해 엘리엇이 죽인 세 사람의 마스크를 벗겼다. 늙은 남자 두 명과 소년 한 명이었다. 소년이 엘리엇이 총검으로 찌른 사람이었다. 그는 채 열네 살이 안 돼 보였다.

엘리엇은 그후 십 분 정도는 멀쩡해 보였다. 그러고는 달려오는 트럭 앞으로 침착하게 걸어가 누웠다.

트럭은 즉시 멈췄지만 두 바퀴가 로즈워터 대위의 몸에 닿았다. 기겁한 부하들이 달려와 그를 일으켜 세웠다. 하지만 엘리엇의 몸은 아주 뻣뻣하게 경직되어, 부하들이 머리와 발꿈치만 들어도 운반할 수 있을 정도였다.

그는 그 상태로 열두 시간을 보냈고, 말하거나 음식을 먹으려 하지 않아 결국 배에 실려 파리로 후송되었다.

* * *

상원의원은 그때 상황이 알고 싶었다. "파리에서는 어땠느냐? 너에겐 멀쩡한 것처럼 보였느냐?"

"그를 만날 당시엔 그랬어요."

"모를 일이구나."

"아버지의 현악사중주단이 미군 병원에서 정신병 환자를 위해 연주했어요. 그때 아버지가 우연히 엘리엇과 얘기를 나누게 됐는데, 아버지는 엘리엇이 그때까지 만난 미국인 중 가장 정신이 멀쩡하다고 생각하셨죠. 엘리엇이 거의 회복해서 퇴원할 무렵 아버지는 그를 저녁식사에 초대하셨어요. 아버지가 그를 소개했던 말이 생각나요. '너희에게 지금까지 2차 세계대전을 정확히 꿰뚫어본 유일한 미국인을 소개하고 싶다.'"

"그렇게 멀쩡했던 녀석은 뭐라고 말하더냐?"

"그가 특별한 말을 했다기보다는, 사실 그에게서 풍기는 인상이 그랬어요. 아버지가 그에 대해 묘사했던 말을 기억해요. '내가 집으로 데려올 그 젊은 대위는 예술을 경멸한단다. 상상할 수 있겠니? 예술을 경멸하다니. 하지만 그 이유를 알고 나니 그를 좋아하지 않을 수 없더구나. 그는 예술이 그를 버렸다고 말했단다. 당연히 인정할 수 있는 일이지. 임무 수행 중에 열네 살 소년을 총검으로 찌른 사람에게 예술이 무슨 소용이겠느냐.'"

*　*　*

"전 엘리엇을 보자마자 사랑에 빠졌어요."

"그것 대신 다른 단어를 사용할 순 없겠느냐?"

"무엇 대신이요?"

"사랑 말이다."

"그보다 좋은 단어가 있나요?"

"물론 그게 완벽하게 좋은 단어였지. 엘리엇이 그 단어를 손에 넣기 전까진 말이다. 내가 보기에 이제 그 단어는 망가지고 말았어. 엘리엇이 사랑이라는 단어를 어떻게 만들었는지 아느냐? 러시아인이 민주주의라는 단어를 어떻게 만들었는지 보면 알 수 있지. 만약 엘리엇이 상대가 누구이고 무엇을 하는 사람인지 가리지 않고 모든 사람을 사랑하려 한다면, 구체적인 사람을 구체적인 이유로 사랑하는 우리 같은 사람은 새 단어를 찾는 게 나을 게다." 상원의원은 눈을 들어 고인이 된 아내의 초상화를 바라보았다. "예를 들어, 난 아내를 우리의 청소부보다 더 많이 사랑했는데, 그 때문에 우리 시대에 가장 무시무시한 죄악인 차별을 범한 것 같은 죄의식이 드는구나."

* * *

실비아의 얼굴에 희미한 미소가 번졌다. "더 좋은 단어가 없으니 오늘밤만은 전에 쓰던 단어를 계속 사용해도 될까요?"

"그게 익숙하다면 그렇게 하려무나."

"전 파리에서 그이를 보자마자 사랑했어요. 그리고 그이를 생각하는 지금도 여전히 사랑해요."

"그때 일찌감치 네가 바보를 만났다는 걸 깨달았어야 했어."

"그인 술을 많이 마셨어요."

"그게 바로 문제의 핵심이야!"

"그리고 아서 가비 울름과의 터무니없는 일도 있었구요." 울름은 재단이 뉴욕에 있을 때 엘리엇이 만 달러를 준 시인이다.

"가난한 아서는 경제적인 문제를 떠나서 자유롭게 진실을 말하고 싶다고 했어요. 그러자 엘리엇이 그 자리에서 엄청난 액수의 수표를 써줬어요. 칵테일파티에서였죠." 실비아가 말했다.

"그 자리엔 아서 고드프리, 로버트 프로스트, 살바도르 달리도 있었고, 다른 사람도 아주 많았어요.

엘리엇은 그에게 말했어요. '부디 가서 진실을 말하시오. 누구든 그 일을 해야 할 때가 되었소. 더 많은 진실을 말하기 위해 돈이 더 필요하다면, 나를 다시 찾아오시오.'

가난한 아서는 멍하니 파티장을 돌아다니며 사람들에게 수표를 보여주고는 이게 꿈이 아니냐고 물었죠. 모든 사람이 진짜 수표라고 말하자, 그는 엘리엇에게 돌아와 가짜 수표가 아니라는 걸 재차 확인했어요. 그러곤 거의 히스테리 환자처럼 엘리엇에게 자신이 무엇을 써야 할지 말해달라고 간청했어요.

엘리엇은 '진실이오!'라고 말했죠.

'당신은 나의 후원자요. 내 생각엔 후원자인 당신이 원하는 글을……'

'난 당신의 후원자가 아니오. 그저 같은 미국인으로서 진실이 무엇인지 알고 싶어 당신에게 돈을 지불한 거요. 그건 아주 다른 문제입니다.'

'맞아, 맞아. 그래야지. 나도 그걸 원했다오. 난 다만, 당신이 원하는 어떤 특별한 주제가 있을 거라고 생각했어요.'

'주제는 당신이 고르시오. 최대한 정직하고 용감하게.'

'알겠습니다.' 가난한 아서는 자기가 뭘 하는지도 모른 채 엘리엇에게 경례했는데, 육군이든 해군이든 군대에는 가본 적이 없는 것 같았어요. 그는 엘리엇 곁을 떠나 또다시 파티장을 돌아다니며 모든 사람에게 엘리엇이 어떤 종류의 일에 관심이 있느냐고 물었어요. 결국 엘리엇에게 다시 와서는 자신이 한때 과수원에서 일하는 이주노동자였기 때문에 그 노동자들이 얼마나 비참한지에 대해 연작시를 쓰고 싶다고 말했죠.

엘리엇은 허리를 똑바로 펴고 아서를 내려다봤어요. 그의 눈에서 불꽃이 일었죠. 엘리엇은 모든 사람에게 들리도록 큰 소리로 '선생! 로즈워터 가문이 미국 청과회사의 설립자이자 최대주주라는 걸 모르시오?' 라고 외쳤어요."

"그건 사실이 아니야!" 상원의원이 말했다.

"물론 사실이 아니죠." 실비아가 말했다.

"재단이 미국 청과회사의 주식을 보유한 적이 있었소?" 상원의원이 매캘리스터에게 물었다.

"아마, 오천 주 정도?"

"한 주도 없었소."

"그렇군요." 매캘리스터가 동의했다.

"가난한 아서는 얼굴이 빨개져 살며시 도망쳤고, 잠시 후 다시 와서는 아주 겸손하게 어떤 시인을 좋아하냐고 물었죠. 엘리엇은 대답했어요. '난 그 시인의 이름을 모르오. 하지만 정말로 알고 싶소. 왜냐하면 내가 읽은 시 가운데 유일하게 가슴에 와 닿은 시였으니까.'

'어디서 그 시를 봤나요?'

'울름 씨, 그 시는 인디애나 주 로즈워터 군과 브라운 군의 경계에 있는 로그캐빈 여관 선술집의 남자화장실 벽에 적혀 있소.'"

상원의원이 말했다. "거참 이상하군, 이상해. 로그캐빈 여관은 불타 없어졌을 텐데. 아마 1934년쯤이었을걸. 엘리엇이 그

술집을 기억하다니 정말 이상하군."

"그곳에 머문 적이 있소?" 매캘리스터가 물었다.

"딱 한 번 있소, 이제야 기억나는군. 끔찍한 강도 소굴이었지. 차가 고장 나지 않았다면 절대 그곳에 머물지 않았을 거요. 그때 엘리엇이 열 살이었나, 열두 살이었나? 그때 아마 남자화장실을 사용했을 테고, 벽에 쓰인 낙서를 보고 평생 기억하는 거겠지." 상원의원은 고개를 끄덕였다. "참 신기한 일이야, 신기해."

"그게 어떤 시였소?" 매캘리스터가 물었다.

실비아는 두 노인에게 상스러운 말이 나와도 이해해달라며 용서를 구한 다음 엘리엇이 울름에게 큰 소리로 들려줬던 두 줄짜리 시를 낭송했다.

우리는 당신의 재떨이에 오줌을 싸지 않습니다.
그러니 당신도 우리의 소변기에 담배를 버리지 말아주세요.

* * *

"가난한 시인은 눈물을 흘리며 사라졌어요. 그후로 몇 달 동안 전 무서워서 작은 소포를 열어보지 못했어요. 아서 가비 울름이 귀를 잘라 보낼 것만 같았거든요."

*　*　*

“예술을 아주 싫어하는군.” 매캘리스터가 말했다. 그러곤 혀를 찼다.

“그이는 시인이에요.” 실비아가 말했다.

“처음 듣는 얘기군. 한 번도 시 같은 걸 본 적이 없는데?” 상원의원이 말했다.

“가끔 저를 위해 시를 썼어요.”

“아마 공중화장실 벽에 낙서나 하면서 즐거워했겠지. 누가 그런 짓을 하는지 종종 궁금했는데, 이젠 알겠군. 바로 나의 시인 아들이야.”

“그가 정말 화장실 벽에 낙서를 하오?” 매캘리스터가 물었다.

실비아가 대답했다. “그랬다고 들었어요. 그건 상스러운 게 아니라 순수한 거였어요. 뉴욕에 살 때 사람들이 그러더군요. 엘리엇이 도시의 모든 남자화장실에 똑같은 글을 쓰고 다닌다고요.”

“그게 뭐였는지 기억나시오?”

“네. ‘사랑받지 않고 잊히고 싶다면, 이성적으로 행동하라’였어요. 제가 알기론 그이가 창작한 거예요.”

* * *

그때 엘리엇은 다시 잠을 청하기 위해 다름 아닌 아서 가비 울름이 쓴 소설 원고를 뒤적이고 있었다.

제목은 존 던의 시에서 빌려온 「맨드레이크 뿌리*를 임신시켜봐」였다. 그리고 "나의 자비로운 터키석, 엘리엇 로즈워터에게"라는 헌사가 붙어 있었다. 헌사 아래에는 존 던의 또다른 글이 인용되어 있었다.

창백해진 빛깔로
지닌 사람이 건강하지 않음을 말해주는
자비로운 터키석

원고에 첨부된 울름의 편지에는 그 책이 크리스마스에 맞춰 팰런드롬 출판사에서 나올 것이고, 『성애문학의 요람』과 함께 어느 주요 독서클럽의 선집에 포함될 것이라고 적혀 있었다. 편지의 일부는 이렇다.

당신은 틀림없이 나를 잊었을 겁니다. 나의 자비로운 터키

* 인삼처럼 뿌리가 사람의 다리 모양으로 갈라진 식물. 최음제로 알려져 있다.

석. 당신이 알고 있던 아서 가비 울름은 기억할 가치가 없는 사람이었죠. 시인이라고 생각하기에는 얼마나 비겁하고 얼마나 어리석었는지요! 그리고 당신의 잔인함이 얼마나 관대하고 친절한 것이었는지 이해하기까지 얼마나 오랜 세월이 걸렸는지요! 당신은 나의 무엇이 잘못되었는지, 내가 어떻게 해야 하는지에 대해 얼마나 큰 것을, 얼마나 적은 단어로 말해주었는지요! 십사 년이 흐른 지금에야 나는 팔백 쪽의 산문을 완성했습니다. 당신이 아니었다면 이 책을 쓸 수 없었을 겁니다. 당신이 준 돈 이야기가 아닙니다. (돈은 똥이고, 이 책에도 그런 이야기가 나옵니다.) 우리가 사는 이 병든 사회의 진실을 말해야 한다는, 그리고 화장실 벽에서 그 이야기를 발견할 수 있다는 당신의 주장을 말하는 것입니다.

엘리엇은 아서 가비 울름이 누구인지 기억나지 않았고, 그 사람에게 무슨 충고를 했는지는 더더욱 기억나지 않았다. 울름이 보여준 단서들은 너무 애매했다. 엘리엇은 누군가에게 도움이 되는 충고를 했다는 게 기뻤고, 울름이 이렇게 선언했을 때는 짜릿함을 느꼈다.

그들은 나를 총으로 쏘고 내 목을 매달지도 모릅니다. 그러나 나는 진실을 얘기했습니다. 바리새인, 매디슨 가(街)의 사기꾼, 블레셋인의 이 가는 소리가 내 귀엔 음악처럼 들릴 겁니다. 당신의 신성한 도움으로 나는 그들에 관한 진실의 요정을 호리병에서 꺼냈습니다. 그들은 절대로, 절대로 그것을 다시 집어넣지 못할 겁니다!

엘리엇은 흥분을 억누르고 울름이 죽음을 불사하고 얘기했다는 진실을 읽기 시작했다.

제1장

난 그녀가 다리를 벌릴 때까지 그녀의 팔을 비틀었다. 내가 밀고 들어가자 그녀는 기쁨 반, 고통 반이 섞인 작은 비명을 질렀다(여러분은 여자를 어떻게 생각하는지?).

순간 저도 모르게 발기한 엘리엇은 자신의 생식기를 나무랐다. "맙소사. 넌 왜 이렇게 주책이 없는 거냐?"

* * *

"아이만 있었어도." 상원의원이 말했다. 그리고 거의 동시에 짙은 유감의 틈새로 아차 하는 생각이 들었다. 마법과도 같은 아기를 낳지 못한 여자에겐 너무 잔인한 말이었다. "바보 같은 늙은이를 용서해라, 실비아. 아이가 없는 것이 너에겐 오히려 신에게 감사할 일이겠구나."

욕실에서 울고 돌아온 뒤 차분해진 실비아는 몇 가지 작은 몸짓을 취해 보였다. 아기가 있었다면 한없이 사랑했을 테지만, 한편으로는 아기가 불쌍했을 거라는 의미의 몸짓이었다. "그런 일로 신에게 감사하고 싶진 않아요."

"아주 개인적인 걸 하나 물어봐도 되겠느냐?"

"네. 삶이란 온통 그런 것투성인걸요."

"앞으로도 엘리엇은 자식을 낳을 가능성이 전혀 없다고 생각하느냐?"

"전 그이를 삼 년 동안 보지 못했어요."

"나는 그럴 가능성이 있냐고 묻는 거다."

"제가 말씀드릴 수 있는 건, 결혼생활이 끝날 무렵 우린 둘 다 열정이 좀 식었다는 거예요. 처음에 그이는 잠자리에서 아주 달콤하고 열정적이었죠. 하지만 아이를 만드는 일에는 그렇지 않았어요."

상원의원은 비통한 표정으로 혀를 찼다. "내가 내 자식을 제대로 보살피지 못했구나!" 그는 주춤했다. "난 엘리엇이 뉴욕에서 찾아가곤 했던 그 정신과 의사를 방문했소. 결국 작년에야 간신히 이해했지. 이제 엘리엇의 모든 것을 이해한 것 같소, 이십 년이나 늦었지만. 그게 문제였어, 그게. 흠잡을 데 없이 훌륭한 동물이 그렇게 망가질 수 있다는 걸 나는 도저히 이해할 수 없었소!"

무샤리는 엘리엇의 병이 구체적으로 무엇인지 알고 싶어 미칠 지경이었다. 그는 누군가가 상원의원에게 계속 말을 시키기만 바라며 긴장하고 기다렸다. 그러나 아무도 나서지 않자 직접 입을 열었다. "의사가 뭐라고 했습니까?"

상원의원은 추호도 의심하지 않고 이야기를 계속했다. "원래 그 사람들은 듣고 싶은 이야기는 절대로 안 해주려고 해. 항상 딴 애기만 하지. 의사는 내가 누구인지 알자 엘리엇에 관한 애기를 피하더군. 그리고 로즈워터 법에 대해 애기하자고 했소." 로즈워터 법은 상원의원이 최고의 걸작으로 꼽는 법이었다. 외설물의 출판이나 소유를 연방 범죄로 취급해 집행유예 없이 최고 오만 달러 또는 십 년형을 선고할 수 있게 한 이 법이 걸작인 이유는 외설을 아래와 같이 구체적으로 정의한 데 있었다.

> 외설이란 생식기나 배설물이나 체모를 환기시키는 그림, 사진 또는 글을 가리킨다.

상원의원은 불쾌한 표정을 지으며 말했다. "그 정신과 의사는 내 유년 시절을 알고 싶어하더군. 체모에 대한 내 감정을 캐

물었어." 그는 어깨를 으쓱했다. "난 의사에게 다른 주제로 넘어가자고 정중히 부탁했소. 내가 아는 한, 점잖은 사람이라면 누구나 나와 같은 혐오감을 가졌을 테니까." 그는 매캘리스터를 가리켰다. 다른 뜻이 있어서가 아니라 그저 아무나 가리킨 것이었다. "그게 포르노의 핵심이요. 사람들은 '그걸 어떻게 알 수 있느냐, 포르노를 모든 예술과 어떻게 구별하느냐?'고 말하지만, 난 그 핵심을 법으로 규정했소! 포르노와 예술의 차이는 바로 체모란 말이오!"

그는 얼굴이 화끈 달아올랐고, 황급히 실비아에게 용서를 구했다. "미안하구나, 얘야."

무샤리는 다시 상원의원을 들쑤셔야 했다. "그러면 의사가 엘리엇 씨 얘기는 전혀 안 했습니까?"

"그 빌어먹을 의사 말로는, 엘리엇이 잘 알려진 역사적 사실만 늘어놓았을 뿐 그 외에는 한마디도 하지 않았다더군. 엘리엇의 얘기는 전부 별난 사람이나 가난한 사람을 억압했던 사건들과 관련이 있었다는 거요. 엘리엇의 병은 진단할 수 없고, 행여 진단을 내리면 무책임한 억측이 될 거라고 하더군. 아들을 걱정하는 아버지로서 난 의사에게 말했소. '마음껏 추측해도 좋으니 제발 내 아들의 병이 무엇인지 말해보시오. 절대 책임을 묻지 않겠소. 사실이든 아니든 무슨 말이라도 해준다면 그저 고맙게

듣겠소. 책임이나 사실 여부를 떠나, 지금까지 몇 년 동안이나 아들 생각만 하면 머리가 하얗게 비어버렸으니까. 이 불쌍한 노인의 뇌에 당신의 스테인리스 숟가락을 푹 꽂으시오. 그리고 맘껏 휘저으시오.'

그가 말하더군. '내 생각이 왜 무책임한가를 말씀드리기 전에, 먼저 성도착에 대해 잠시 얘기를 나누고 싶습니다. 물론 엘리엇 씨도 여기에 포함될 겁니다. 만일 얘기 도중에 화가 나신다면 즉시 중단하도록 하겠습니다.' 나는 손을 저었소. '아니요. 난 멍청한 늙은이요. 멍청한 영감탱이는 누가 무슨 말을 해도 상처받지 않는다는 이론이 있소. 전에는 그 이론을 믿지 않았지만, 이젠 믿으려고 노력해보겠소.'

'좋습니다. 자, 젊고 건강한 남자는 성적으로 흥분하게 되어 있습니다. 자기 어머니나 누이가 아니라 예쁜 여자 때문에요. 만일 그가 다른 것, 예를 들어 남자나, 우산이나, 조세핀 왕비의 타조 목도리나, 양이나, 시체나, 자기 어머니나, 훔친 양말대님 때문에 흥분한다면, 우리는 그것을 성도착이라 부릅니다.'

나는 내 주변에도 그런 사람이 항상 있었지만, 생각할 가치도 없다고 느꼈기에 깊이 생각해본 적은 없다고 대답했소.

'좋습니다.' 의사가 말했소. '그렇게 침착하고 책임감 있게 반응하시다니, 솔직히 놀랐습니다. 이제 단도직입적으로 말씀드리지요. 모든 성도착증은 기본적으로 배선이 엇갈려 생기는 사례입니다. 대자연과 사회는 남자에게 섹스를 하려면 이런저런 장소에서 이렇게 저렇게 하라고 명령하지요. 하지만 불행한 남자들은 엇갈린 배선 때문에 엉뚱한 장소로 열심히 달려가 대단히 부적절한 행동을 자랑스럽게 합니다. 그리고 폭도에게 맞아 죽지 않고 경찰에게 맞아 절름발이가 되는 정도로 끝난 것을 다행으로 여깁니다.'

몇 년 만에 처음으로 소름이 끼치기 시작하더군. 의사에게 그 말을 하자 그는 다음과 같이 말했소.

'좋습니다. 환자를 치료할 때 느끼는 가장 큰 즐거움은 아무것도 모르는 사람을 공포에 빠뜨린 다음, 다시 안전하게 구출하는 겁니다. 엘리엇 씨는 분명 배선이 엇갈린 환자입니다. 합선된 회로 때문에 성적 에너지를 부적절한 대상에 분출하게 된 것이죠. 하지만 그 대상이 그렇게 나쁘거나 끔찍하지는 않습니다.'

난 크게 소리쳤소. '그게 뭐요?' 그 순간 나도 모르게 엘리엇이 여자 속옷을 훔치거나, 지하철에서 여자의 머리 냄새를 맡거나, 이웃집을 훔쳐보거나 하는 상상이 들더군."

인디애나 주 상원의원은 어깨를 으쓱했다.

"'말해보시오, 의사 선생. 최악의 경우라도 괜찮소. 엘리엇이 무엇에 성적 에너지를 분출한다는 거요?' 그가 대답했소. '유토피아입니다.'"

좌절감에 목이 메어 무샤리는 재채기를 했다.

7

「맨드레이크 뿌리를 임신시켜봐」를 읽는 동안 엘리엇의 눈꺼풀은 점점 더 무거워졌다. 그는 바리새인이 이를 갈 만할 구절이 걸리기를 바라며 무작위로 훑어나갔다. 그렇게 해서 걸린 한 대목은 어느 빌어먹을 판사가 아내에게 한 번도 오르가슴을 느끼게 해주지 못했다는 얘기였고, 또다른 대목은 비밀 장부를 맡고 있는 광고회사 간부가 술에 취해 자신의 아파트 문을 잠그고 어머니의 웨딩드레스를 입는다는 내용이었다. 엘리엇은 눈살을 찌푸렸다. 그런 유의 얘기로도 바리새인을 어지간히 괴롭힐 수 있다고 애써 인정해보려 했지만, 도무지 그런 생각이 들지 않았다.

다음으로 엘리엇은 그 간부의 약혼녀가 자기 아버지의 운전사를 유혹하는 대목을 읽었다. 그녀는 외설적으로 운전사의 제복 앞가슴 단추를 입으로 물어뜯었다. 엘리엇 로즈워터는 깊이 잠들었다.

전화벨이 세 번 울렸다.

"로즈워터 재단입니다. 무엇을 도와드릴까요?"

"로즈워터 씨……" 초조한 남자의 목소리였다. "당신은 날 모르시겠죠."

"그러면 안 된다고 누가 그럽디까?"

"난 보잘것없는 사람이에요, 로즈워터 씨. 벌레보다 못해요."

"그렇다면 하느님이 큰 실수를 한 거요. 안 그래요?"

"하느님이 나를 만든 게 큰 실수였죠."

"아무튼 전화를 제대로 거신 것 같군요."

"그런데 거기가 뭐하는 곳인가요?"

"여길 어떻게 알고 전화하셨소?"

"여기 공중전화 부스에 검은색과 노란색이 들어간 스티커가 큼지막하게 붙어 있어요. '당신의 생명은 소중합니다. 로즈워터 재단으로 전화하세요' 라고 적혀 있고, 그 밑에 전화번호가 있습니다." 그런 스티커는 로즈워터 군의 모든 전화 부스뿐만 아니라 의용소방관의 자동차와 트럭 뒷유리에도 붙어 있었다. "그 아래 연필로 뭐라고 쓰여 있는지 아세요?"

"아뇨."

"'엘리엇 로즈워터는 성인이에요. 그는 당신에게 사랑과 돈을 줄 거예요. 그리고 인디애나 주 남부에서 가장 멋진 섹스를 원한다면, 멜리사에게 전화하세요.' 그 아래 그녀의 전화번호가 적혀 있네요."

"이곳은 처음이시오?"

"난생처음입니다. 그나저나 당신은 뭐하는 사람입니까? 어느 종교죠?"

"'두 영적 씨앗*의 운명 예정 침례교'요."

"그게 뭡니까?"

"사람들이 나한테 종교가 뭐냐고 다그쳐 물으면 그냥 이렇게 말합니다. 실제로 그런 종파가 있고, 아주 훌륭한 종파인 게 분명해요. 발을 씻는 의식이 있고, 목사는 헌금을 걷지 않습니다. 나도 내 발을 씻고, 헌금을 안 받습니다."

"무슨 말인지 잘 모르겠는데요." 전화 건 사람이 말했다.

"그냥 편하게 생각하라고 한 말이니 심각하게 받아들이지 마세요. 혹시 '두 영적 씨앗의 운명 예정 침례교' 사람은 아니시겠죠?"

"천만에요."

"실제로 신도가 한 이백 명 정도 됩니다. 조만간 나도 그들을

* 두 씨앗은 신의 씨앗과 사탄의 씨앗을 의미함.

찾아가 방금 했던 얘기를 할 생각입니다." 엘리엇은 술을 한 모금 마셨다. "난 그 순간을 늘 두려워하고 있어요. 언젠가 분명히 올 겁니다."

"목소릴 들으니 취하신 것 같군요. 방금 술 마시는 소리가 들렸어요."

"어쨌거나, 무엇을 도와드릴까요?"

"대체 당신은 누구요?"

"정부요."

"뭐라고요?"

"정부라고요. 교회 외에 사람들이 자살하는 걸 막고 싶어하는 데가 정부밖에 더 있소? 안 그래요?"

남자가 뭐라고 중얼거렸다.

"아니면 공동 모금 단체든가." 엘리엇이 말했다.

"농담하는 거죠?"

"내가 그렇게 생각하니 당신도 그렇게 생각해주면 고맙겠소."

"자살을 막는 게 재미있는 모양이네요."

"왜, 자살하시게?"

"조금 전까지 그랬다면 어쩔 거요?"

"인생을 계속 살 수 있는 멋진 이유를 발견했는데, 당신이 자살했다면 그걸 말해주지 못했을 거요."

"그게 뭐죠?"

"당신에게 앞으로 딱 일주일 더 살기 위해 필요한 돈이 얼마인지, 최저 액수를 말해보라고 할 생각이었소."

잠시 침묵이 흘렀다.

"내 목소리 들려요?" 엘리엇이 말했다.

"네, 들립니다."

"자살할 생각이 아니라면 이제 그만 전화를 끊어주시오. 다른 사람이 전화할지도 모르니까."

"당신은 정말 미쳤군요."

"당신은 자살하고 싶어하는 사람이고."

"내가 백만 달러를 줘도 일주일 더 안 살겠다고 하면 어쩔 거요?"

"그렇담 '그냥 가서 죽으시오'라고 말하겠소. 백 번이든 천 번이든."

"백 번이든 천 번이든."

"그냥 가서 죽으시오. 천 번이든 만 번이든."

"천 번이든 만 번이든."

"이제 얘기가 통할 것 같구려. 이리 와서 대화나 합시다." 엘리엇은 그에게 사무실 위치를 알려주었다. "소방서 앞에서 개들을 만나더라도 무서워하지 마시오. 그놈들은 화재경보가 울릴 때만 물어요."

* * *

잠깐 화재경보기에 대해 얘기하겠다. 엘리엇이 아는 한 그것은 서반구에서 가장 시끄러운 경보기였다. 엔진은 700마력의 메서슈미트였고, 시동장치만 해도 30마력이었다. 2차 세계대전 당시 베를린의 주요 공습경보기로 쓰였던 것을 로즈워터 재단이 서독 정부로부터 구입해 익명으로 마을에 기증한 것이다.

경보기가 무개화차에 실려 도착했을 때, 작은 꼬리표에 적힌 짤막한 글귀가 기증자를 말해주는 유일한 단서였다. "친구의 경의로서."

* * *

엘리엇은 간이침대 밑에 보관해둔 귀찮은 장부에 모든 출납을 기록했다. 장부는 오톨도톨한 검은 가죽 장정과 눈이 편한 초록색 괘지 300장으로 제본되어 있었다. 그는 이 장부를 '둠즈데이북'*이라 불렀고, 재단이 로즈워터에서 일을 시작한 첫날부터 모든 내담자의 이름, 내담자가 겪은 고통의 성격, 재단이 내담자에게 해준 일을 빼놓지 않고 기재했다.

---

* '최후 심판의 책'이란 뜻. 정복왕 윌리엄 1세 때 영국의 토지를 아주 상세히 조사한 뒤 작성한 토지대장으로 도저히 발뺌할 수 없다는 뜻에서 유래.

이 장부는 거의 다 찼으며, 엘리엇과 그의 소원해진 아내만이 거기 적힌 모든 기록을 해석할 수 있었다. 지금 그는 자살하려다 그에게 전화를 걸었던 남자, 사무실에 찾아와 그를 만난 뒤 방금 전에 떠난 그 남자의 이름을 적었다. 그 남자는 뭔가 속았거나 조롱을 당했지만, 어떻게 그리고 왜 그런 일을 당했는지 도저히 모르겠다는 듯 약간 부루퉁해서 돌아갔다.

엘리엇은 이렇게 기재했다. "셔먼 웨슬리 리틀, 인디, 자-공금제-해-2세참-아자3-자2뇌마-로재 $300." 이 암호를 해독하면, "인디애나폴리스의 리틀 씨, 자살을 생각함, 공구 금형 제작공, 해고됨, 2차 세계대전 참전용사, 아내와 세 자녀, 둘째아이 뇌성마비"라는 뜻이었다. 엘리엇은 로즈워터 재단의 돈 삼백 달러를 줬다.

둠즈데이북에서 돈보다 훨씬 더 흔한 처방은 '아와'였다. 이것은 누구나 알 것 같지만 아무도 모르는 이유로 더러운 판잣집에서 사는 사람들에게 엘리엇이 추천하는 다음과 같은 처방이었다. "잘 듣고 그대로 하세요. 아스피린 한 알을 입에 넣고, 와인 한 잔과 함께 삼키세요."

* * *

'파사'는 '파리 사냥'을 의미했다. 사람들은 종종 엘리엇을 위해 뭔가 좋은 일을 해야겠다는 절박한 욕구를 느꼈다. 그래서 엘리엇은 사람들에게 정해진 시간에 와서 파리를 잡아달라고 요청했다. 파리가 꼬이는 철에 그것은 아주 어렵고 불쾌한 일이었다. 사무실 창에 방충망이 없는 데다 그의 사무실은 아래층 식당의 지저분한 주방과 맞붙어 있어 주방의 지저분하고 후덥지근한 환기시설이 사무실 바닥을 지나갔다.

그래서 파리 사냥은 의례처럼 치러졌고, 일반적인 파리채를 사용하는 대신 남녀가 서로 다른 방법으로 파리를 잡을 정도로 의례의 성격을 띠어갔다. 남자는 고무밴드를, 여자는 미지근한 비누거품 물을 담은 큰 컵을 사용했다.

고무밴드 기술은 다음과 같았다. 남자들은 넓적한 고무밴드를 얇게 저며 고리가 아닌 한 줄로 새끼처럼 꼬았다. 그리고 두 손으로 잡아당겨 라이플총처럼 겨냥한 다음 파리가 시야에 들어오면 찰싹 튀겼다. 여기에 정통으로 맞은 파리는 종종 형체도 없이 사라지곤 했는데, 이 때문에 사무실 벽과 목재가구는 대체로 독특한 색깔, 그러니까 말린 파리 수프 같은 색깔을 띠었다.

비누거품 컵 기술은 다음과 같았다. 여자들은 천장에 거꾸로 붙어 있는 파리를 찾아 아주 천천히 그 밑에 거품 컵을 똑바로 갖다댔다. 거꾸로 앉은 파리는 위험이 닥치면 밑으로 2~3인치 가량 자유낙하한 다음 날갯짓을 한다는 사실을 이용한 기술이었다. 더구나 파리는 컵이 바로 밑까지 온 뒤에야 위험을 감지하고 고맙게도 컵에 뛰어들어 비누거품 속에서 허우적거리다 익사했다.

이 기술에 대해 엘리엇은 종종 이렇게 말했다. "직접 해보기 전에는 아무도 믿지 않아. 하지만 일단 성공해본 여자들은 그만 둘 줄을 모른다니까."

* * *

장부 뒤쪽에는 미완성 소설 한 편이 쓰여 있었다. 엘리엇은 실비아가 그에게 돌아올 가능성이 없다는 것을 결국 받아들인 몇 년 전의 어느 날 저녁에 그 소설을 쓰기 시작했다.

왜 그토록 많은 영혼이 실패하고 죽고, 실패하고 죽고, 또 실패하고 죽은 뒤에도 자진해 지구로 돌아오는 것일까? 천국이 그런 허무의 공간이기 때문이다. '저주받은 천국의 문' 위에는 이런 글자가 박혀 있어야 한다.

오 슬프다, 작은 허무가 오래도 가는구나.

그러나 천국의 무한한 정문에는 야만적인 영혼의 낙서만

가득하다. 진주를 박은 박공 위에는 "불가리아 세계박람회에 오신 것을 환영하오!"라는 탄식이 연필로 적혀 있고, 그 옆에 "죽느니 붉게 사는 게 낫다"*라는 견해가 적혀 있다.

또다른 영혼이 "밀거래 고기를 먹어보기 전까진 인간이라 할 수 없다"고 적어놓은 것을 누군가가 "밀거래 고기가 되어 보기 전까진 인간이라 할 수 없다"로 고쳐놓았다.

어느 음탕한 영혼이 "근처에 괜찮은 갈보집이 어디요?"라고 묻자, 그 밑에 이런 답이 달렸다. "앨프레드 테니슨 경의 '마지막 음유시인의 노래'**가 어떠실지?"

나도 한몫 거들었다.

천국의 벽에 글을 쓰는 자들은
자기 똥을 동그랗게 빚어야 한다.
그 재치 있는 글을 읽는 자들은
그 똥덩어리를 먹어야 한다.

---

* 2차 세계대전 당시 나치 독일은 공산주의를 겨냥해 "Better dead than red(공산 치하에서 사느니 죽는 게 낫다)"라는 선전 문구를 만들었고, 냉전시대에 미국의 반공주의자들도 이 문구를 사용했다. 저자는 이것을 뒤집은 것이다.

** '노래'를 의미하는 'Lay'는 '갈보'라는 뜻이기도 하다.

* * *

"쿠빌라이 칸, 나폴레옹, 줄리우스 카이사르, 사자왕 리처드, 모두 악취를 풍긴다"고 어느 용감한 영혼이 선언한다. 이 주장에는 누구도 토를 달지 않았고, 모욕을 느낄 법한 일당도 별말이 없다. 쿠빌라이 칸의 불멸의 영혼은 지금 페루 리마에서 어느 채식주의자의 아내로 사는 여자의 온순한 고기 안에 거주하고 있다. 보나파르트의 불멸의 영혼은 매사추세츠 주 코투잇 항 항무관의 열네 살짜리 아들의 뜨겁고 축축한 고기 안에서 바깥세상을 엿보고 있다. 위대한 카이사르의 혼은 안다만제도에 사는 피그미족 과부의 매독에 걸린 고기와 함께 최선을 다해 살아가고 있다. 사자왕은 여러 번의 여행 도중에 다시 한번 포로로 잡혔고, 이번에는 인디애나 주 로즈워터에 사는 불쌍한 노출증 환자에다 용역청소부인 코치 레칭거의 살 속에 갇혔다. 코치는 가엾은 노왕 리처드를 몸 안에 가둔 채 일 년에 서너 번쯤 신발, 양말, 양말대님 위에 레인코트만 걸치고 목에 크롬 도금한 호루라기를 걸고 그레이하운드 버스에 올라 인디애나폴리스로 향한다. 인디애나폴리스에 도착한 코치는 무조건 큰 상점으로 들어가 예비 신부를 위한 물건이 주로 진열된 은그릇 매장으로 간다. 그리고 호루라기를 분 다음 모든 여자가 쳐다볼 때 레인코트를 활짝 펼쳤다가 재빨리 여미고는 쏜살같이 달아나 버스를 타고 로즈워터로 돌아온다.

* * *

(엘리엇의 소설은 계속되었다.) 천국은 따분하기 이를 데 없는 곳이라, 망령은 대부분 다시 태어나려고 줄을 서서 기다린다. 태어나고 사랑하고 실패하고 죽은 뒤에, 다시 태어나려고 또다시 줄지어 기다리는 것이다. 망령들은 어느 인종, 어느 성, 어느 국적, 어느 계층으로 태어나고 싶다며 아귀다툼을 벌이지 않는다. 그들이 원하는 것과 얻는 것은 삼차원과 적당히 짧은 시간, 그리고 안과 밖을 확실히 구분해주는 경계다.

이곳은 안도, 바깥도 없다. 천국의 문을 통해 나가거나 들어와봤자, 그것은 어느 곳에서 어느 곳으로도 가지 않으면서 모든 곳에서 모든 곳으로 가는 것이 된다. 은하수만큼 길고 넓은 당구대가 있다고 상상해보자. 흠 한 점 없는 석판 위에 초록색 펠트 천이 깔려 있다는 것도 빼먹지 말자. 그다음 석판 위의 정중앙에 문이 있다고 상상해보자. 이 상황을 충분히 상상해보면 어느 누구라도 천국이 어떤 곳인지 완전히 이해할 것이고, 안과 밖의 구분을 애타게 바라는 사람들에게 깊이 공감할 것이다.

* * *

이곳이 이렇게 불편해도 어떤 사람들은 다시 태어나고 싶어 하지 않는다. 나도 그 부류에 속한다. 나는 서기 1587년 이래로 지구에 발을 딛지 않았다. 그때 나는 발푸르가 하우스메닌이라는 사람의 고기를 타고 돌아다니다 오스트리아 딜링겐 마을에서 처형당했다. 내 고기가 저질렀다고들 말하는 범죄는 마법이었다. 판결을 들었을 때 정말 그 고기를 빠져나가고 싶었다. 어쨌든 그 고기를 팔십오 년 넘게 입었기 때문에 곧 떠날 건 분명했지만 당장 떠날 순 없었다. 사람들이 내 고기를 톱질받침대에 앉혀 묶고, 그 받침대를 마차에 연결하더니 내 늙은 고기를 시 공회당으로 끌고 갔다. 거기서 빨갛게 달군 집게로 오른팔과 왼쪽 가슴을 찢어발겼다. 그런 다음 우리는 성문으로 갔고, 거기서 내 오른쪽 가슴을 찢어발겼다. 다음으로 나를 구호소 문 앞으로 끌고 가 왼팔을 찢어발겼다. 그리고 마을 광장으로 데려갔다. 내가 세간의 인정을 받는 산파로 육십이 년 동안 일하며 줄곧 사악한 짓을 했다는 결론에 따라 그들은 내 오른손을 잘랐다. 그러고는 나를 말뚝에 묶고 산 채로 태운 뒤, 재를 가까운 개천에 버렸다.

다시 한번 말하지만, 난 그 이후로 다시는 돌아가지 않았다.

* * *

나처럼 그리운 지구로 돌아가기를 싫어한 영혼들은 대부분 고기를 천천히 그리고 끔찍하게 고문당했던 영혼들이었다. 이 때문에 체형(體刑)과 극형, 범죄억제책을 지지하는 사람들은 무척이나 독선적으로 보일 수밖에 없었다. 하지만 최근에는 이상한 일이 벌어지고 있다. 우리 편으로 넘어오는 영혼이 계속 늘어나는 것인데, 우리가 생각하는 고통의 기준으로 보자면 그들은 지구에서 거의 어떤 일도 겪지 않았다. 지구에서 정강이를 차여본 적도 없으면서, 이곳에 도착해서는 포격 쇼크를 받은 군인처럼 "다시는 안 가!"라고 외친다.

나는 스스로에게 물었다. "이 사람들은 누구일까? 그들에게 일어난 상상할 수 없을 만큼 끔찍한 일은 과연 무엇일까?" 그리고 올바른 답을 얻으려면 죽어 있는 상태를 중단해야 한다는 걸 깨달았다. 나는 환생해야만 했다.

방금 전해 들은 기별에 따르면, 나는 사자왕 리처드의 영혼이 살고 있는 인디애나의 로즈워터로 보내질 것이라 한다.

엘리엇의 검은색 전화가 울렸다.

"로즈워터 재단입니다. 무엇을 도와드릴까요?"

"로즈워터 씨……" 여자가 숨이 넘어갈 듯 말했다. "나는……

나는 스텔라 웨이크비라고 해요." 그녀는 가쁜 숨을 내쉬면서 엘리엇의 반응을 기다렸다.

"네! 안녕하세요!" 엘리엇은 진심을 다해 인사했다. "전화 잘 하셨습니다! 정말로 반갑습니다!" 그는 스텔라 웨이크비가 누구인지 몰랐다.

"로즈워터 씨, 난, 난 지금까지 한 번도 당신에게 손을 벌린 적이 없어요. 그렇죠?"

"네, 그래요. 한 번도 없었어요."

"항상 보면 나보다 훨씬 덜 어려운 사람들이 당신을 귀찮게 하더군요."

"난 누구도 귀찮게 느낀 적이 없어요. 사실 더 자주 보는 사람이 있긴 하지요." 예를 들어 요즘에는 다이애나 문 글램퍼스의 일을 너무 많이 봐주다보니 더는 그 일을 장부에 기록하지 않게 되었다. 그는 기회를 놓치지 않았다. "난 사람들이 얼마나 무거운 짐을 어깨에 지고 살아가는지 자주 생각하곤 합니다."

그러자 여자는 격한 울음을 터뜨렸다. "아, 로즈워터 씨. 당신은 도저히 모를 거예요. 우린 항상 우리가 로즈워터 상원의원 같은 사람이지, 엘리엇 로즈워터 같은 사람은 아니라고 말했죠!"

"그렇군요."

"우린 절대로 남에게 기대지 않았어요. 아무리 힘들어도요. 거리에서 수없이 당신 곁을 지나치면서도 일부러 다른 곳을 봤어요. 물론 당신에게 조금이라도 나쁜 감정이 있어서가 아니었죠. 난 그저 우리 웨이크비 가족이 잘 살고 있다는 걸 당신이 알아주길 바랐어요."

"나도 알고 있었어요. 그리고 항상 좋은 소식이 들려와 기뻤지요." 사실 엘리엇은 거리에서 마주쳤을 때 고개를 돌리던 여자가 한 명도 기억나지 않았다. 그리고 마을을 걸어다닐 일이 좀처럼 없었기 때문에, 잔뜩 긴장한 스텔라에게 그렇게 반응할 기회를 자주 줬을 리도 없었다. 그가 추측하기에, 그녀는 틀림없이 먼지 날리는 어느 시골길 옆에서 지독히 가난하게 살고 있고, 남들 앞에 누더기 걸친 모습을 좀처럼 드러내지 않으면서도, 자신이 마을 안에 살고, 모든 사람이 그녀를 안다고 상상하는 것이 분명했다. 꽤 가능성 있는 일이지만, 만일 그녀가 거리에서 한 번이라도 엘리엇의 곁을 지나쳤다면 그 한 번은 그녀의 마음속에서 천 번의 지나침이 되었을 것이고, 매번의 지나침이 극적인 빛과 그림자를 만들어냈을 것이다.

"오늘밤은 정말 잠이 안 왔어요, 로즈워터 씨. 그래서 거리를 걸었어요."

"수없이 그랬겠지요."

"아, 로즈워터 씨. 정말이에요. 보름달이 뜬 날에도, 반달이 뜬 날에도, 달이 없는 날에도."

"오늘처럼 비오는 궂은 날에도."

"나는 비오는 날이 좋아요."

"나도 그래요."

"오늘은 이웃집에 불이 켜져 있었어요."

"참 고마운 이웃들이죠."

"이웃집 문을 두드렸더니, 그들이 나를 안으로 들이더군요. 난 말했죠. '누가 도와주지 않으면 한 걸음도 뗄 수가 없어요. 누가 도와주지 않으면 내일이 오지 않을 것만 같아요. 난 더이상 로즈워터 상원의원 같은 사람이 아니에요!'"

"자, 자, 힘을 내요."

"그랬더니 그들이 나를 차에 태워 가까운 공중전화로 데려다 주고는 '엘리엇에게 전화해요, 그가 도와줄 거예요' 라고 말하더군요. 그래서 전화했어요."

"부인, 지금 이곳으로 오시겠어요? 아니면 내일 오시겠어요?"

"내일이요." 이 말은 거의 질문에 가까웠다.

"좋습니다! 부인, 언제든 편한 시간에 오세요."

"하느님 감사합니다!"

"자, 이제 들어가 쉬세요."

"오오, 로즈워터 씨, 정말 고마워요!"

* * *

엘리엇은 전화를 끊었다. 즉시 전화벨이 울렸다.

"로즈워터 재단입니다. 무엇을 도와드릴까요?"

"우선 이발부터 하고 새 양복을 입는 게 어떠냐?" 남자 목소리였다.

"뭐라고요?"

"엘리엇……"

"네?"

"내 목소리도 잊었느냐?"

"글쎄요, 실례지만……"

"니 애비다!"

* * *

"어이구, 아버지!" 엘리엇의 목소리에서 사랑, 놀라움, 기쁨이 흘러넘쳤다. "아버지 목소릴 들으니 정말 좋아요."

"내 목소릴 알아듣지도 못했으면서."

"죄송해요. 전화가 하도 많이 와서요."

"정말이냐?"

"잘 아시잖아요."

"그래, 안다. 그래서 걱정이다."

"어이구. 그나저나 어떻게 지내세요?"

"잘 지낸다!" 그의 대답에서 날카로운 빈정거림이 번득였다. "아주 잘 지낸다!"

"그러시다니 저도 기뻐요."

상원의원은 욕을 했다.

"왜 그러세요, 아버지?"

"내가 마치 술주정뱅이인 것처럼 얘기하지 마라! 내가 뚜쟁이냐? 내가 멍청한 세탁부야?"

"내가 무슨 말을 했는데요?"

"하나부터 열까지 말하는 투가 그래!"

"죄송해요."

"그러다가 나한테 와인 한 잔에 아스피린 한 알을 먹으라고 말할 참이지? 그렇게 나를 깔보고 얘기하지 마라!"

"죄송해요."

"누구도 내 스쿠터의 마지막 할부금을 내줄 필요는 없다." 실제로 엘리엇은 어느 내담자에게 그런 일을 해준 적이 있었다. 그 내담자는 자살했고, 이틀 뒤 여자친구도 블루밍턴에서 끔찍한 충돌사고로 죽었다.

"나도 알아요."

"저도 안대." 수화기 저편에서 상원의원이 누군가에게 말했다.

"아버지, 화가 많이 나신 것 같아요." 엘리엇은 진심으로 걱정했다.

"별것 아니다."

"정말요?"

"아주 사소한 것이지. 예를 들자면 로즈워터 가문이 몰락한다든가."

"왜 그렇게 생각하세요?"

"네가 임신했다고 말하길 기대하진 않는다."

"로드아일랜드 사람들이 있잖아요?"

"그 말을 들으니 한결 나아지는구나. 그들을 까맣게 잊고 있었지 뭐냐."

"지금 빈정거리시는 거죠?"

"천만에, 잘못 짚었다. 엘리엇, 너에게선 좋은 소식을 들을 수 없는 거냐? 이 늙은 영감탱이를 좀 기쁘게 해다오."

"메리 무디가 쌍둥이를 낳았어요."

"좋구나! 좋아! 굉장해! 누군가가 자식을 낳다니. 그러면 무디 양은 그 갓 태어난 시민들에게 어떤 이름을 지어주었지?"

"폭스크로프트와 멜로디요."

* * *

"엘리엇……"

"네?"

"네 모습을 잘 살펴보아라."

거울은 없었지만 엘리엇은 최대한 성실하게 자신의 모습을 훑어보았다. "보고 있어요."

"이제 너 자신에게 물어봐라. '이게 꿈일까? 내가 어떻게 해서 이렇게 창피한 꼴이 되었을까?' 라고."

엘리엇은 이번에도 성실하게, 별스러운 기미를 보이지 않고 큰 소리로 말했다. "이게 꿈일까? 내가 어떻게 해서 이렇게 창피한 꼴이 되었을까?"

"자, 너의 대답은 뭐냐?"

"꿈이 아니에요."

"꿈이었으면 좋지 않겠느냐?"

"꿈에서 깨면 뭐하게요?"

"네가 할 수 있는 것, 네가 했던 것!"

"내가 다시 그림을 사서 박물관에 기증하길 바라세요? 렘브란트의 〈호메로스의 흉상을 바라보는 아리스토텔레스〉를 사라고 이백오십만 달러를 기증하면 자랑스러우시겠어요?"

"화제를 엉뚱한 쪽으로 돌리지 마라."

"나는 이제 그런 짓 안 해요. 그런 그림을 그런 가격에 내놓은 사람들이 잘못이에요. 다이애나 문 글램퍼스에게 그 그림의 사진을 보여줬더니 이러더군요. '로즈워터 씨, 내가 멍청해서 그렇겠지만, 나 같으면 그런 걸 집 안에 들이지 않을 거예요.'"

"엘리엇……"

"네?"

"하버드에서 지금의 너를 어떻게 생각할지 스스로에게 물어봐라."

"그럴 필요 없어요. 이미 알고 있으니까요."

"그래?"

"나한테 완전히 반했어요. 나에게 오는 편지들 못 보셨죠?"

상원의원은 체념하고 고개를 끄덕였다. 그는 하버드 이야기를 꺼내지 말았어야 했다는 것, 그리고 하버드에서 엘리엇에게 존경의 편지를 보낸다는 얘기가 사실이라는 것을 알고 있었다.

"어쨌든 말예요." 엘리엇이 말했다. "재단이 생긴 이래로 나는 그 사람들한테 일 년에 삼십만 달러씩, 그것도 시계처럼 정확하게 보냈어요. 아버지도 그 편지들을 보셔야 하는데."

* * *

"엘리엇……"

"네?"

"우린 지금 역사상 최고로 아이러니한 순간에 와 있다. 왜냐하면 인디애나의 로즈워터 상원의원이 자기 아들한테 이렇게 물어야 하기 때문이지. '넌 과거에나 지금이나 공산주의자인 적이 있느냐?'"

"아하, 난 많은 사람이 어쩌면 공산주의 사상이라고 부를 만한 생각을 갖고 있어요." 엘리엇이 천진난만하게 말했다. "하지만 아버지, 가난한 사람들과 일을 하다보면 때때로 카를 마르크스의 사상과 우연히 일치하게 돼요. 성경의 가르침과 우연히 일치하는 것처럼. 난 이 나라 사람들이 재물을 나눠 갖지 않는 건 잘못된 거라 생각해요. 어떤 정부가 한 아기한테는, 그러니까 나처럼 말예요, 태어날 때부터 이 나라의 큰 덩어리를 소유하게 하고 다른 아기한테는 땡전 한 푼 쥐여주지 않는다면, 그건 매정한 정부라고 생각해요. 한 나라의 정부라면 최소한 모든 아기에게 재물을 공평하게 나눠줄 수 있어야 해요. 안 그래도 힘든 인생인데, 돈 문제까지 고민하다 병이 나서야 되겠어요? 우리가 조금만 더 나눈다면 이 나라의 모든 사람이 풍족할 거예요."

"그렇다면 무엇이 사람들의 동기를 자극할 것 같으냐?"

"그러니까 그게, 충분한 음식을 구하지 못하고, 병원에 갈 돈이 없고, 가족에게 좋은 옷, 안전하고 즐겁고 편안한 집, 적당한 교육, 몇 번의 행복한 추억을 마련해줄 수 없어서 느끼는 공포를 말씀하시는 건가요? 돈 강이 어디에 있는지 몰라 느끼는 수치심을 말씀하시는 거예요?"

"무슨 강이라고?"

"돈 강, 국부가 흐르는 곳이요. 우리는 그 강둑에서 태어났어요. 그리고 보통 사람들도 대부분 그곳에서 태어나 우리와 함께 자랐고요. 그런데 우리만 사립학교에 다니고, 요트를 타고, 테니스를 쳤어요. 우린 그 거대한 강에서 양껏 퍼마실 수 있어요. 심지어 더 능률적으로 퍼마시려고 퍼마시기 레슨을 받지요."

"퍼마시기 레슨?"

"변호사! 세무전문가! 주식중개인한테요! 우린 국자와 양동이만으로도 우리 자신뿐 아니라 다음 열 세대까지 부에 흠뻑 젖게 할 수 있을 정도로 그 강과 가까운 곳에서 태어나죠. 하지만 여전히 전문가를 고용해 도수관, 댐, 저수지, 흡수관, 양동이 줄, 아르키메데스의 나선펌프 사용법을 배워요. 그리고 이번에는 우리의 선생들이 부자가 되고, 그 자식들이 퍼마시기 레슨을 구매하죠."

"내가 그렇게 퍼마셨는지 미처 몰랐구나."

엘리엇이 순간적으로 비정해진 것은 추상적으로 생각하다보니 화가 났기 때문이다. "그렇게 타고나는 사람은 없어요. 그리고 누군가 강물을 퍼마시는 소리가 들린다고 가난한 사람들이 수군거릴 때, 그들은 그게 무슨 뜻인지 짐작도 못해요. 심지어 누군가가 돈 강이라고 말하면 그게 무슨 뜻인지도 모르죠. 우리 중에 어떤 사람이 돈 강 같은 건 없다고 주장할 때, 난 속으로 '아이고, 저렇게 부정직하고 품위 없는 말을 하다니'라고 생각해요."

* * *

"너한테서 품위 얘길 듣다니 귀가 번쩍 뜨이는구나." 상원의원이 불쑥 얘기했다.

"아버지는 내가 다시 오페라 구경이나 가길 원하세요? 완벽한 동네에 완벽한 집을 짓고, 허구한 날 요트나 타길 원하세요?"

"내가 뭘 원하는지 누가 신경이나 쓴다던?"

"여기가 타지마할이 아니라는 건 나도 인정해요. 하지만 설령 그렇다 해도, 다른 미국인들은 그렇게 힘겨운 삶을 사는걸요?"

"어쩌면 말이다, 돈 강 같은 미친 생각은 버리고 열심히 일한다면, 그들도 힘겨운 삶을 끝낼 수 있을 게다."

"돈 강 같은 게 없다면 내가 어떻게 하루 종일 꾸벅꾸벅 졸고 머리를 긁적이고 가끔 전화나 받으면서 하루에 만 달러를 벌겠어요?"

"미국인이 자기 노력으로 부자가 되는 건 아직도 가능해."

"그럼요. 어렸을 때 누군가가 '돈 강이란 것이 있다, 그건 절대로 공평하지 않다. 성실한 노동, 능력 본위, 정직 같은 헛소리는 죄다 잊어버리는 게 좋다. 그 강으로 가라'고 말해준다면 가능하겠죠. 나 같으면 이렇게 말해주겠어요. '부자와 권력자가 있는 곳으로 가서 그들의 방식을 배워라. 그들에게 빌붙어도 되고, 겁을 줘도 된다. 그들에게 엄청난 호감을 주거나 엄청난 두려움을 줘라. 그러면 어느 칠흑 같은 밤에 그들이 손가락을 입술에 대고 소리 내지 말라고 경고할 것이다. 그런 다음 어둠을 뚫고 인간이 발견한 가장 넓고 가장 깊은 부의 강으로 당신을 데려갈 것이다. 당신은 강둑에서 당신의 자리를 소개받고, 당신만의 양동이를 넘겨받을 것이다. 원하는 대로 양껏 퍼마시되, 퍼마시는 그릇을 떨어뜨리진 마라. 가난한 사람이 들을지 모르니까.'"

상원의원은 욕을 퍼부었다.

"왜 그런 말을 하세요, 아버지?" 엘리엇은 부드럽게 물었다.

상원의원은 다시 욕을 퍼부었다.

"매번 아버지하고 얘기할 때마다 이렇게 신랄하고 긴장할 필요가 없었으면 정말 좋겠어요. 아버지를 사랑하니까요."

상원의원은 더 많은 욕을 퍼부었고, 욕설은 갈수록 거칠어졌다. 금방이라도 눈물이 날 것 같았기 때문이다.

"아버질 사랑한다고 말했는데 왜 그렇게 욕을 하세요?"

"넌 두루마리 화장지를 들고 길모퉁이에 서 있는 놈이야. 화장지의 모든 칸에는 '당신을 사랑해요'라고 적혀 있지. 지나가는 사람은 누구나 그 화장지를 한 칸씩 받을 수 있어. 난 그런 화장지는 원치 않는다."

"그게 화장지인 줄은 미처 몰랐어요."

"술을 끊기 전엔 아무것도 모를 게다!" 상원의원이 띄엄띄엄 소리쳤다. "네 아내를 바꿔주마. 아내를 잃은 건 아느냐? 그녀가 얼마나 훌륭한 아내였는지는 알고 있어?"

* * *

"엘리엇?" 실비아의 인사는 두려움에 젖어 있었다. 그녀는 신부의 면사포만큼이나 가벼웠다.

"실비아……" 이 인사는 형식적이고 남자답고 일방적이었다. 엘리엇은 그녀에게 수백 번 편지를 쓰고 전화를 걸었다. 그녀는 지금까지 묵묵부답이었다.

"나도 알아요…… 내가 심했다는 거."

"당신은 그저 인간적이었소."

"인간의 한계를 벗어날 수 있을까요?"

"아니."

"어느 누구도?"

"내가 아는 한 아무도."

* * *

"엘리엇?"

"응?"

"다들 잘 있나요?"

"여기 말이오?"

"어디든지요."

"모두 잘 있소."

"다행이에요."

* * *

"몇몇 사람들의 안부를 묻고 싶지만, 눈물이 나올 것 같아요." 실비아가 말했다.

"묻지 말아요."

"아직도 그 사람들이 아른거려요. 하지만 의사는 다시 그곳에 가면 안 된대요."

"묻지 말아요."

"누가 아기를 낳았어요?"

"묻지 말아요."

"아까 아버님에게 누가 아기를 낳았다고 하지 않았어요?"

"묻지 말아요."

"누구예요, 엘리엇? 알고 싶어요. 말해줘요."

"아, 제발 묻지 말아요."

"알고 싶어요. 말해줘요!"

"메리 무디요."

"쌍둥이예요?"

"물론이오." 여기서 엘리엇은 자신이 헌신적으로 보살피는 사람들에 관해 잘못 생각하고 있지 않다는 것을 드러냈다. "그리고 방화범이 될 거요. 틀림없이, 틀림없소." 무디 일가는 대대로 쌍둥이뿐 아니라 방화범을 배출했다.

"귀엽겠죠?"

"본 적 없소." 엘리엇의 대답에는 둘 사이의 개인적인 문제에 대한 조급함이 묻어났다. "아기들이 다 그렇지 뭐."

"선물은 보냈나요?"

"왜 내가 아직도 선물을 보낼 거라고 생각하오?" 이것은 군에서 태어난 모든 아기에게 '인터내셔널 비즈니스 머신스(IBM)'의 주식 한 주를 보내는 엘리엇의 오랜 관행을 말하는 것이었다.

"지금은 안 하나요?"

"지금도 하고 있다오." 엘리엇은 지긋지긋하다는 듯 말했다.

"피곤한 목소리군요."

"전화 연결이 이상해서 그럴 거요."

"다른 소식도 얘기해줘요."

"내 아내가 병을 치료한다는 이유로 나와 이혼하려고 하오."

"그 소식은 건너뛰는 게 어떨까요?" 그건 무례한 제안이 아니라 비극적인 제안이었고, 그 비극은 논의할 여지가 없었다.

"훌쩍 건너뜁시다." 엘리엇은 공허하게 말했다.

* * *

엘리엇은 서던 컴포트를 한 모금 마셨지만 술 이름처럼 마음이 편해지지는 않았다. 그는 기침을 했고, 아버지도 기침을 했다. 부자가 무의식중에 한 치의 양보도 없이 맞대결한 이 우연의 일치는 실비아의 귀에만 들어간 것이 아니라 노먼 무샤리의 귀에도 들어갔다. 조금 전에 거실에서 슬며시 빠져나와 상원의원의 서재에서 내선 전화기를 발견한 무샤리가 귀를 쫑긋 세우고 듣고 있었던 것이다.

"이제…… 작별 인사를 해야겠어요." 실비아가 미안하다는 듯 말했다. 눈물이 그녀의 뺨을 타고 흘러내렸다.

"물론 의사의 결정이겠지."

"모두에게 내 사랑을 전해주세요."

"그래요, 알았소."

"항상 그 사람들 꿈을 꾼다고 말해줘요."

"그러면 아주 기뻐할 거요."

"메리 무디에게 쌍둥이 낳은 거 축하한다고 전해주세요."

"알았소. 내일 아기에게 세례를 줄 예정이오."

"세례?" 이건 새로운 소식이었다.

무샤리의 눈이 동그래졌다.

"난…… 당신이 그런 일도 하는지 미처 몰랐어요." 실비아가 조심스럽게 말했다.

무샤리는 그녀의 목소리에서 걱정이 묻어나는 것을 감지하고 만족했다. 그에게 그것은 엘리엇의 광기가 가라앉기는커녕 오히려 광신으로 크게 비약하고 있다는 의미였다.

엘리엇이 말했다. "어쩔 수가 없었소. 다른 사람은 절대 안 된다고 메리가 고집을 부렸다오."

"아." 실비아는 마음을 놓았다.

무샤리는 쉽게 실망하지 않았다. 법정에서 세례는 엘리엇이 자신을 메시아라 생각한다는 증거로 내세우기에 충분했다.

엘리엇이 말했다. "메리에게 분명히 말했지." 무샤리의 마음에는 역회전을 방지하는 톱니바퀴가 달려 있어 이번에 엘리엇이 하는 말은 증거로 받아들여지지 않았다. "상상력을 아무리 발휘해도 난 종교적인 사람이 아니라고, 내가 어떤 일을 해도 천국에선 중요하게 안 볼 거라고 말이오. 하지만 그녀는 막무가 내였소."

"뭐라고 말할 건가요? 어떻게 할 참이에요?"

"아…… 모르겠소." 바로 그 순간 마법에 걸린 듯 후회와 피곤함이 눈 녹듯 사라졌다. 그의 입술에 묘한 미소가 흘렀다. "우선 그녀의 오두막으로 가야겠지. 그리고 아기한테 물을 뿌리면서 말하겠소. '안녕, 아가들아. 지구에 온 걸 환영한다. 여긴 여름엔 덥고 겨울엔 춥단다. 그리고 둥글고 축축하고 붐비는 곳이지. 여기선 고작해야 백 년 정도밖에 못 산단다. 아가들아, 내가 아는 단 하나의 규칙을 말해줄까? 제기랄, 착하게 살아야 한다.'"

8

그날 밤, 엘리엇과 실비아는 세 밤이 지난 뒤 인디애나폴리스 매럿 호텔의 블루버드룸에서 만나 최종 작별을 나누기로 동의했다. 그렇게 아프고 사랑하는 사람들이 그런 식으로 만난다는 건 대단히 위험한 일이었다. 두 사람은 통화가 끝날 무렵 중얼거림과 속삭임, 외로움을 호소하는 작은 흐느낌을 어지럽게 쏟아내며 그곳에서 만나기로 합의했다.

"아, 엘리엇, 꼭 만나야 하나요?"

"반드시 그래야 하오."

"반드시." 그녀가 되받았다.

"그래야 한다는 걸 못 느끼겠소?"

"느껴요."

"그게 인생이라오."

실비아는 연신 고개를 저었다. "아, 사랑이 뭔지, 사랑이 뭔지."

"이번엔 괜찮을 거요. 약속하오."

"나도 약속해요."

"새 옷을 사야겠군."

"제발 그러지 마세요, 나 때문이라면."

"그렇다면, 블루버드룸 때문이라고 해두지."

"잘 자요."

"사랑하오, 실비아. 잘 자요."

잠시 침묵이 흘렀다.

"잘 자요, 엘리엇."

"사랑하오."

"잘 자요. 난 두려워요. 잘 자요."

* * *

이 대화는 노먼 무샤리에게 새로운 근심을 안겨주었다. 그는 도청장치로 사용하던 수화기를 내려놓았다. 그의 계획이 성공하려면 실비아가 엘리엇의 아이를 절대 임신하지 않아야 했다. 그녀의 자궁에 아기가 있다면, 엘리엇이 미쳤든 아니든 재단의 지배권은 그 아기에게로 갈 것이었다. 무샤리의 꿈은 그 지배권이 로드아일랜드 피스콴투잇에 사는 엘리엇의 육촌 프레드 로즈워터에게 돌아가는 것이었다.

프레드는 이런 사정을 전혀 몰랐고, 자신이 인디애나의 로즈워터 가와 친척지간인지도 확실히 알지 못했다. 사실 인디애나의 로즈워터 사람들이 그를 안 것도 매캘리스터, 롭젠트, 리드, 맥기 사가 만전을 기하기 위해 계보학자 한 명과 탐정 한 명을 고용해 로즈워터란 성을 가진 가장 가까운 친척을 찾게 해서였다. 법률회사의 기밀 서류함에 있는 프레드의 일건서류는 프레드만큼이나 뚱뚱했지만, 모든 정보는 신중하게 수집되었다. 프레드는 부와 명예가 자신에게 굴러들어올 수도 있다는 꿈은 꿔보지도 못했다.

* * *

그래서 엘리엇과 실비아가 만나기로 약속한 다음 날 아침, 프레드는 미래에 별다른 낙이 없는 보통이나 보통 이하의 사람들과 별반 다르지 않은 기분이었다. 피스콴투잇 드러그스토어에서 나온 그는 햇살 때문에 눈을 찡그리고 세 번 심호흡을 한 다음 옆에 있는 피스콴투잇 뉴스스토어로 들어갔다. 그는 커피라면 사족을 못 쓰고 데니시 패스트리에 환장하는 뚱뚱한 남자였다.

가난하고 애처로운 프레드는 부자들이 커피를 마시는 드러그스토어와, 가난한 사람들이 커피를 마시는 뉴스스토어에서 보험을 팔 만한 사람을 물색하며 오전 시간을 보냈다. 그는 두 군데 모두에서 커피를 마시는 유일한 주민이었다.

프레드는 뉴스스토어의 식당 카운터로 곧장 가서는 카운터 앞에 앉은 목수 한 명과 배관공 두 명에게 미소를 지었다. 그가 의자에 앉자 그의 거대한 엉덩이에 깔린 쿠션이 마시멜로처럼 작아 보였다.

"로즈워터 씨, 커피하고 데니시죠?" 조금 지저분하고 멍청해 보이는 여자가 카운터 뒤에서 물었다.

"커피와 데니시라, 좋지." 프레드는 진심으로 동의했다. "정말 이런 아침엔 커피와 데니시가 최고야."

* * *

피스콴투잇이 어떤 곳인가 하면, 이곳을 사랑하는 사람들은 '이곳을 걸고 보증한다'는 뜻의 "폰잇"으로 발음하고, 그렇지 않은 사람들은 '이곳에 소변을 본다'는 뜻의 "피스온잇"으로 발음했다. 한때 이곳에는 피스콴투잇이라는 이름의 인디언 추장이 있었다.

피스콴투잇은 앞치마 같은 옷을 두르고, 그의 부족처럼 대합

조개, 나무딸기, 장미 열매를 먹고 살았다. 피스콴투잇 추장에게 농사는 금시초문이었다. 조가비 염주, 깃털 장식, 활과 화살도 마찬가지였다.

무엇보다 새로운 것은 술이었다. 피스콴투잇은 1638년 술독에 빠져 사망했다.

그로부터 사천 개월이 흐른 지금 그의 이름을 영원하게 만든 이 마을은 매우 부유한 이백 가구와 여러모로 그들의 시중을 들며 먹고사는 평범한 천 가구가 거주하는 곳이 되었다.

이곳의 삶은 보잘것없고, 섬세함이나 지혜, 기지, 창작과는 거리가 멀었으며, 인디애나 로즈워터의 삶과 똑같이 무의미하고 불행했다. 수백만 달러의 유산도 도움이 되지 않았고, 예술과 과학도 소용이 없었다.

* * *

프레드 로즈워터는 요트를 잘 몰고 프린스턴 대학을 다녔기 때문에 부자들의 집에서 환영받았지만, 피스콴투잇 사람치고는 지독하게 가난했다. 그의 집은 갈색 지붕널을 얹은 작고 지저분한 임시 목조가옥으로, 반짝이는 해안에서 1마일 떨어져 있었다.

가난한 프레드는 이따금 집에 가져오는 푼돈을 벌기 위해 아주 열심히 일했다. 지금도 그는 뉴스스토어에서 목수와 두 배관공에게 미소를 지어 보이는 것으로 열심히 일하고 있었다. 세 노동자는 선정적인 타블로이드판 신문을 읽고 있었다. 살인, 섹스, 애완동물, 아동, 특히 팔다리가 절단된 아이가 종종 등장하는 전국 주간신문이었다. 신문 이름은 "세계에서 가장 불꽃 튀기는 신문" 〈아메리카 뉴스〉였다. 드러그스토어에 〈월스트리트 저널〉이 있다면, 뉴스스토어에는 〈아메리카 뉴스〉가 있었다.

"오늘도 세상 공부 하느라 바쁘시구먼." 프레드는 백치처럼 유쾌하게 말했다.

노동자들은 프레드에게 불편한 존경심을 품었다. 그가 파는 상품에 짐짓 냉소를 보내면서도, 내심으론 일확천금을 거머쥘 수 있는 유일한 방법은 그것뿐이라는 걸 알았기 때문이다. 즉 보험에 든 다음 일찍 죽는 것. 그리고 그런 유혹에 내심 애달아 하는 그런 사람들이 없다면 그나마 푼돈도 쥘 수 없다는 게 프레드의 우울한 비밀이었다. 그의 고객은 전부 노동자계층이었다. 그가 요트를 소유한 귀족 이웃들과 떠들썩하게 노는 것은 순전히 허세였다. 그 때문에 신중한 부자에게도 보험을 판다는 인상을 풍겼지만, 천만의 말씀이었다. 부자의 재산 관리는 아득히 먼 은행과 법률사무소의 몫이었다.

"오늘 해외 토픽은 뭐요?" 프레드가 물었다. 이것은 〈아메리카 뉴스〉를 빗댄 또다른 농담이었다.

목수가 1면을 프레드에게 들어 보였다. 표제와 미모의 젊은 여자 사진이 1면을 가득 채웠다. 표제는 이러했다.

천재 아기 낳게 해줄 남자 구함!

쇼걸인 그 여자의 이름은 랜디 헤럴드였다.

"저 여잘 도울 수 있다면 정말 좋겠군." 프레드는 이번에도 유쾌하게 말했다.

목수가 머리를 곧추세우고 어금니를 깨물며 말했다. "그것 참, 누가 싫다고 하겠나?"

"내 말을 진담으로 들었소?" 프레드는 랜디 헤럴드를 향해 비웃음을 흘렸다. "난 저런 여자 이만 명을 줘도 내 신부와 안 바꿔요!" 그의 표정은 어느새 감상적으로 바뀌었다. "당신들도 신부를 바꿀 것 같진 않은데." 프레드에게 신부란 보험을 들 수 있는 남편이 있는 여자였다.

그는 말을 이었다. "난 당신네 신부를 알아요. 당신들 중 누구든 신부를 바꾼다면 그건 미친 짓이지." 그러고는 고개를 끄덕였다. "여기 앉아 있는 우리 네 명은 운이 좋은 남자요. 그걸 잊으면 안 되지. 우리 네 명에겐 훌륭한 신부가 있으니, 말도 안 되는 생각은 집어치우고 가끔 하느님한테 감사드리는 게 좋을 거요."

프레드는 커피를 저었다. "난 우리 신부 없이는 아무것도 아니에요. 정말이오." 그의 신부는 캐럴라인이었다. 캐럴라인은 못 생기고 뚱뚱한 남자아이의 엄마였고, 그 불쌍한 아이의 이름은 프랭클린 로즈워터였다. 최근에 캐럴라인은 애머니타 번틀라인이라는 부유한 레즈비언과 점심을 먹고 술을 마셨다.

프레드는 당당하게 말했다. "난 그녀를 위해 할 수 있는 건 다 했소. 그래도 부족하다는 걸 신은 아시지. 뭘 해도 부족할 거요." 그는 정말로 목이 메었다. 이쯤에서 정말로 목이 메지 않으면 보험 계약은 물 건너간다는 걸 그는 알고 있었다. "하지만 가난한 남자도 자기 신부한테 해줄 수 있는 게 있지요."

프레드는 흰자위가 보이도록 눈을 부라렸다. 그는 죽으면 사만 이천 달러짜리였다.

* * *

물론 프레드는 유명한 로즈워터 상원의원과 어떤 관계냐는 질문을 종종 받았다. 그때마다 잘 모르겠다는 표정으로 대충 얼버무렸다. "아주 오래전에, 어디선가, 어떤 관계가 있었을 거요." 검소하게 살아가는 대부분의 미국인처럼 프레드도 조상에 대해 전혀 아는 바가 없었다.

그래도 알아야 할 것이 있었다.

로즈워터 가문의 로드아일랜드 분파는 악명 높은 노어의 동생인 조지 로즈워터의 후손이었다. 남북전쟁이 터지자 조지는 인디애나에서 소총중대를 모집해 이끌고 전설적인 '검은모자 여단'에 합류했다. 노어가 로즈워터 마을에서 고용해 자기 대신 내보낸 백치 플레처 문도 조지의 부대였다. 문은 2차 불런전투에서 스톤월 잭슨의 포격으로 다진 고기가 되었다.

진흙탕을 뚫고 알렉산드리아로 퇴각하던 로즈워터 대위는 짬을 내 형 노어에게 짧은 편지를 썼다.

플레처 문은 최선을 다해 계약을 완료했음. 그에게 투자한 큰돈이 그렇게 빨리 소진되어 아쉬움이 남는다면 포프 장군에게 편지를 보내 일부 환불을 요청하기 바람. 형이 이곳에 있다면 좋을 텐데.

조지

노어는 이렇게 답했다.

플레처 문의 일은 유감이다. 하지만 성경에도 있듯 "거래는 거래다". 네가 서명할 법률 서류를 동봉한다. 그 서류들이 있어야 네 앞으로 된 농장과 톱공장의 절반을 네가 돌아올 때까지 대신 운영할 수 있다. 기타 등등. 우리는 여기 집에 있는 물건들을 마구잡이로 징발당하고 있다. 그 모든 게 군대로 가지. 군대에서 고맙다는 말 한마디만 써준다면 큰 도움이 될 것 같구나.

노어

앤티텀전투가 끝날 무렵 조지 로즈워터는 중령이었고, 희한하게도 양손에 새끼손가락이 없었다. 앤티텀전투에서 그는 타고 있던 말이 총에 맞아 쓰러지자 걸어서 전진해 죽어가는 소년에게서 연대기를 빼앗았다. 남군의 포탄이 연대기를 날렸을 때 그의 손에는 산산이 부서진 깃대만 남았다. 그는 맹렬히 돌진해 그 깃대로 한 사람을 찔렀다. 그 순간 그의 부하 하나가 총구에 쇠꼬챙이를 꽂은 채 구식 소총을 발사했다. 그 폭발로 로즈워터 중령은 시력을 잃었다.

* * *

조지는 눈먼 명예 여단장이 되어 로즈워터 군으로 돌아왔다. 사람들 앞에서 그는 대단히 쾌활했다. 은행가와 변호사가 친절하게 그의 눈이 되어주겠다며 그가 모든 것을 노어에게 넘겨준다고 서명했기 때문에 그에겐 아무것도 남지 않았다고 설명할 때에도 그의 쾌활함은 전혀 사그라지지 않는 것 같았다. 애석하게도 노어는 마을에 없었기 때문에 조지에게 직접 설명해줄 수가 없었다. 그는 사업상 대부분의 시간을 워싱턴, 뉴욕, 필라델피아에서 보냈다.

조지는 여전히 싱글벙글 웃으며 말했다. "어쨌든, 성경에도 분명히 나와 있듯 사업은 사업이니까."

변호사와 은행가 들은 뭔가 속은 것 같은 느낌이 들었다. 거의 모든 사람에게 일생을 좌우하는 중요한 사건이 되기에 충분한 경험에서 어떤 종류의 교훈도 이끌어내지 못한 것 같아서였다. 한 변호사는 조지가 미친 듯이 화를 내면 그 교훈을 지적해주려고 별렀기 때문에, 조지가 비록 웃고 있었음에도 어쨌든 참지 못하고 지적했다. "어딘가에 서명할 때는 먼저 자세히 읽어봐야 합니다."

"앞으로는 꼭 그러겠소." 조지가 대답했다.

전쟁에서 돌아왔을 때 조지 로즈워터는 성한 사람이 아니었다. 성한 사람이라면 어느 누구도 두 눈과 전 재산을 잃고 그렇게 웃을 순 없었다. 그리고 성한 사람에다 특히 장군이고 전쟁영웅이라면, 형으로부터 자기 재산을 돌려받기 위해 어느 정도까지는 법적인 조치를 단호하게 취했을 것이다. 그러나 조지는 어떤 소송도 제기하지 않았다. 뿐만 아니라 노어가 로즈워터 군에 돌아오기를 기다리지도 않았고, 그를 보러 동부로 가지도 않았다. 사실 두 사람은 다시는 만나거나 말을 나누지 않았다.

그는 여단장 제복을 갖춰 입고 로즈워터 군 내에서 그에게 아들이나 아들들을 보냈던 가정을 일일이 방문해 치하했고, 부상을 입거나 전사한 아들들을 진심으로 애도했다. 당시에 노어 로즈워터의 벽돌저택은 한창 짓는 중이었다. 어느 날 아침 인부들이 일하러 와보니 여단장 제복이 말리기 위해 헛간 문에 못으로 박아놓은 짐승 가죽처럼 현관 입구에 걸려 있었다.

적어도 로즈워터 군에서 조지 로즈워터는 영원히 사라졌다.

* * *

조지는 부랑자처럼 동부로 갔지만, 형을 찾거나 죽이기 위해서가 아니라 로드아일랜드 주 프로비던스에서 일자리를 찾기 위해서였다. 그곳에 빗자루공장이 문을 연다는 소문을 들었던 것이다. 그 공장은 맹인이 된 북군 참전용사를 채용할 거라고 했다.

소문은 사실이었다. 그 공장은 실제로 있었고, 창업주인 캐스터 번틀라인은 참전용사도, 맹인도 아니었다. 번틀라인은 맹인 참전용사를 고용하면 아주 고분고분하게 일할 것이고, 자신은 역사에 인도주의자로 남을 것이며, 북부의 애국자들은 어쨌든 전후 몇 년 동안은 '번틀라인 북군 횃불 빗자루'만 쓸 것이라는 점을 정확히 간파했다. 이렇게 해서 번틀라인은 돈을 쓸어모으기 시작했다. 캐스터 번틀라인과 그의 아둔한 아들 엘리후는 빗자루로 쓸어 담은 수익을 가지고 남부로 내려갔고, 그곳에서 담배왕이 되었다.

* * *

조지 로즈워터 장군이 상처 난 발을 끌고 상냥한 표정으로 빗자루공장에 찾아왔을 때 캐스터 번틀라인은 워싱턴에 편지를 보내 조지가 장군이 맞는지 확인한 다음, 그를 아주 높은 봉급에 고용하고 공장장으로 임명했다. 또 공장에서 생산하는 양복솔에 그의 이름을 붙였다. 그 상표명은 한동안 일상적인 대화에 사용되었다. "로즈워터 장군"은 양복 솔이었다.

그리고 장님 조지에게 배정된 페이스 메리후라는 열네 살 된 고아 소녀가 그의 눈과 발이 돼주었다. 소녀가 열여섯이 되었을 때 조지는 그녀와 결혼했다.

조지는 에이브러햄을 낳았고, 에이브러햄은 조합교회 목사가 되었다. 이후 에이브러햄은 선교사로 콩고에 갔고, 그곳에서 일리노이 주 침례교회 선교사의 딸 라비니아 워터스를 만나 결혼했다.

콩고의 정글에서 에이브러햄은 메리후를 얻었다. 라비니아는 메리후를 낳은 뒤 숨을 거두었다. 어린 메리후는 반투족 여인의 젖을 먹고 자랐다.

에이브러햄과 어린 메리후는 로드아일랜드로 돌아왔다. 에이브러햄은 조합교회의 명에 따라 피스콴투잇이라는 작은 어촌 마을의 담임목사가 되었다. 그는 작은 집을 샀고, 그 집과 함께 지저분한 모래투성이의 식림지 천 에이커가 딸려왔다. 삼각형 모양인 그 땅의 빗변은 피스콴투잇 항의 해안에 닿아 있었다.

부동산업자가 된 목사의 아들 메리후는 아버지의 토지를 여러 구획으로 쪼갰다. 그는 변변치 않은 재산의 상속녀인 신시아 나일스 럼푸어드와 결혼했고, 그녀의 돈 중 상당 부분을 포장도로와 가로등과 하수구에 투자했다. 그리고 재산을 꽤 모았지만, 1929년 대공황 때 그 재산과 아내의 재산까지 모두 잃었다.

그는 권총으로 머리를 쏘았다.

그러나 자살하기 전에 가문의 역사를 썼고, 불쌍한 보험사원 프레드를 낳았다.

* * *

자살자의 아들이 잘되는 경우는 극히 드물다.

전형적으로 그들의 인생에는 쨍하는 활력이 없다. 뿌리가 없고 불안정하기로 악명 높은 나라에서도 그들은 대부분의 사람들보다 더욱 불안정함을 느낀다. 그들은 과거를 신경질적으로 무시하고, 미래를 섬뜩하리만치 무기력하게 예측한다. 필시 그들도 자살하리라고 어렴풋이 느끼는 것이다.

프레드의 증상이 꼭 이랬다. 여기에 그만의 특별한 증상으로 근육경련, 혐오, 나태함이 더해졌다. 그는 아버지가 죽을 때 총성을 들었고, 머리의 한 부분이 날아가버린 아버지의 시체를 보았고, 그의 무릎에 놓인 가문의 역사를 적은 원고를 보았다.

프레드는 그 필사본을 갖고 있었지만, 한 번도 읽지 않았고 한순간도 읽고 싶다는 생각을 하지 않았다. 그것은 그의 집 지하실의 젤리식품 찬장 꼭대기에 보관되었다. 그곳은 그가 쥐약을 놓는 곳이기도 했다.

* * *

가난한 프레드 로즈워터는 아직도 뉴스스토어에서 목수와 두 배관공에게 신부 이야기를 하고 있었다. 그가 목수에게 말했다. "네드. 우린 어쨌든 우리의 신부를 위해 뭔가를 했다구." 프레드 덕분에 목수는 죽으면 이만 달러짜리였다. 그는 시간이 남아돌 때면 자살 외에는 거의 어떤 생각도 하지 못했다.

"그러니 우린 저축 같은 건 잊고 살 수 있지. 다 해결되거든,

자동적으로." 프레드가 말했다.

"맞아." 네드가 말했다.

찬물을 끼얹은 듯 침묵이 흘렀다. 보험에 들지 않은 두 배관공은 유쾌하고 음탕했던 조금 전과는 달리 어느새 풀이 죽었다.

프레드가 목수에게 상기시켰다. "간단히 서명만 했는데도 꽤 큰 재산이 보장되었잖아? 그게 생명보험의 기적이라니까. 최소한 신부에게 그 정도는 해야지."

배관공들이 슬며시 자리에서 일어났다. 프레드는 나가는 그들을 보고 낙담하지 않았다. 어딜 가든 그들도 양심이란 걸 가지고 다닐 테고, 앞으로도 항상 뉴스스토어에 들를 테니까.

그리고 이곳에 왔을 때는 항상 프레드가 있을 테니까.

"이 직업에서 가장 기쁠 때가 언제인지 아나?" 프레드가 목수에게 물었다.

"몰라."

"어떤 사람의 신부가 찾아와 이렇게 말할 때라네. '당신에게 아이들과 내가 어떻게 감사해야 할지 모르겠어요. 신의 축복이 있기를, 로즈워터 씨.'"

9

〈아메리카 뉴스〉를 뒤에 남기고 목수도 프레드 로즈워터에게서 슬며시 도망쳤다. 프레드는 지루함을 표현하는 정교한 팬터마임을 연기해, 누가 봐도 읽을 게 전혀 없고 아마도 숙취 때문에 졸리고 마치 꿈을 꾸듯 아무 읽을거리나 집어들 사람이라는 것을 증명했다.

"아, 아, 아." 그는 입을 크게 벌리고 하품했다. 그리고 기지개를 켜면서 신문을 그러모았다.

가게 안에 사람이라고는 식당 카운터 뒤에서 일하는 여자 한 명밖에 없었다. 프레드가 그녀에게 말했다. "요즘 어떤 바보들이 이런 쓰레기를 읽는 거지?"

여자가 진지하게 대답할 수 있었다면, 프레드 당신이 매주 그

쓰레기를 첫 장부터 마지막 장까지 읽지 않느냐고 했을 것이다. 하지만 그녀는 정말 천치였기 때문에 아무것도 인지하지 못했다. "날 뒤져봐요, 답이 나오나."

그건 정말 구미에 안 맞는 제안이었다.

* * *

프레드 로즈워터는 설마 하는 표정으로 콧방귀를 뀌면서 '나 여기 있어요'라는 광고란을 펼쳤다. 다양한 남녀가 이곳에 사랑, 결혼, 불장난을 찾고 있다고 고백했다. 광고료는 한 줄당 일 달러 사십오 센트였다. 어떤 사람이 이런 광고를 냈다.

매력 있고 활기찬 마흔 살의 전문직 유대인 여성. 대졸. 코네티컷에 거주. 결혼을 전제로 유대인 대졸 남성을 찾음. 아이가 있어도 환영. 본지 사서함 L-577

이렇게 훈훈한 광고도 있었지만, 대부분은 그렇지 않았다.

세인트루이스의 미용사. 남성. 미주리 주에 거주하는 다른 남성들의 연락을 기다림. 스냅사진 교환 가능.

댈러스에 처음 온 현대적인 부부가 솔직한 사진에 관심 있는 세련된 부부를 만나고 싶어함. 진지한 편지에만 답장할 것임. 스냅사진은 모두 반환함.

대학 예비교의 남자 교사가 엄격한 여교사의 예절수업을 몹시 필요로 함. 말(馬)을 사랑하는 독일계나 스칸디나비아계라면 더욱 환영. 미국 내 어디든 갈 수 있음.

뉴욕의 최고 경영자가 평일 오후 데이트를 원함. 진솔한 여자 환영.

맞은편 지면에는 독자에게 광고를 내라고 유도하는 커다란 신청권이 붙어 있었다. 프레드는 은근한 갈망을 느꼈다.

* * *

프레드는 지면을 넘겨 1933년 네브래스카에서 일어난 강간살해 사건 기사를 읽었다. 검시관이 아니면 볼 수 없는 불쾌할 정도로 적나라한 사진이 실려 있었다. 프레드를 비롯해 〈아메리카 뉴스〉 지가 천만 명으로 추정하는 독자들이 그 기사를 읽는 지금 강간살해범은 서른 살이었다. 이 신문이 다루는 사건들은 영원했다. 15세기의 루크레치아 보르자도 언제든 센세이셔널한 표제와 함께 등장할 수 있었다. 프린스턴을 일 년 만에 중퇴한 프레드가 소크라테스의 죽음을 알게 된 것도 사실 〈아메리카 뉴스〉를 통해서였다.

열세 살짜리 여자아이가 가게로 들어오자 프레드는 신문을 한쪽으로 치웠다. 여자아이는 아내와 가장 친한 친구의 딸 라일라 번틀라인이었다. 라일라는 키가 크고, 말상에다 작은 혹이 많았다. 완벽하게 아름다운 녹색 눈 밑에는 커다란 다크서클이 있었다. 그녀의 얼굴은 햇볕에 탄 부분과 주근깨와 분홍색 새 피부가 뒤섞여 얼룩덜룩했다. 그녀는 피스콴투잇 요트클럽에서 가장 실력 있고 기술이 뛰어난 회원이었다.

라일라는 안됐다는 듯 프레드를 힐끗 보았다. 그는 가난뱅이이고, 한심한 아내를 두었고, 뚱뚱하고, 게다가 따분한 인간이었기 때문이다. 라일라는 잡지와 책이 꽂혀 있는 진열대 쪽으로 성큼성큼 걸어가 눈에 안 띄도록 차가운 시멘트 바닥에 앉았다.

프레드는 〈아메리카 뉴스〉를 다시 끌어와 온갖 지저분한 것을 팔겠다고 내놓은 광고들을 보았다. 숨이 가빠왔다. 가엾은 프레드는 〈아메리카 뉴스〉와 거기에 담긴 모든 것에 대해 중학교 시절의 축축한 열정을 간직하고 있었지만, 직접 뛰어들어 거기에 실린 사서함 번호로 편지를 보낼 배짱은 없었다. 그는 자살자의 아들이었기에, 그의 은밀한 갈망이 창피하고 보잘것없다는 것은 그리 놀라운 일이 아니었다.

* * *

이번엔 아주 건장한 남자가 문을 쾅 열고 뉴스스토어로 들어오더니, 프레드가 미처 신문을 치울 시간도 없이 빠르게 프레드 옆자리로 다가왔다. 그리고 유쾌하게 말했다. "어이, 빌어먹을 보험사원. 그런 야한 신문이나 보면서 뭐 하는 거지?"

그는 전업 어부인 해리 페나로, 피스콴투잇 의용소방대장이기도 했다. 그는 앞바다에 어살 두 개를 소유하고 있었는데, 말뚝과 그물을 미로처럼 설치해 물고기의 멍청함을 잔인하게 이용하는 어장이었다. 각각의 어살은 육지에서 시작해 물속에 설치한 방벽으로 이어진 뒤 말뚝을 둥글게 박아 그물을 쳐놓은 울타리에서 끝이 났다. 물고기들은 길을 찾아 방벽을 돌다 울타리 안으로 들어갔다. 멍청한 물고기들이 울타리 안에서 맴을 도는 동안 해리와 그의 덩치 큰 두 아들은 배에 작살과 몽둥이를 싣고 와서, 울타리 문을 닫고 바닥에 깔아둔 두릿그물을 끌어올린 다음, 물고기를 죽이고 죽이고 또 죽였다.

중년인 해리는 밭장다리였지만, 머리와 어깨는 미켈란젤로가 모세나 하나님의 모델로 썼음 직했다. 그는 원래 어부가 아니었다. 매사추세츠 주 피츠필드에서는 그도 빌어먹을 보험사원이었다. 피츠필드에서의 어느 날 밤, 해리는 얼룩제거제인 사염화탄소로 거실 카펫을 청소하다 죽을 뻔했다. 건강을 회복한 뒤 의사가 말했다. "해리, 살고 싶다면 야외에서 하는 일을 하게나."

그래서 해리는 아버지처럼 유인망 어부가 되었다.

* * *

해리는 한 팔을 프레드의 투실투실한 어깨에 걸쳤다. 그는 모두에게 다정하게 굴 정도로 마음이 넉넉했고, 피스콴투잇에서 남자답기로 소문난 몇 안 되는 사람 중 한 명이었다. "아아, 빌어먹을 보험사원. 왜 하필 보험사원이 되었나? 뭔가 좋은 일을 하라니까." 그는 의자에 앉아 블랙커피와 골든 시가를 주문했다.

프레드가 입을 오므리고 신중한 표정으로 말했다. "이보게 해리. 자네 보험철학은 나와 조금 다른 것 같군."

"헛소리하네." 해리가 유쾌하게 말했다. 그는 프레드의 손에서 신문을 빼앗아 1면에 난 랜디 헤럴드의 도발적인 제안을 뚫어지게 바라보았다. "어렵쇼, 이 여잔 내가 아기를 낳게 해준다고 하면 어떤 아기든 감지덕지하고 임신할걸. 임신하는 날도 이 여자가 아니라 내가 정할 거고."

프레드는 계속 우겼다. "정말이야, 해리. 난 보험이 좋아. 사람들을 돕는 게 좋다니까."

해리는 들은 척도 하지 않고 인상을 잔뜩 쓴 채 비키니를 입은 프랑스 여자 사진만 바라보았다.

프레드는 해리가 자신을 섹스에 관심 없는 황폐한 인간으로 여긴다는 걸 알고 있었기 때문에, 해리의 생각이 틀렸다는 걸 입증하려 애썼다. 그는 해리의 옆구리를 쿡 찌르고 남자 대 남자로 물었다. "마음에 드나, 해리?"

"뭐가?"

"거기 그 여자."

"이건 여자가 아닐세. 종이 쪼가리지."

"내 눈엔 여자로 보이는데?" 프레드 로즈워터는 곁눈질로 사진을 보았다.

"그렇다면 멍청하게 속아 넘어간 거지. 이건 종이에 잉크로 인쇄한 거라네. 이 여잔 여기 카운터 위에 누워 있는 게 아냐. 수천 마일 밖에 있고, 우리가 살아 있다는 것조차 몰라. 만일 이게 진짜 여자라면, 나는 오늘 당장 일을 때려치우고 집에서 큰 물고기 사진이나 오리겠네."

* * *

해리 페나는 '나 여기 있어요' 광고를 펼친 뒤 프레드에게 펜을 달라고 했다.

"펜?" 프레드 로즈워터는 마치 외국어라도 들은 듯 물었다.

"펜 없어?"

"물론 있지." 프레드는 몸 구석구석에 지니고 다니는 아홉 자루의 펜 중 하나를 건넸다.

"물론 있겠지." 해리가 웃으며 말했다. 그리고 광고란 맞은편 신청권에 이렇게 썼다.

정열적인 섹시남. 백인. 섹시하고 정열적인 여자 구함. 인종, 나이, 종교 불문. 조건: 결혼을 제외한 모든 교제 가능. 스냅사진 교환 원함. 틀니 아님.

"이걸 정말 보낼 건가?" 광고를 실어 음란한 답장을 받아보고 싶은 프레드의 애타는 갈망이 애처롭게, 설핏 드러났다.

해리는 신청권에 서명했다. '프레드 로즈워터, 로드아일랜드 주 피스콴투잇.'

"이게 웃긴가?" 프레드는 씁쓸하게 점잔을 빼며 해리에게서 떨어졌다.

해리가 윙크하며 말했다. "웃기지, 피스콴투잇이니까."

* * *

프레드의 아내 캐럴라인이 뉴스스토어에 들어왔다. 그녀는 예쁘고, 가난하고, 비쩍 마르고, 타락한 작은 여자로, 부유한 레즈비언 친구 애머니타 번틀라인이 내버린 좋은 옷을 한껏 빼입었다. 캐럴라인 로즈워터는 쨍그랑거리고 번쩍거리는 액세서리를 달았는데, 그걸 한 이유는 얻어 입은 옷을 확실히 자기 것으로 만들기 위해서였다. 그녀는 애머니타와 점심을 먹으러 가는 길이었다. 그녀는 다른 꿍꿍이속을 감추고 자기 몫의 음식과 술값을 내겠다고 고집하기 위해 프레드에게 돈을 달라고 했다.

해리 페나가 보는 앞에서 프레드와 얘기를 나누는 그녀의 모습은 흡사 개구리처럼 뛰면서 품위를 지키려 하는 여자 같았다. 애머니타의 열성적인 도움에 힘입어 그녀는 더럽게 가난하고 멍청한 남자와 결혼했다는 자기연민에 빠져 있었다. 그녀 자신도 프레드와 똑같이 가난하고 멍청하다는 사실은 체질상 눈곱만큼도 염두에 두지 않았다. 우선 그녀는 캔자스 주 도지 시의 딜런 대학에서 철학을 전공한 대졸자로 파이베타카파 클럽*의 회원이었다. 그녀와 프레드는 도지 시 미군위문협회에서 만났다. 한국전쟁 당시 프레드는 포트라일리 기지에서 근무했다. 그녀는 프린스턴 대학에 다닌 적이 있고 피스콴투잇에 거주하는 사람은 모두 부자인 줄 알고 프레드와 결혼했다.

그러나 그게 사실이 아니라는 걸 알게 된 그녀는 굴욕감을 느꼈다. 자신이 지식인이라고 곧이곧대로 믿는 그녀는 사실 아는

* 성적이 우수한 미국 대학생과 졸업생으로 조직된 모임.

게 거의 없었고, 그녀의 고민거리는 모두 딱 하나, 돈으로만 해결할 수 있는 것이었다. 그녀는 살림에 아주 서툴렀고, 집안일을 하면서 울음을 터뜨렸다. 자기는 그보다 더 훌륭한 일에 어울린다고 철석같이 믿었기 때문이다.

레즈비언이라는 소문 따위는 캐럴라인 입장에선 특별히 심각한 일이 아니었다. 그녀는 단지 출세하려고 애쓰는 암컷 카멜레온이었다.

* * *

"또 애머니타와 점심을 먹는다고?" 프레드가 우는소리로 물었다.

"그게 어때서?"

"그렇게 비싼 점심을 매일 먹는단 말야?"

"매일이라니. 기껏해야 일주일에 두 번인걸." 그녀가 날카롭고 차갑게 말했다.

"그래도 너무 큰 돈이야, 캐럴라인."

캐럴라인은 돈을 달라고 흰 장갑 낀 손을 들이밀었다. "당신 아내라면 그 정돈 써야지."

프레드는 돈을 건넸다.

캐럴라인은 고맙다는 말도 없이 밖으로 나갔다. 그리고 향기로운 애머니타가 기다리는 담청색 메르세데스 300SL로 걸어가, 황갈색 고급 가죽쿠션이 놓인 옆자리에 올라탔다.

해리 페나는 프레드의 허연 얼굴을 구석구석 뜯어보았다. 그러곤 아무 말도 하지 않았다. 그는 시가에 불을 붙인 뒤 자리에서 일어나, 진짜 두 아들과 함께 진짜 물고기를 잡으러, 진짜 배가 있는 짜디짠 바다로 갔다.

* * *

애머니타 번틀라인의 딸 라일라는 뉴스스토어의 차가운 바닥에 앉아 헨리 밀러의 『북회귀선』을 읽었다. 회전식 진열대에서 윌리엄 버로의 『벌거벗은 점심』과 함께 골라든 책이었다. 이 책들에 대한 라일라의 관심은 상업적이었다. 열세 살밖에 안 된 라일라는 피스콴투잇에서 첫째가는 음란서적 상인이었다.

라일라는 불꽃놀이 화약도 팔았는데, 음란서적을 파는 이유와 마찬가지로 수익을 내기 위해서였다. 피스콴투잇 요트클럽과 피스콴투잇 컨트리데이 사립학교에 다니는 라일라의 친구들은 너무 부유하고 멍청해서 라일라가 무엇을 얼마에 팔든 개의치 않고 돈을 척척 지불했다. 일상적인 영업일이면 라일라는 칠십오 센트짜리 『채털리 부인의 사랑』을 십 달러에, 십오 센트짜리 빨간 딱총알을 오 달러에 팔 수 있었다.

화약은 가족 휴가로 캐나다나 플로리다나 홍콩에 갔을 때 구입했다. 음란서적은 대부분 뉴스스토어 진열대에서 구했고. 중요한 사실은, 라일라는 어떤 제목이 선정적인지 또래 친구나 뉴스스토어의 종업원보다 더 잘 안다는 것이었다. 라일라는 외설적인 책이 회전식 진열대에 꽂히기가 무섭게 구입했다. 또 식당 카운터 뒤에 멍청이 혼자 있을 때만 책을 샀다. 그녀는 어떤 일이 일어나든 돌아서자마자 잊어버렸으니까.

라일라와 뉴스스토어는 훌륭한 공생관계였다. 가게 앞 유리에 '자녀를 음란물로부터 보호하는 로드아일랜드 어머니회'가 수여한 금박 입힌 폴리스티렌 메달이 걸려 있었기 때문이다. 이 모임의 대리인들은 가게에서 파는 문고판 책을 정기적으로 검사했다. 앞유리에 걸린 폴리스티렌 메달은 그들이 음란물을 전혀 발견하지 못했다는 증거였다.

그들은 자신의 아이들이 안전하다고 생각했지만, 사실은 라일라가 시장을 독점하고 있었다.

라일라가 뉴스스토어에서 살 수 없는 음란물 가운데 하나는 야한 사진이었다. 그런 사진을 손에 넣기 위해 라일라는 프레드 로즈워터가 매우 자주 은근히 갈망하곤 했던 방법, 즉 〈아메리카 뉴스〉의 외설적인 광고에 답장을 보내는 방법을 이용했다.

* * *

뉴스스토어 바닥에 펼쳐진 라일라의 유치한 세계 속으로 커다란 두 발이 침입했다. 프레드 로즈워터의 발이었다.

라일라는 읽고 있던 음란서적을 감추지 않았다. 『북회귀선』이 『하이디』나 되는 것처럼 계속 읽었다.

트렁크는 열려 있고, 그녀의 물건은 예전처럼 사방에 흩어져 있다. 그녀는 옷을 입은 채 침대에 누워 있다. 한 번, 두 번, 세 번, 네 번…… 그녀가 미치는 건 아닌지 걱정이 된다…… 침대에서, 이불 밑에서, 그녀의 몸을 다시 느낄 수 있다니 얼마나 행복한가! 하지만 얼마나 오랫동안? 이번이 마지막일까? 이미 나는 그렇지 않을 거라 예감하고 있다.

라일라와 프레드는 책과 잡지 사이에서 자주 만났다. 프레드는 한 번도 라일라에게 뭘 읽느냐고 묻지 않았다. 그리고 라일라는 그가 늘 하던 일만 하리라는 걸 알고 있었다. 프레드는 항상 슬픔과 갈망이 뒤섞인 눈으로 누드 잡지의 표지를 바라본 다음 〈집과 정원 가꾸기〉처럼 두껍고 가정적인 잡지를 골라 펼쳐봤다. 그는 지금도 꼭 그렇게 했다.

"내 아내가 너희 엄마와 또 점심을 먹으러 간 것 같구나."

“그런가봐요.” 대화는 거기서 끝났지만, 라일라는 계속 프레드를 생각했다. 라일라의 시선은 프레드의 정강이 높이에 닿아 있었다. 라일라는 그의 정강이에 대해 생각했다. 반바지나 수영복을 입은 프레드를 볼 때마다, 그의 정강이는 마치 일생 동안 매일 걷어차이고 또 걷어차인 것처럼 상처와 딱지로 뒤덮여 있었다. 라일라는 아마 비타민 결핍이나 옴 때문일 거라고 생각했다.

* * *

프레드의 처참한 정강이는 아내의 실내장식이 낳은 희생양이었다. 캐럴라인은 실내장식을 할 때마다 거의 정신분열증 환자처럼 몇십 개의 작은 탁자를 온 집 안에 늘어놓았다. 그리고 모든 탁자에 재떨이와 먼지 앉은 후식용 박하사탕 접시를 올려두었다. 뿐만 아니라 마치 오늘은 이런 파티를 하고 내일은 저런 파티를 하는 것처럼 탁자들을 끊임없이 재배치했다. 그래서 가엾은 프레드는 탁자에 끊임없이 정강이를 부딪혔다.

한번은 열한 바늘이나 꿰맬 정도로 깊은 상처가 난 적이 있었는데, 그때 그를 넘어뜨린 것은 작은 탁자가 아니었다. 캐럴라인이 절대로 치우지 않는 어떤 물건으로 항상 눈에 띄는 곳에 나와 있는 것이, 문간이나 계단이나 난로 가에서 잠을 자는 성향이 있는 애완용 개미핥기 같았다.

프레드를 자빠뜨리고 정강이에 상처를 입힌 그 물건은 바로 캐럴라인 로즈워터의 '일렉트로룩스' 청소기였다. 잠재의식 속에서 캐럴라인은 부자가 되기 전까진 절대로 그 진공청소기를 치우지 않겠다고 맹세한 터였다.

* * *

프레드는 라일라가 더이상 자신에게 주의를 기울이지 않는다는 생각이 들자 〈집과 정원 가꾸기〉를 내려놓고 외설적인 문고판 소설처럼 보이는 책을 뽑아들었다. 킬고어 트라우트의 『조개껍데기 위의 비너스』였다. 뒤표지에는 책에 나오는 외설적인 장면이 인용되어 있었다.

> 샬튼 행성의 마거릿 여왕은 가운을 벗어 바닥에 떨어뜨렸다. 가운 안에는 아무것도 걸치지 않았다. 훤히 드러난 그녀의 젖가슴은 높고, 단단하고, 당당하고, 발그레했다. 엉덩이와 허벅지는 순수한 설화석고로 만든 매혹적인 하프 같았고, 너무 하얗게 빛나 마치 안에서 빛이 나오는 듯했다. "우주여행자 님, 당신의 여행은 끝났어요." 그녀가 속삭였다. 욕망에 사로잡힌 쉰 목소리였다. "더이상 헤매지 말아요. 이미 찾았

으니까요. 그 답은 내 품 안에 있어요."

"마거릿 여왕님, 그건 맹세코 영광스러운 답입니다." 우주 여행자가 대답했다. 그의 손바닥에는 땀이 흥건했다. "감사히 받아들이겠습니다. 하지만 한 치의 거짓도 없이 솔직히 말씀드리자면, 저는 내일 다시 길을 떠나야 합니다."

"하지만 당신은 답을 찾았잖아요. 그토록 찾아 헤매던 답을 말이에요." 그녀는 소리치면서 그의 머리를 싱싱하고 향기로운 젖가슴 사이로 끌어당겼다.

그가 무슨 말을 했지만 그녀는 듣지 못했다. 그녀는 그를 잡고 팔을 뻗었다. "뭐라고 했나요?"

"여왕님이 주고자 하시는 답은 지극히 좋은 답이라고 말했습니다. 다만 애석하게도 내가 애초부터 찾고 있던 답은 아닙니다."

트라우트의 사진이 실려 있었다. 그는 검은 수염을 무성하게 기른 노인이었다. 그의 표정은 십자가에 매달아 처형하라는 선고가 종신형으로 바뀌어 나이를 먹어가는, 겁에 질린 예수 같았다.

10

라일라 번틀라인은 자전거를 타고 피스콴투잇의 유토피아 같은 고요하고 아름다운 소로를 내달렸다. 그녀가 지나치는 집들은 저마다 아주 비싸게 실현된 꿈이었다. 그 집의 주인들은 전혀 일할 필요가 없었다. 누군가가 폭동을 일으키지만 않는다면, 그 자식들도 일할 필요가 없었고 어떤 물건도 탐낼 이유가 없었다. 당장에는 누구도 폭동을 일으킬 것 같지 않았다.

라일라의 멋들어진 집은 항구 바로 앞에 있었다. 조지 왕조풍으로 지은 저택이었다. 라일라는 집 안으로 들어가 새로 산 책들을 현관에 내려놓고 아버지의 서재로 살며시 들어갔다. 소파에서 자고 있는 아버지가 아직 살아 있는지 확인하기 위해서였다. 라일라는 적어도 하루에 한 번은 그것을 확인했다.

"아빠?"

머리맡 탁자에는 아침에 도착한 우편물을 담은 은쟁반이 놓여 있었다. 그 옆에 있는 건드리지 않은 스카치 앤 소다는 거품이 완전히 꺼졌다. 마흔이 채 되지 않은 스튜어트 번틀라인은 마을에서 가장 잘생긴 남자였고, 누군가는 그를 가리켜 캐리 그랜트와 독일 셰퍼드의 잡종이라 했다. 그의 깡마른 몸통 위에는 오십칠 달러짜리 책이 놓여 있었다. 그의 아내가 선물한 남북전쟁 철도도감이었다. 그가 인생에서 유일하게 열정을 쏟는 대상이 남북전쟁이었다.

"아빠."

스튜어트는 계속 낮잠을 잤다. 그의 아버지는 그에게 천사백만 달러를 남겼는데, 그 대부분은 담배로 쓸어모은 돈이었다. 그 돈이 스튜어트의 이름으로 보스턴의 뉴잉글랜드 시페어러 은행 신탁회사의 신탁팀에 맡겨지자마자, 그 돈 농장은 수경재배를 하듯 그 돈으로 모종을 내고, 비료를 주고, 교배시키고, 변형시켜 해마다 팔십만 달러 정도를 불려나갔다. 사업은 매우 순조로워 보였다. 그것 외에 스튜어트가 사업에 대해 아는 건 거의 없었다.

때때로 사람들이 장기적인 사업 전망을 말해달라고 조르면 그는 '폴라로이드'를 좋아한다고 확실하게 말했다. 사람들은 이 말을 곧이곧대로 이해하고, 그가 폴라로이드 사를 대단히 좋아한다고 생각했다. 그러나 그는 자기 앞으로 폴라로이드 사의 주식이 있는지 없는지도 몰랐다. 은행은 그런 식으로 일을 처리했다. 실은 은행과 매캘리스터, 롭젠트, 리드, 맥기 법률회사가.

"아빠."

"응?"

"아빠가 무사하다는 걸 확인하고 싶었어요."

"그래." 그는 확신하지 못했다. 그는 눈을 조금 뜨고, 마른 입술을 핥았다. "괜찮다, 얘야."

"이제 다시 주무셔도 돼요."

스튜어트는 다시 잠들었다.

* * *

그가 숙면을 취하지 못할 이유는 전혀 없었다. 고아가 된 열여섯 살 때부터 그의 법률대리인은 로즈워터 상원의원을 대리하는 그 법률회사였기 때문이다. 그의 일을 봐주는 변호사는 서먼드 매캘리스터였다. 늙은 매캘리스터는 최근에 보낸 마지막 편지에 논문 한 편을 동봉했다. 제목은 '이념 전쟁으로 인한 친구들의 불화'였고, 콜로라도 주 콜로라도스프링스 사서함 165, 자유학교의 파인트리 출판사에서 팸플릿 형태로 펴낸 것이었다. 이 팸플릿은 지금 철도도감의 서표로 봉사하고 있었다.

늙은 매캘리스터는 편지를 보낼 때 대개 자유기업에 반대하는 사회주의를 섬뜩하게 다룬 자료를 동봉했다. 이십 년 전, 스튜어트가 젊었을 때 분노로 눈을 이글거리며 그의 사무실로 찾아와 자유기업 체제는 잘못된 것이며 자신의 모든 재산을 가난한 사람들에게 나눠주고 싶다고 선언했기 때문이다. 그때 매캘리스터는 경솔한 젊은이를 달래 생각을 돌리게 했지만, 스튜어트가 다시 과거로 돌아가지 않을까 항상 노심초사했다. 그 팸플릿들은 일종의 예방 조치였다.

사실 매캘리스터는 그렇게까지 할 필요가 없었다. 술에 취했든 멀쩡하든, 팸플릿이 오든 말든, 스튜어트는 이미 발을 뺄 수 없을 정도로 자유기업 체제에 깊이 들어가 있었기 때문이다. 그는 더이상 「이념 전쟁으로 인한 친구들의 불화」를 읽고 정신을 차릴 필요가 없었다. 그 글은 저도 모르게 사회주의자가 된 친한 친구들에게 어느 보수주의자가 보내는 편지 형식이었다. 스튜어트는 그럴 필요가 없었기 때문에, 사회보장제도와 복지제도의 수혜자들에 대해 이런 내용이 적힌 팸플릿을 읽지 않았다.

우리가 정말로 그 사람들에게 도움이 되었을까? 그들을 잘 보게나. 우리의 동정심이 결국 어떤 별종을 만들어냈는지 잘 생각해보라구! 우리는 오래전부터 복지제도를 생활방식으로 삼아온 이 3세대 인간들에게 무슨 말을 할 수 있을까? 우리가 수백만씩 대량으로 생산했고, 심지어 풍요의 시대인 지금도 그렇게 생산하는 그 별종들을 자세히 살펴보게!

그들은 일하지 않고, 일할 의지도 없다네. 그리고 고개를 숙이고 마음을 닫은 채 긍지도 자존심도 없이 살아간다네. 그들은 도저히 신뢰할 수가 없는데, 악의를 품어서가 아니라 목적 없이 떠도는 가축 같기 때문이라네. 예지력이나 사고능력은 오랫동안 방치되어 극도로 위축되었지. 나처럼 그들과 얘기하고, 그들 얘길 듣고, 그들과 일해보면, 그들이 두 발로 걷고 말을 한다는 것, 그러니까 앵무새도 하는 것을 제외하고는 인간과 비슷한 면이 하나도 없다는 것을 깨닫고 내심 전율을 느낄 걸세. "더 달라, 더 내놔라, 더 필요하다." 바로 이것이 그들이 그동안 배운 유일한 신사고라네……

오늘날 그들은 호모사피엔스의 실물 모형처럼 서 있다네. 우리가 우리의 그릇된 동정심으로 빚어낸 가혹하고 무서운 현실이지. 그들은 또한 살아 있는 예언이라네. 우리가 지금의 방식을 유지한다면 국민 대다수가 봉착할 수밖에 없는 미래의 모습을 보여주기 때문이지.

기타 등등.

스튜어트 번틀라인에게 이런 견해는 차갑게 식은 연탄과 같았다. 그는 그릇된 동정심을 끊었다. 섹스도 끊었다. 그리고 진실을 얘기하자면, 남북전쟁에도 넌더리가 났다.

* * *

이십 년 전 스튜어트를 보수주의의 길로 인도한 매캘리스터와의 대화는 이러했다.

"그래, 젊은 친구, 성인이 되고 싶다 이거지?"

"난 그렇게 말하지 않았어요. 그리고 그런 뜻이 아니었습니다. 당신들은 내가 상속받은 것을 관리하죠? 내가 아무것도 안 하고 번 돈을?"

"전자에 대해 답을 하자면, 그렇다네. 그럼 후자에 대해 답해볼까. 자네가 아직은 돈을 벌어본 적이 없다고 해도 앞으로는 틀림없이 돈을 벌 것이네. 자네 가문은 자수성가뿐 아니라 그 이상을 해낼 천부적 능력을 타고났지. 젊은이, 자넨 지도자가 될 걸세. 그렇게 태어났으니까. 그건 아주 힘든 일이 될 수도 있어."

"그럴 수도 있고 아닐 수도 있죠, 매캘리스터 씨. 그건 두고 봐야 할 일입니다. 지금 내가 말하려는 건 이겁니다. 이 세상은 고통으로 가득하고, 돈은 그 고통을 줄이는 데 큰 도움이 됩니다. 나한테는 내가 쓸 수 있는 것보다 훨씬 많은 돈이 있고요. 나는 괜찮은 음식과 옷과 거처를 사서 가난한 사람들에게 나눠주고 싶습니다. 지금 당장."

"그렇다면, 그렇게 하고 나서 사람들이 자넬 뭐라고 부르길 바라는가? 성 스튜어트? 성 번틀라인?"

"농담이나 하려고 온 게 아닙니다."

"마찬가지로 자네 아버지는 자네 말에 무조건 공손하게 동의하라고 우릴 자네 후견인으로 지명한 게 아니라네. 성인 얘기를 할 때 내가 무례하고 불경한 인상을 줬다면, 그건 내가 지금까지 수많은 젊은이와 이 어리석은 논쟁을 해왔기 때문이야. 이 회사의 주요 활동 중 하나는 우리 고객이 성인이 되지 않도록 막는 것이라네. 자네는 예외라고 생각하나? 그렇지 않아.

우리가 뒤를 봐주는 젊은이 가운데 해마다 적어도 한 명은 우리 사무실에 찾아와서는 자신의 돈을 나눠주고 싶다고 말하지. 주로 어느 명문대에서 일 년을 마친 젊은이라네. 대학의 첫해는 파란만장하지! 젊은이는 이 세상에 고통받는 사람이 너무나 많다는 걸 알게 돼. 그리고 수많은 재벌이 엄청난 범죄와 결부되어 있다는 것도. 그는 저도 모르게 기독교적 양심에 사로잡힌다네. 주로 산상수훈을 처음 듣는 자리에서 말이야.

그는 혼란에 빠지고, 눈물을 흘리고, 화를 낸다네! 그리고 축 처진 목소리로 자신이 얼마만큼의 재산을 갖고 있는지 묻는다네. 액수를 얘기해주면, 그는 부끄러워 어찌할 줄을 모르지. 그의 재산은 스카치테이프나 아스피린이나 인부의 덧바지에 기반한 것인데, 자네의 경우는 빗자루지. 그렇게 정직하고 유익한 사업으로 벌어들인 거라도 젊은이는 그걸 생각할 여유가 없다네. 내 생각이 옳다면, 자넨 하버드에서 막 일 년을 공부했겠지?"

"네."

"하버드는 훌륭한 대학이지. 하지만 하버드가 어떤 젊은이에게 미치는 영향을 볼 때, 난 '어떻게 대학이란 곳에서 역사를 안 가르치고 동정심을 먼저 가르친단 말인가?' 라고 자문하게 된다네. 친애하는 번틀라인 군, 역사는 다른 건 몰라도 이것 하나만은 확실히 말해준다네. 재산 기부는 무익하고 파괴적인 행위라는 것, 그건 가난한 사람들을 풍족하거나 편안하게 만드는 것이 아니라 응석받이로 만든다는 것! 그리고 기부자와 그의 후손들은 징징 짜는 가난뱅이와 똑같이 된다네."

* * *

"자네처럼 막대한 재산을 소유한다는 것은 정말 황홀하지만 드문 기적이라네." 운명과도 같은 이십 년 전 그날, 늙은 매캘리스터는 설교를 계속했다. "자넨 그것을 손쉽게 얻었으니 그게 어떤 것인지 알 기회가 없었을 테지. 그게 얼마나 큰 기적인지 자네가 이해했으면 싶은데, 내 말이 모욕처럼 느껴질 수도 있을 거야. 그러나 불쾌하더라도 한번 들어보게나. 자네 재산은 자네가 자신을 어떻게 생각하는지 그리고 다른 사람들이 자네를 어떻게 생각하는지 결정하는 가장 중요한 단 하나의 요소라네. 그 돈 때문에 자넨 특별한 거야. 그게 없으면, 예를 들어 자넨 매캘리스터, 롭젠트, 리드, 맥기 법률회사를 이끄는 수석변호사의 귀중한 시간을 빼앗지도 못할 거란 말이지.

자네가 전 재산을 기부한다면, 완전히 평범한 사람이 되겠지? 자네가 천재라면 또 모르지만. 번틀라인 군, 자넨 천재인가?"

"아뇨."

"음, 그리고 자네가 천재든 아니든, 돈이 없으면 훨씬 더 불편하고 부자유스러워질 걸세. 게다가 자넨 후손까지도 답답하고 짜증나는 삶으로 떨어뜨리려 하고 있다네. 그건 어느 어리석은 조상이 재산을 갖다 내버리지 않았다면 부유하고 자유롭게 살 수도 있었던 사람들의 전형적인 삶이지.

번틀라인 군, 자네의 기적을 버리지 말게나. 돈이란 건조시킨 유토피아라네. 자네의 교수들도 힘주어 강조했겠지만, 이 세상의 거의 모든 사람이 개 같은 인생을 살고 있다네. 하지만 자네의 기적 때문에 자네의 인생은 낙원이 될 수 있어! 자, 내게 미소를 보여주게! 하버드에서 3학년이 되어도 배울 수 없는 진실을 자네가 벌써 이해했다는 걸 보여주게나. 그리고 이 진실을 잊지 말게. 부자로 태어나 부자로 산다는 것은 절대 중죄가 아니라는 진실을."

* * *

스튜어트의 딸 라일라는 자기 방으로 올라갔다. 그 방의 색채 설계는 라일라의 어머니가 고른 분홍과 순백으로 이루어졌다. 두 짝 여닫이창 너머엔 항구가 펼쳐져 있고, 피스콴투잇 요트클럽의 배들이 까닥거렸다.

'메리'라는 이름의 40피트짜리 어선 한 척이 털털거리는 소리와 함께 꼴사납게 연기를 내뿜으며 요트 사이를 빠져나갔고, 그 진동의 여파로 장난감들이 더 크게 흔들렸다. 장난감들은 스컴버, 스카트, 로즈버드 II, 팔로미, 레드독, 번티 등의 이름을 갖고 있었다. 로즈버드 II는 프레드와 캐럴라인 로즈워터의, 번티는 스튜어트와 애머니타 번틀라인의 배였다.

메리는 유인망 어부 해리 페나의 배였다. 느리고 볼품없는 이 회색 배의 용도는 어떤 날씨에서든 수 톤의 갓 잡은 생선을 싣고 뒤뚱거리며 항구로 돌아오는 것이었다. 배 위에는 새로 구입한 커다란 크라이슬러 엔진을 젖지 않게 해주는 나무상자를 제외하고 비바람을 피할 은신처가 전혀 없었다. 타륜과 스로틀과 클러치는 그 상자 위에 올려져 있고, 그것을 뺀 나머지는 틀만 남은 목욕통이나 다름없었다.

해리는 지금 자신의 어장으로 가고 있었다. 그의 덩치 큰 두 아들, 매니와 케니는 머리를 맞대고 뱃머리에 누워 음탕한 이야기를 숙덕댔다. 두 아들 옆에는 6피트 길이의 참치 작살이 각각 놓였고, 해리는 12파운드짜리 곤봉으로 무장했다. 세 명 다 고무 앞치마를 두르고 장화를 신었다. 일을 할 때는 항상 피로 목욕을 했기 때문이다.

"섹스 얘긴 그만하고 고기 잡을 생각이나 해, 이놈들아."

"알았어요, 대장. 우리도 대장처럼 늙으면 그럴 거예요." 애정이 넘치는 대답이었다.

* * *

비행기 한 대가 프로비던스 공항을 향해 아주 낮게 날아갔다. 비행기 안에서 노먼 무샤리는 『어느 보수주의자의 양심』을 읽었다.

* * *

피스콴투잇에서 5마일 떨어진 '어살'이라는 식당에는 개인 소장품으로는 세계에서 가장 규모가 큰 고래 작살들이 전시되어 있었다. 이 놀라운 소장품의 주인은 뉴베드퍼드에서 온 키다리 동성애자 버니 웍스였다. 버니가 뉴베드퍼드에서 내려와 그 식당을 열기까지 피스콴투잇은 고래잡이와 아무런 관계가 없었다.

버니가 자기 식당에 '어살'이란 이름을 붙인 것은 남쪽의 단열창 너머로 해리 페나의 어장이 보였기 때문이다. 모든 테이블에는 오페라글라스가 놓여 있어서 손님들은 해리와 두 아들이 어장에서 일하는 모습을 구경할 수 있었다. 세 어부가 깊은 바다 위에서 일할 때면 버니는 테이블마다 옮겨다니며 어부들이 무엇을, 왜 하고 있는지 전문가처럼 신나게 설명했다. 그러는 동안 그는 여자들을 스스럼없이 만지고 주물렀지만 남자는 절대 건드리지 않았다.

고기잡이에 더욱 활발하게 참여하고 싶은 손님은 '다랑어 칵테일'과 '어부 샐러드'를 주문할 수 있었다. 다랑어 칵테일은 럼, 석류 시럽, 크랜베리 주스를 섞은 음료였고, 어부 샐러드는 돌돌 말린 코코넛 조각과 참치를 크림에 버무려 바닥에 깔고 그 위에 껍질 벗긴 바나나를 동그란 파인애플에 끼워 올린 음식이었다.

해리 페나와 두 아들은 어살에 가본 적은 없지만 샐러드와 칵테일과 오페라글라스에 대해선 알고 있었다. 가끔 두 아들은 그들이 본의 아니게 그 식당과 연결되어 있다는 사실에 대해 식당

쪽으로 오줌을 갈기는 것으로 응수했다. 그들은 이것을 "버니 웍스의 부추 수프에 크림을 뿌린다"고 불렀다.

* * *

버니 웍스의 작살 소장품은 식당 입구를 차지한, 곰팡내 물씬 풍기는 선물가게 안의 조잡한 서까래 위에 가로질러 놓여 있었다. 선물가게 이름은 '즐거운 포경선'이었다. 가게 천장에는 먼지투성이 채광창이 나 있었는데, 그 먼지 효과는 '본아미 살충제'를 뿌리고 한 번도 닦지 않아 생긴 것이었다. 서까래와 작살들은 채광창으로 들어오는 빛을 받아 아래 놓인 상품들 위에 격자형 그림자를 드리웠다. 버니가 만들어낸 그 효과는 고래 지방과 럼주와 땀과 용연향 냄새를 풍기는 고래잡이 선원들이 포경장비를 그의 다락에 맡겨놓은 듯한 인상을 불러일으켰다. 언제라도 선원들이 맡겨놓은 물건을 찾으러 돌아올 것 같았다.

작살이 만들어내는 그 열십자 그림자를 헤집으며 애머니타 번틀라인과 캐럴라인 로즈워터는 가게 안을 돌아다녔다. 애머니타가 앞장서서 분위기를 주도하며 호들갑스럽고 야만스럽게 물건들을 구경했다. 물건의 성격으로 따지자면, 모든 상품이 냉정하고 못된 여자가 뜨거운 욕조에서 나오자마자 성교 불능의 남편에게 사달라고 조를 만한 것이었다.

캐럴라인은 애머니타에게 소극적으로 호응하며 응대했다. 캐럴라인을 어색하게 만든 것은 살펴볼 만한 물건이 나타나면 어김없이 애머니타가 앞을 가로막는다는 사실이었다. 애머니타가 물건 구경을 끝내고 앞을 터주는 순간, 그 물건은 왠지 살펴볼 가치가 없는 것처럼 보였다. 물론 그것 말고도 캐럴라인을 어색하게 만드는 건 많았다. 그녀의 남편은 일을 한다는 것, 그녀가 입은 드레스가 애머니타의 옷이었다는 걸 모두가 안다는 것, 그녀의 지갑에 돈이 아주 조금밖에 없다는 것 등.

캐럴라인은 자신의 목소리가 아주 멀리서 다른 사람이 말하는 소리처럼 들렸다. "그는 취향이 훌륭한 사람인가봐."

애머니타가 말했다. "그쪽 사람들이 다 그렇더라구. 쇼핑할 때는 여자보다 그쪽 사람들하고 가는 게 낫다니까. 물론 지금 내 옆에 있는 사람은 예외지만."

"그 사람들은 어째서 그렇게 예술적일까?"

"그들은 아주 민감해, 우리와 비슷하지. 감각이 있다니까."

"아하."

* * *

그때 버니 윅스가 즐거운 포경선 안으로 종종거리며 달려왔다. 톱사이더* 신발의 고무 밑창에서 마찰음이 났다. 그는 삼십

대 초반의 호리호리한 남자였다. 부유하고 여성적인 미국인 동성애자에겐 기본인 장비답게 그의 눈은 인형에 눈동자 대신 박아놓은 인조 스타사파이어 같았고, 그 싸구려 보석은 눈을 깜박일 때마다 크리스마스트리의 전구처럼 반짝거렸다. 버니의 증조할아버지는 결정적으로 모비 딕을 죽이고 유명해진 뉴베드퍼드의 한니발 윅스 선장이었다. 서까래 위에 올려놓은 작살 중 적어도 일곱 개는 거대한 백경의 가죽에서 뽑아온 것이라는 말이 있었다.

"애머니타! 애머니타!" 버니가 다정하게 소리치고는 두 팔로 그녀를 감싸고 꼭 껴안았다. "자기, 잘 지냈어?"

애머니타는 웃음을 터뜨렸다.

"재미있는 일 많았어?"

"나한텐 없었어."

"마침 잘 왔어. 자기한테 간단한 아이큐 테스트를 할까 하거든." 그는 그녀에게 신상품 하나를 보여주고 어떤 물건인지 맞혀보게 할 심산이었다. 그는 아직 캐럴라인에게 인사하지 않았는데, 캐럴라인이 그와 그가 찾는 물건 사이에 서 있었기 때문에 이젠 어쩔 수 없이 인사를 해야 했다. "실례합니다."

"죄송합니다." 캐럴라인 로즈워터는 옆으로 비켜섰다. 어살

* 미국의 대표적인 보트슈즈 상표.

에 최소 오십 번은 왔을 그녀를 버니는 끝내 기억하지 못하는 듯했다.

버니는 찾는 물건이 안 보이자 방향을 돌려 다른 곳을 뒤지기 시작했는데, 이번에도 캐럴라인이 방해가 되었다. "실례합니다."

"미안합니다." 캐럴라인은 다시 옆으로 비켜서다 작고 앙증맞은 세발 의자에 걸려 넘어질 뻔했다. 그녀는 한쪽 무릎으로 의자를 짚고 두 손으로 기둥을 붙잡았다.

"오, 세상에!" 버니는 인상을 찡그리며 소리쳤다. "괜찮아요? 자! 자!" 그가 그녀를 번쩍 들어올리자 그녀의 발이 난생처음 롤러스케이트를 탄 것처럼 허공에서 버둥거렸다. "다치지 않았어요?"

캐럴라인이 어색한 미소를 지으며 말했다. "하마터면 체면을 구길 뻔했네요."

"오, 자기는 지금 체면이 문제야?" 그가 이 말을 하는 순간, 잠재해 있던 여성의 모습이 아주 강하게 드러났다. "뼈는 괜찮아요? 속은요?"

"괜찮아요, 고마워요."

버니는 돌아서서 다시 물건을 찾기 시작했다.

"여긴 캐럴라인 로즈워터야. 물론 기억하지?" 애머니타가 말했다. 그건 잔인할 정도로 불필요한 질문이었다.

"물론이지, 로즈워터 부인. 상원의원과는 어떤 관계죠?"

"만날 때마다 그걸 묻는군요."

"내가 그랬나요? 그럼 그때마다 뭐라고 대답했죠?"

"그냥…… 아주 먼 친척뻘이에요. 거의 분명해요."

"참 이상해요. 댁도 아시겠지만, 곧 의원직에서 물러난다고 하더군요."

"그래요?"

버니는 다시 그녀 쪽으로 돌아섰다. 상자 하나를 들고서. "사임할 거라고 얘기 안 하던가요?"

"아뇨, 그는……"

"서로 연락을 안 하는군요?"

"네." 캐럴라인은 턱을 잡아당기며 기어드는 목소리로 대답했다.

"그렇게 유명한 사람과 연락하고 지내면 참 좋을 텐데."

캐럴라인은 고개를 끄덕였다. "그렇죠."

"그런데 연락을 안 하는 거고요."

"네."

* * *

"자, 이거야." 버니는 애머니타 앞으로 가서 상자를 열었다. "애머니타, 이게 뭔지 알아맞혀봐." 그는 상자에서 물건을 꺼냈다. '멕시코산'이라고 표시된 큰 깡통으로 한쪽이 뚫려 있었고, 안팎에 회색 벽지가 발라져 있었다. 막힌 쪽에 붙어 있는 둥근 레이스 깔개에는 수련을 본뜬 조화가 달렸다. "이게 뭐에 쓰는 물건인지 알아맞혀봐. 정답을 맞히면, 이거 십칠 달러짜린데, 상으로 그냥 줄게. 물론 자기가 어마어마한 부자라는 건 나도 알지만."

"나도 맞혀볼까요?" 캐럴라인이 말했다.

"그래요." 버니는 눈을 감고, 피곤한 듯 작은 소리로 말했다.

애머니타는 즉시 포기하고는, 자신은 멍청하고 시험을 싫어한다고 당당하게 밝혔다. 캐럴라인은 곧 정답을 맞힐 것처럼 두 눈을 반짝이며 입을 오물거렸지만, 버니는 기회를 주지 않았다.

"이건 예비용 두루마리 화장지를 가리는 덮개야."

"내가 막 알아맞힐 뻔했는데." 캐럴라인이 말했다.

"그랬어요?" 버니가 냉담하게 말했다.

"캐럴라인은 파이베타카파 회원이야." 애머니타가 말했다.

"그래요?"

"네. 사실 그 이야긴 잘 안 해요. 생각도 잘 안 하고요."

"나도 그래요." 버니가 말했다.

"당신도 파이베타카파 회원이에요?"

"신경 쓰여요?"

"아뇨."

"클럽이 대개 그렇지만, 그것도 규모가 상당히 큰가봐요."

"음."

"이거 맘에 들어, 천재 아가씨?" 애머니타가 캐럴라인에게 물었다. 화장지 덮개를 말하는 거였다.

"그럼. 이거…… 참 예쁘잖아."

"갖고 싶어?"

"십칠 달러나 하는데? 예쁘긴 하지만……" 캐럴라인이 말했다. 자신의 처지를 생각하자 슬픔이 밀려왔다. "다음에 생각해 볼게."

"지금은 왜?" 애머니타가 물었다.

"알잖아." 캐럴라인은 얼굴을 붉혔다.

"내가 사주고 싶어서 그래."

"그러지 마! 십칠 달러나 하는데!"

"오, 캐럴라인. 그렇게 계속 돈 걱정을 하면 다른 친구를 찾을지도 몰라."

"그럼 내가 무슨 말을 해?"

"그거 선물 포장해줘, 버니."

"오, 애머니타, 정말 고마워." 캐럴라인이 말했다.

"네가 가질 만하니까 갖는 거야."

"고마워."

"사람들은 다 가질 만한 걸 갖는 거야. 안 그래, 버니?"

"그게 바로 인생의 제1법칙이지." 버니 웍스가 말했다.

* * *

막 어장에 도착한 메리라는 이름의 어선이 버니 웍스의 식당에서 술을 마시거나 식사를 하던 많은 사람들의 시야에 들어왔다.

빈둥거리는 두 아들에게 해리 페나가 말했다. "이제 정신 차리고 일할 준비 해라."

그는 엔진을 껐다. 메리 호는 관성의 힘으로 어장 입구를 지나 그물을 쳐놓은 둥근 장대 울타리 안으로 들어갔다.

"냄새 나지?" 그는 아들들에게 그물에 걸린 큰 물고기들의 냄새가 나는지 물었다.

두 아들은 코를 킁킁대고 나서 그렇다고 대답했다. 그물의 불룩한 부분은 고기가 걸려들었건 아니건 밑바닥에 깔려 있었다. 수면 위로 드러난 그물 가장자리는 가파른 포물선을 그리며 장대 끝에 군데군데 걸려 있는데, 딱 한 군데만 물속에 잠겨 있었다. 바로 그곳이 배가 드나드는 문이었고, 물고기가 불룩한 그물로 들어오는 통로였다.

해리는 직접 어장 안으로 들어가, 문 옆의 밧줄걸이에서 줄을 풀고 그 줄을 높이 들어 그물 입구를 수면 위로 끌어올린 다음 다시 밧줄걸이에 묶었다. 이제 물고기가 빠져나갈 길은 없었다. 물고기에게 그것은 운명의 사발이었다.

메리 호가 그 사발의 가장자리를 가볍게 스쳤다. 해리와 두 아들은 일렬로 자리를 잡고 바다 속에 무쇠 같은 손을 집어넣었다. 그리고 그물을 공중으로 끌어올렸다 늦추기를 반복했다.

세 사람은 그물을 번갈아 잡아당기며 물고기가 헤엄칠 수 있는 공간을 계속 좁혀나갔다. 그 공간이 계속 좁아지는 동안 메리 호는 사발의 표면을 비스듬히 가로지르며 천천히 움직였다.

아무도 입을 열지 않았다. 마법 같은 시간이었다. 세 사람이 온 정신을 집중해 바다에서 그물을 끌어올리는 동안에는 갈매기들도 침묵하는 것 같았다.

* * *

물고기가 움직일 수 있는 공간은 어느덧 타원형 웅덩이 모양으로 변했다. 깊은 물속에서 돈벼락이 번쩍이는 듯했고, 그거면 충분했다. 세 남자는 번갈아가며 쉬지 않고 그물을 끌어올렸다.

물고기가 움직일 수 있는 공간은 이제 깊은 여물통 모양이 되었고, 그물이 메리 호의 뱃전에 닿았다. 세 남자가 계속 그물을 끌어올리자 그것은 더 얕은 여물통이 되었다. 아버지와 두 아들은 일손을 멈췄다. 선사시대의 괴물, 궤양과 사마귀가 점점이

박힌 올챙이 모양의 10파운드짜리 거대한 아귀 한 마리가 수면 위로 모습을 드러내더니, 수염이 잔뜩 달린 입을 빼끔거리며 항복을 고했다. 그러자 뇌가 없고 먹지 못하는 연골 덩어리인 아귀 주변으로 잔물결이 무수히 일어났다. 큰 물고기들은 어두운 아래쪽에 있었다.

해리와 덩치 큰 두 아들은 다시 일을 시작해, 번갈아가며 그물을 끌어올렸다 늦추기를 반복했다. 이제 물고기가 움직일 수 있는 공간은 거의 사라졌다. 그러자 아이러니하게도 바다 표면이 거울처럼 잔잔해졌다.

바로 그때 참치 지느러미 하나가 그 거울을 쓱 베더니 다시 물속으로 들어갔다.

* * *

잠시 후 어장은 광란의 지옥으로 변했다. 참치 여덟 마리가 맹렬히 돌아다니자 바닷물이 일렁이고, 갈라지고, 들끓고, 굽이쳤다. 참치들은 메리 호를 스쳐 쏜살같이 달아났다 그물에 막혀 되돌아오고 다시 도망치기를 되풀이했다.

해리의 두 아들은 작살을 움켜잡았다. 둘째아들이 물속에 갈고리를 집어넣은 다음 물고기 배에 힘껏 꽂아 물고기를 멈춰 세우고 순간적으로 엄청난 고통을 주면서 몸통을 뒤집었다.

물고기는 충격으로 잠잠해졌고, 고통이 더 심해질까 두려워 움직임을 멈추고 수면 위로 둥둥 떠다녔다.

해리의 둘째아들이 갈고리를 비틀며 홱 잡아당겼다. 새롭고 더 큰 고통이 밀려오자 물고기는 꼬리로 서서 걸을 듯이 튀어올랐고, 철퍼덕 소리를 내면서 메리 호 안으로 떨어졌다.

해리는 강력한 곤봉으로 물고기의 머리를 내리쳤다. 물고기는 즉사했다.

또 한 마리가 철퍼덕 하고 올라왔다. 해리는 또다시 곤봉으로 머리를 쳤다. 나머지 물고기도 차례로 올라왔고, 결국 거대한 물고기 여덟 마리가 모두 갑판 위에 쓰러졌다.

해리는 소매로 코를 닦고 웃음을 터뜨렸다. "빌어먹을! 염병할!"

두 아들도 따라 웃었다. 세 부자는 어느 누구보다 삶에 만족했다.

둘째아들은 동성애자의 레스토랑을 향해 코끝에 엄지손가락을 대고 다른 손가락을 펼쳐 보였다.

"그렇지? 다들 엿이나 먹으라고 해." 해리가 말했다.

* * *

버니는 발목의 고리 장식을 짤랑거리며 애머니타와 캐럴라인의 테이블로 다가와 애머니타의 어깨에 손을 얹고 그녀 옆에 섰다. 캐럴라인은 눈에서 오페라글라스를 떼고 우울한 말을 꺼냈다. "저게 진짜 인생이죠. 해리 페나는 마치 신 같아요."

"신 같다고요?" 버니는 우스꽝스러운 표정을 지었다.

"무슨 말인지 모르겠어요?"

"물고기한텐 그렇겠죠. 여하튼 난 물고기가 아니니까. 그럼 내가 어떤 사람인지 말해줄까요?"

"제발…… 식사하는 동안에는." 애머니타가 말했다.

버니는 잠시 키득거리더니 자기 생각을 계속 말했다. "난 어느 은행의 이사야."

"그게 무슨 상관인데?" 애머니타가 물었다.

"누가 파산했고 누가 안 했는지 알 수 있지. 그런데 만약 저 사람이 신이라면, 이런 말 하긴 좀 그렇지만, 신은 파산했어."

애머니타와 캐럴라인은 서로 표현 방법은 달랐지만 저렇게 혈기 왕성한 남자가 어떻게 사업에 실패할 수 있는지 의구심을 나타냈다. 그들이 이렇게 재잘거리는 동안 버니가 애머니타의 어깨를 세게 눌렀기 때문에 그녀는 투덜댔다. "아프단 말야."

"미안, 설마 아파할 줄은 몰랐어."

"나쁜 놈."

"차라리 그게 나을걸." 버니는 그녀의 어깨에 다시 작은 힘을 가했다. "다 끝났어." 해리와 두 아들을 가리키는 말이었다. 버니의 손이 가하는 힘은 애머니타에게 잠시 입을 다물어줬으면 좋겠다는, 그가 진지한 얘기를 하고 있다는 걸 알아달라는 신호였다. "현실적인 사람들은 더이상 저렇게 돈을 벌지 않아. 저기 있는 저 낭만주의자 세 명은 마리 앙투아네트와 그녀의 우유 따르는 하녀만큼이나 현실을 몰라. 일주일이나 한 달 또는 일 년 후에 파산 절차가 시작되면, 그제야 자기들의 유일한 경제적 가치가 이 레스토랑의 동영상 벽지에 불과했다는 걸 깨달을 거야." 기특하게도 버니는 이런 말을 하는 게 즐겁지 않았다. "다 끝났어. 몸을 써서 일하는 사람들을 필요로 하는 곳은 더이상 없어."

"항상 해리 같은 남자들이 성공하지 않나요?"

"이제는 어딜 가도 실패해요." 버니는 애머니타의 어깨를 놓았다. 그리고 자신의 식당을 둘러본 뒤 애머니타에게 식당을 둘러보고 손님이 몇이나 되는지 세어달라고 부탁했다. 게다가 그가 손님을 경멸하는 것처럼 두 여자도 손님을 경멸하도록 부추겼다. 거의 모든 사람이 유산 상속인이었다. 거의 모든 사람이 뇌물과 법의 수혜자였고, 지혜나 노동과는 무관했다.

모피를 걸친 단순하고 무식하고 뚱뚱한 과부 네 명이 종이 식탁보 위에 적힌 외설적인 농담을 보고 깔깔댔다.

"누가 성공하고 있는지, 또 누가 성공했는지 직접 보라구."

11

프로비던스 공항에 도착한 노먼 무샤리는 렌터카 회사에서 빨간색 컨버터블을 빌려 타고 프레드 로즈워터를 만나기 위해 피스콴투잇까지 18마일을 달렸다. 무샤리의 고용주들은 그가 병이 나서 워싱턴의 아파트에 몸져누운 줄 알았지만, 그와는 정반대로 그는 아주 건강했다.

무샤리는 오후 내내 프레드를 찾지 못했다. 이렇게 따뜻한 날이면 프레드는 쉽게 설명할 수 없는 이유로 종종 아무도 모르게 그의 요트에서 낮잠을 잤기 때문이다. 가난한 사람들에게 생명보험을 파는 사람이 따뜻한 봄날 오후에 할 일은 별로 없었다.

프레드는 뱃전의 어느 지점이나 건현*이 3인치밖에 안 되는 요트클럽의 작은 구명보트를 타고 노를 저어 그의 배가 정박된

곳으로 가곤 했다. 그는 육중한 몸을 로즈버드 II호로 옮긴 뒤 사람들 눈을 피해 조종실로 들어가 오렌지색 구명조끼를 베고 누웠다. 그리고 철썩이는 파도 소리, 삭구가 짤랑거리고 삐걱거리는 소리를 들으며 한 손을 생식기 위에 얹어놓고 신과 합일을 이룬 듯한 기분에 취해 잠이 들곤 했다. 아주 달콤한 잠이었다.

* * *

번틀라인 저택 2층에는 셀레나 딜이라는 젊은 하녀가 살았다. 그녀는 프레드의 비밀을 알고 있었다. 그녀의 방에 난 작은 창문으로 항구의 배들이 내다보였기 때문이다. 그녀가 지금처럼 좁은 침대에 앉아 편지를 쓸 때면, 창으로 로즈버드 II호의 모습이 들어왔다. 그녀는 전화벨 소리가 들리도록 문을 조금 열어두었다. 오후에 해야 할 일은 대개 전화 받는 일뿐이었다. 전화는 좀처럼 울리지 않았다. 그래서 셀레나는 "전화가 고장 난 건 아닐까?" 의심하기도 했다.

열여덟 살인 그녀는 번틀라인 가문이 1878년 포터컷에 세운 고아원 출신이었다. 고아원을 세울 때 번틀라인 가문은 세 가지를 요구했다. 모든 고아를 인종, 피부색, 신념에 상관없이 기독

* 선체가 물에 잠기는 흘수선에서 상갑판 윗면에 이르는 부분.

교인으로 키울 것, 일주일에 한 번 저녁식사하기 전에 서약을 시킬 것, 매년 똑똑하고 깔끔한 여자 고아를 번틀라인 저택에 가정부로 보낼 것. 세번째 요구사항의 목적은 다음과 같았다.

보다 나은 삶이 어떤 것인지 배우고, 문화적 소양과 사회적 품위를 몇 단계 높이고자 하는 의욕을 느끼기 위하여……

셀레나가 육백 번의 아주 소박한 저녁식사 앞에서 육백 번이나 읊었던 그 서약이라는 것은 가엾은 스튜어트의 증조부 캐스터 번틀라인이 작성했다.

나는 다른 사람들의 신성한 사유재산을 존중할 것과 전능하신 하나님께서 나에게 인생에서 어떤 직위를 정해주시든 그에 만족할 것을 맹세합니다. 나는 나를 고용한 사람들에게 감사할 것이고, 임금과 시간에 대해 불평하지 않을 것이며, 나의 고용주와 나의 조국과 나의 하나님을 위해 무엇을 더 할 수 있는지 스스로에게 묻겠습니다. 나는 지상에 온 목적이 행복을 누리기 위해서가 아님을 압니다. 나는 시험받기 위해 이곳에 왔습니다. 그 시험에 통과하기 위해 항상 헌신해야 하고, 항상 성실해야 하고, 항상 정직해야 하고, 항상 몸과 마음과 행실을 정결히 해야 하고, 하나님께서 그의 지혜로써 나보다 윗자리에 놓으신 분들을 항상 존경해야 합니다. 만일 그 시험에 통과한다면, 나는 생을 마친 후 영원한 천국의 기쁨을 누릴 것입니다. 만일 실패한다면, 나는 악마가 웃고 예수 그리스도가 눈물을 흘리는 앞에서 지옥 불에 떨어질 것입니다.

* * *

셀레나는 피아노를 아름답게 연주할 줄 알고 간호사가 되기를 꿈꾸는 예쁜 아가씨였다. 그녀는 지금 고아원 원장 윌프레드 패럿 씨에게 편지를 쓰는 중이었다. 패럿은 예순이었다. 그는 살아오면서 흥미로운 일을 많이 했다. 예를 들면, 에이브러햄 링컨 여단 소속으로 1933년부터 1936년까지 스페인내전에 참전했고, 〈푸른 수평선 너머〉라는 라디오 연속극을 썼다. 그는 행복하게 고아원을 운영했다. 모든 아이들이 그를 "아빠"라 불렀으며, 모든 아이들이 요리하고 춤추고 악기를 연주하고 그림을 그릴 줄 알았다.

셀레나는 한 달 전에 번틀라인 저택에 왔고, 이곳에서 일 년 동안 지낼 예정이었다. 그녀의 편지는 다음과 같았다.

사랑하는 아빠. 이곳 상황은 갈수록 나아지겠지만, 난 어떻게 해야 할지 모르겠어요. 번틀라인 부인과 사이가 그다지 좋지 않아요. 부인은 계속해서 내가 배은망덕하고 당돌하다고 말해요. 난 추호도 그럴 생각이 없지만, 어쩌면 정말 그런지도 모르겠어요. 난 그녀가 나한테 화가 나서 고아원에 등을 돌리지 않기만을 바랄 뿐이에요. 정말로 걱정하는 건 그것뿐이에요. 앞으로는 고아원의 서약을 더 잘 지키려고 열심히 노력하겠어요. 항상 문제가 되는 건 내 눈이에요. 하지만 나는 내 눈을 어떻게 해야 할지 모르겠어요. 그녀의 말이나 행동이 다소 우둔하거나 불쌍하게 보여도, 난 아무 말도 안 해요. 그런데 그녀는 내 눈을 보고 불같이 화를 내요. 한번은 나에게 그녀의 인생에서 남편과 딸 다음으로 가장 중요한 것은 음악이라고 말하더군요. 이 집에는 사방에 스피커가 있고, 그 스피커들은 모두 옷장 앞에 있는 전축에 연결되어 있어요. 하루 종일 음악이 나와요. 번틀라인 부인은 하루를 시작하면서 음악 프로그램을 짜고 그 음반들을 레코드체인저에 넣는 것이 세상에서 가장 즐거운 일이라고 말했어요. 오늘 아침에도 모든 스피커에서 음악이 나왔는데, 그 소리가 지금까지 들었던 어떤 음악과도 달랐어요. 아주 높고, 빠르고, 찍찍거리는 소리였는데, 번틀라인 부인은 허밍으로 따라 하고 머리를 좌우로 흔들면서 그 음악을 얼마나 좋아하는지 내게 보여주었어요. 하지만 난 그 음악 때문에 미칠 것만 같았어요. 그때 부인의 가장 친한 친구 로즈워터 부인이 왔는데, 그녀도 그 음악이 너무 좋다고 말했어요. 그녀는 언젠가 자기도 부자가 되면 하루 종일 아름다운 음악을 틀어놓겠다고 하더군요. 나는 결국 더는 참지 못하고 번틀라인 부인에게 저게 대체 무슨 음악이냐고 물었어요. 그랬더니 부인은 "저게 뭐냐고? 원 세상에, 저게 바로 불멸의 베토벤이야"라고 말하더군요. 내가 "베토벤이요!"라고 말하자, 그녀는 "베토벤 음악을 들어본 적 있니?"라고 물었어요. "네, 부인. 들어봤어요. 고아원에 있을 때 패럿 아빠가 항상 베토벤을 연주했거든요. 하지만 저런 소리가 아니었어요." 그러자 그녀는 나를 전축이 있는 곳으로 데려가더니 말했어요. "자 똑똑히 봐라, 저게 베토벤인지 아닌지. 난 이 체인저에 베토벤 음악만 넣었다. 가끔 난 베토벤 파티도 열어." "나도 베토벤을 무지 존경해." 로즈워터 부인도 한마디 하더군요. 번틀라인 부인은 내게 레코드체인저에 걸린 판들이 베토벤인지 아닌지 직접 확인해보라고 했어요. 사실 그 말은 맞았어요. 체인저 안에는 베토벤의 교향곡 아홉 곡이 모두 들어 있었어요. 하지만 그 불쌍한 여자는 레코드 회전수를 분당 33회전이 아니라 78회전에 맞춰놓고 그 차이를 몰랐던 거예요. 난 그녀에게 그 얘길 했어요. 아빠, 난 그래야 한다고 생각했어요. 아닌가요? 난 아주 공손하게 말했어요. 하지만 내 눈빛이 또 문제가 됐나봐요. 그녀는 불같이 화를 내며 당장 나가서 차고 뒤에 있는 운전사 화장실을 청소하라고 했어요. 사실 그건 그렇게 더러운 일이 아니었어요. 이 집에는 몇 년 동안 운전사가 없었으니까요.

* * *

또 한번은 그녀를 따라 번틀라인 씨의 큰 모터보트를 타고 요트 경주를 구경하러 갔어요. 내가 데려가달라고 부탁했어요. 나는 피스콴투잇 사람들은 모두 요트 경주 얘기만 하는 것 같다고, 그래서 요트 경주가 얼마나 멋있는지 보고 싶다고 말했죠. 그날 요트 경주에는 그녀의 딸 라일라가 출전했어요. 라일라는 마을에서 가장 뛰어난 선수예요. 라일라가 탄 우승컵을 보면 놀라실 거예요. 그 컵들은 집 안에서 가장 중요한 장식품이에요. 특별한 그림 같은 건 없어요. 피카소 그림이 있는 이웃집 주인이 라일라같이 요트를 잘 모는 딸이 있으면 소원이 없겠다고 말하는 걸 들었어요. 난 요트를 잘 모는 게 그렇게 중요하다고는 생각하지 않지만, 그 말을 입 밖에 꺼내진 않았어요. 걱정 마세요, 아빠. 난 하고 싶은 말을 절반도 하지 않아요. 어쨌든 우린 그 요트 경주에 갔어요. 거기서 번틀라인 부인이 고함지르고 욕하는 걸 아빠가 들으셨다면 정말 놀라셨을 거예요. 아서 곤살베스가 어떤 식으로 얘기하는지 기억하시죠? 번틀라인 부인은 아서도 미처 몰랐을 단어들을 사용했어요. 그렇게 미친 듯이 흥분한 여자는 생전 처음 봤어요. 그녀는 내가 옆에 있다는 걸 깜박했던 거예요. 마치 광견병에 걸린 마녀 같았어요. 아빠가 그걸 보셨다면, 까맣게 그을린 아이들과 그 작은 흰색 요트들이 우주의 운명을 결정하고 있나보다 생각하셨을 거예요. 그녀는 마침내 내가 있다는 걸 기억했고, 자기가 내뱉은 말들이 그다지 듣기 좋은 말은 아니었다는 걸 깨닫고는 말하더군요. "왜 모든 사람이 지금 이렇게 흥분하는지 너도 알아야 해. 라일라가 지금 코모도 컵에서 2승을 했다구." "아, 네." "그래서 이렇게 난리란다." 아빠, 맹세코 나는 더이상 아무 말도 안 했어요. 하지만 내 눈빛이 또 이상해졌던 게 분명해요.

아빠, 내가 이 사람들한테 정말 화가 나는 건 이들이 무식하거나 술을 많이 마시기 때문이 아니에요. 이 사람들이 세상에서 좋은 것은 모두 그들이나 그들의 조상이 가난한 사람들한테 베푼 선물이라고 생각하기 때문이에요. 이곳에 처음 도착한 날 오후였어요. 번틀라인 부인이 나를 저택 뒤쪽 현관으로 부르더니 석양을 보라고 하더군요. 그래서 봤죠. 난 석양이 무척 아름답다고 말했어요. 하지만 그녀는 내가 다른 말을 하길 기다렸어요. 나는 그 밖에 무슨 말을 해야 할지 도무지 생각나지 않았고, 결국 바보 같은 말을 하고 말았어요. "감사

합니다, 부인." 바로 그게 그녀가 기다리던 말이었어요. 그녀는 즉시 "천만에, 괜찮아"라고 하더군요. 그후로 나는 바다, 달, 하늘의 별, 미국 헌법에 대해 그녀에게 감사하고 있어요.

어쩌면 내가 너무 사악하고 멍청해서 피스콴투잇이 실제로 얼마나 훌륭한 곳인지 모르는 건지도 몰라요. 어쩌면 나에겐 이곳이 돼지 목의 진주목걸이인지도 모르겠지만, 난 이곳이 왜 좋은지 정말 모르겠어요. 고향이 너무 그리워요. 또 편지 쓸게요. 아빠, 사랑해요.

셀레나

추신. 누가 이 미친 나라를 다스리고 있나요? 이렇게 한심한 사람들은 분명 아니겠죠?

노먼 무샤리는 뉴포트로 넘어가 이십오 센트를 내고 유명한 럼푸어드 저택을 관람하며 오후 시간을 보냈다. 이 관람의 특이한 점은 럼푸어드 가족이 여전히 그곳에 살며, 구석구석에서 관람객을 노려본다는 것이었다. 게다가 그들은 맹세코 돈이 필요 없는 사람들이었다.

무샤리는 키가 6피트 8인치쯤 되는 랜스 럼푸어드가 차가운 미소를 지으며 그를 노려보자 너무 불쾌해져서, 관람객을 안내

하는 하인에게 불평했다. "일반인이 그렇게 싫으면 집 안에 들이지 않으면 될 것 아니오? 돈도 받지 말고."

하인은 이 말에 눈썹 하나 까딱하지 않고 거칠고 비장한 어조로, 이 저택은 오 년에 한 번 일반인에게 공개된다고 설명했다. 3세대 전의 유언 때문이라는 것이다.

"어떤 유언이었죠?"

"이 저택을 세운 분의 뜻이었는데, 이 높은 벽 안에 사는 사람들이 저택 밖에서 무작위로 들어와 구경하는 사람들의 견본을 뽑아보면 큰 도움이 될 거라 생각하셨죠." 그는 무샤리를 위아래로 훑어보았다. "말하자면 세상 따라잡기인 거요. 아시겠소?"

무샤리가 막 저택을 떠나려 할 때 랜스 럼푸어드가 성큼성큼 그의 뒤를 쫓아왔다. 그는 먹잇감을 내려다보는 포식동물처럼 만족스런 표정으로 작은 무샤리 앞에 우뚝 섰다. 그러고는 그의 어머니가 관상을 아주 잘 보는데, 무샤리를 보더니 미군 보병에서 복무한 적이 있을 거라 장담했다고 말했다.

"아니요."

"정말이오? 어머니는 틀리는 법이 거의 없는데. 어머니는 딱 집어서 당신이 저격수였다고 말했소."

"아니요."

랜스는 어깨를 으쓱했다. "이번이 아니라면, 아마 다른 생에서겠지." 그는 또다시 차가운 미소를 지으며 노려보았다.

* * *

자살자의 아들은 대개 하루가 끝날 무렵, 혈당이 떨어졌을 때 자살을 생각한다. 일을 마치고 귀가한 프레드 로즈워터 역시 그랬다. 그는 거실의 아치형 입구에서 일렉트로룩스에 걸려 넘어질 뻔하다가 큰 걸음을 내디뎌 겨우 균형을 잡았지만, 작은 테이블에 정강이를 찧으면서 그 위에 있던 박하사탕을 쳐 바닥에 쏟았다. 그는 무릎을 꿇고 사탕을 주웠다.

프레드는 아내가 집에 있는 걸 알았다. 애머니타가 아내에게 생일선물로 준 전축이 돌아가고 있었기 때문이다. 그녀가 가진 레코드는 다섯 장뿐이었고, 그 다섯 장이 모두 체인저에 들어가 있었다. 그녀는 어느 레코드클럽에 가입하고 사은품으로 그 레코드들을 받았다. 아주 힘들게 가입한 대가로 백 장의 목록에서 다섯 장을 골라 공짜로 받은 것이었다. 그녀는 프랭크 시나트라의 〈컴 댄스 위드 미〉, 모르몬 장막 합창단의 〈내 주는 강한 성이요 외 성가모음집〉, 소비에트군 합창단과 군악대의 〈티퍼레리까지 아득히 먼 길 외〉, 레너드 번스타인이 지휘한 〈신세계 교향곡〉, 리처드 버턴이 낭독한 〈딜런 토머스의 시〉를 골랐다.

프레드가 사탕을 주울 때는 버턴의 레코드가 돌아갔다. 프레드는 일어서자 어질어질했다. 귀에서 벨소리가 울리고, 눈앞에 점들이 어른거렸다. 침실로 들어가보니 아내가 옷을 입은 채 침대에서 자고 있었다. 치킨과 마요네즈를 배불리 먹고 술에 취한 상태로. 애머니타와 점심을 먹고 온 날은 항상 그랬다. 프레드는 지하실 파이프에 목을 매고 자살할 생각을 하면서 발끝으로 걸어나갔다.

그때 아들이 떠올랐다. 화장실에서 물 내리는 소리가 들리는 걸로 봐서 어린 프랭클린은 욕실에 있는 게 분명했다. 그는 프랭클린을 기다리기 위해 아들의 침실로 갔다. 그가 집 안에서 편안함을 느끼는 유일한 방이었다. 블라인드가 내려진 것이 조금 이상했다. 그의 아들은 오후의 햇살을 막을 이유가 전혀 없었고, 창문으로 엿볼 만한 이웃도 없었기 때문이다.

방 안을 비추는 빛이라곤 침대맡의 특이한 램프에서 새어나오는 것이 전부였다. 램프 전면은 망치를 든 대장장이 모습의 작은 석고상으로 이루어져 있었다. 대장장이 뒤에는 불투명한 오렌지색 유리판이 세워져 있었고, 그 뒤에 전구가 꽂혀 있었으며, 전구 위로 작은 양철 풍차가 달렸다. 풍차는 전구에서 올라오는 뜨거운 공기의 힘으로 돌아갔다. 회전하는 풍차의 밝은 표면 때문에 오렌지색 유리에 비치는 빛이 깜박이듯 어른거렸고, 진짜 화덕 불과 아주 비슷하게 보였다.

그 램프에는 사연이 있었다. 삼십삼 년 된 이 램프를 만든 회사는 프레드의 아버지가 마지막으로 투기를 한 회사였다.

* * *

프레드는 수면제를 잔뜩 먹을까 생각하다, 다시 아들을 떠올렸다. 그는 아들에게 할 말을 찾으면서 기이한 불빛이 비추는 방 안을 둘러보다가, 문득 베개 밑에서 삐죽 튀어나온 사진 한 장을 발견했다. 아마 스포츠스타의 사진이거나, 어쩌면 로즈버드 II호의 키를 잡고 있는 자신의 사진일 거라 생각하면서 사진을 꺼냈다.

그러나 그것은 어린 프랭클린이 신문 배달을 해서 번 돈으로 그날 아침 라일라 번틀라인에게서 구입한 포르노 사진이었다. 벌거벗은 뚱뚱한 매춘부 두 명이 선웃음치고 있는, 그중 한 명은 당당하고 점잖고 근엄한 표정의 셔틀랜드 조랑말과 불가능한 체위로 성교를 시도하고 있는 사진.

* * *

메스껍고 혼란스러워진 프레드는 도대체 무슨 말을 해야 할지 난감해 사진을 주머니에 넣고 비틀거리며 주방으로 걸어갔다.

그는 주위를 둘러보았다. 주방은 전기의자가 하나쯤 있어도 어색하지 않을 곳이었다. 캐럴라인은 고문실을 그런 모습으로 생각했다. 한쪽에는 이미 말라 죽은 관엽식물이 서 있었다. 싱

크대 위 비누곽에는 축축한 비누 조각을 합쳐서 만든 얼룩덜룩한 비누볼이 담겨 있었다. 비누 조각으로 비누볼 만들기는 캐럴라인이 신혼 초부터 해온 유일한 가정학 기술이었다. 그녀는 그 기술을 어머니에게 배웠다.

프레드는 욕조에 뜨거운 물을 받아놓고 들어가 스테인리스 면도날로 손목을 그을까 생각했다. 바로 그때 작은 플라스틱 휴지통이 가득 차 있는 게 보였다. 그는 캐럴라인이 술에 취해 잠들었다 깨어났을 때 아무도 휴지통을 비우지 않은 것을 알면 얼마나 심하게 히스테리를 일으키는지 잘 알았다. 그래서 휴지통을 차고로 가져가 비운 뒤 집 옆에서 호스로 깨끗이 씻었다.

휴지통에서 "푸샤 푸샤 블라 블라 부르" 소리가 났다. 그때 프레드는 누군가가 지하실에 불을 켜둔 것을 보았다. 그는 지하실 출입구에 난 먼지투성이 창문을 통해 안을 내려다보았다. 젤리 식품 찬장의 윗부분이 보였다. 거기에는 그의 아버지가 쓴 가족의 계보, 프레드로서는 절대 읽고 싶지 않았던 계보가 놓여 있었다. 또 쥐약 한 통과 녹이 슨 38구경 연발권총도 있었다.

한 폭의 흥미로운 정물화 같았다. 그때 프레드는 그 정물화가 완전히 정지한 상태가 아니라는 것을 알아챘다. 작은 쥐 한 마리가 원고의 한구석을 갉고 있었던 것이다.

프레드는 창문을 톡톡 쳤다. 쥐는 멈칫했고, 프레드 쪽을 제외하고 사방을 둘러본 뒤에 다시 원고를 갉기 시작했다.

프레드는 지하실로 들어가 찬장 위에서 원고를 내려 얼마나 손상되었는지 살펴보았다. 표지에 앉은 먼지를 후 하고 불어내니 '로드아일랜드 로즈워터 가문의 역사, 메리후 로즈워터'라는 제목이 드러났다. 프레드는 원고를 묶어둔 끈을 풀고 첫 페이지를 펼쳤다. 이런 글이 적혀 있었다.

로즈워터 가문의 구세계 고향은 콘월 연안의 실리제도이다. 그곳에서 로즈워터 가문을 창시한 조상의 이름은 존이다. 존은 청교도혁명을 피해 도망치던 열다섯 살의 찰스 왕자 일행과 함께 1645년 실리제도의 세인트메리 섬에 도착했다. 찰스 왕자는 후에 찰스 2세가 되었다. 당시에 로즈워터란 성은 가명이었다. 존이 그 성을 선택할 때까지 영국에 로즈워터란 성은 없었다. 그의 진짜 이름은 존 그레이엄이었다. 존은 몬트로즈의 5대 백작이자 초대 후작인 제임스 그레이엄의 다섯 아들 중 막내였다. 그에게 가명이 필요했던 이유는 부친인 제임스 그레이엄이 왕당파 지도자였는데, 왕당파가 패했기 때문이다. 제임스는 지금까지의 낭만적인 업적을 뛰어넘는 최후의 낭만적인 업적을 위해 일단 변장을 하고 스코틀랜드 고지대로 가서 용맹한 소규모 군대를 조직해 아가일의 8대 백작 아치볼드 캠벨이 이끄는 저지대 장로파 군대와 싸웠다. 제임스의 군대는 그들보다 훨씬 더 막강한 적의 군대와 용감하게 싸웠고, 여섯 번의 혈전을 승리로 장식했다. 제임스는 또한 시인이었다. 그러므로 모든 로즈워터는 사실상 그레이엄이고, 스코틀랜드 귀족의 후손이다. 제임스는 1650년 교수형을 당했다.

가엾은 프레드는 자신이 그렇게 훌륭한 누군가와 관련되어 있다는 사실을 믿을 수 없었다. 공교롭게도 그는 지금 아가일 양말을 신었다. 그는 바지를 끌어올리고 슬쩍 양말을 보았다. 이제 '아가일'은 그에게 새로운 의미를 지녔다. 그의 조상이 아가일의 백작을 여섯 번이나 이겼다니, 그는 혼잣말로 중얼거렸다. 그리고 그 아가일 양말 위쪽으로 흘러내리는 피를 보고는 아까 탁자 모서리에 정강이를 생각보다 심하게 부딪혔다는 것을 알아차렸다.

그는 계속 읽어나갔다.

존 그레이엄은 실리제도에서 존 로즈워터로 개명한 뒤 그곳의 온화한 기후와 새 이름이 마음에 들었는지 평생을 그곳에서 보내며 아들 일곱과 딸 여섯을 키웠다. 또한 시를 썼다는 말이 있으나, 전해오는 작품은 없다. 만일 우리에게 그의 시가 몇 편 있었다면, 지금까지 수수께끼로 남은 사실, 즉 무슨 이유로 영국의 귀족이 훌륭한 이름과 그 이름이 주는 모든 특권을 포기하고 부와 권력의 중심지에서 멀리 떨어진 외딴 섬에서 소박한 농부로 살면서 만족했는지 알 수 있었을 것이다. 단순한 추측에 불과하겠지만 여하튼 그 이유를 짐작해본다면, 그는 아마 형의 편에 서서 싸울 때 목격했던 그 모든 피비린내 나는 일들에 넌더리가 났을 것이다. 어쨌든 그는 왕당파가 복귀했을 때도 가족들에게 그가 있는 곳을 알리거나 자신이 그레이엄이라는 사실을 밝히려는 어떤 노력도 하지 않았다. 그레이엄 가문의 역사에서 그는 찰스 왕자를 경호하던 중 바다에서 실종된 것으로 되어 있다.

위층에서 캐럴라인이 토하는 소리가 들렸다.

로드아일랜드 로즈워터 가문의 직계 조상은 존 로즈워터의 셋째아들인 프레더릭이다. 우리에게 알려진 사실은 그에게 조지라는 아들이 있었고, 조지가 실리제도를 떠난 최초의 로즈워터라는 것이다. 조지는 1700년에 런던으로 건너와 정원사가 되었다. 그리고 두 아들을 낳았는데, 둘째아들 존이 1731년에 채무 문제로 수감되었다. 그는 1732년 제임스 E. 오글소프 장군이 조지아 원정에서 장군을 수행한다는 조건으로 빚을 갚아준 덕분에 석방되어, 원정대의 수석원예가로서 뽕나무를 심고 비단을 생산하는 임무를 수행했다. 또한 수석

건축가로서 사바나 시의 기초를 설계하기도 했다. 1742년, 존은 블러디마시전투에서 스페인군과 싸우다 심한 부상을 당했다.

이쯤에서 프레드는 자신의 혈육이 과거에 그토록 영리하고 용감했다는 사실에 우쭐해져 당장 아내에게 진실을 알려야겠다고 생각했다. 그는 그 신성한 책을 아내에게 들고 갈 생각이 추호도 없었다. 그 책은 성스러운 지하실에 그대로 있어야 하고, 그녀가 이곳으로 내려와야 했다.

그는 아내가 덮고 있는 침대보를 와락 벗겨냈다. 이는 분명 두 사람의 결혼생활 중 가장 대담하고 노골적인 행위였다. 그는 캐럴라인에게 자신의 진짜 성은 그레이엄이고 자기 조상이 사바나 시를 설계했다고 말하며 지하실에 함께 내려가보자고 했다.

* * *

그녀는 프레드를 따라 침침한 계단을 쿵쿵거리며 내려갔다. 그는 손가락으로 원고를 가리키고는, 로드아일랜드 로즈워터 가문의 화려한 역사 기록을 블러디마시전투까지 요약해서 들려주었다.

"내가 말하고 싶은 건, 우리가 대단한 사람이라는 거야. 난 우리가 하찮은 사람인 양 행동하는 게 지겹고 넌더리가 나."

"난 우리가 하찮은 사람인 양 행동하지 않았는데."

"당신은 내가 하찮은 사람인 것처럼 행동했어." 거의 우발적으로 튀어나온 이 말은 대담무쌍한 진실이었다. 이 진실에 두 사람은 동시에 얼어붙었다. "무슨 말인지 알 거야." 프레드는 계속 밀어붙였고, 더듬거리며 말을 이었다. 그는 신랄한 말들이 부글부글 끓어올라 아무리 쏟아내도 끝나지 않을 것 같은 이상한 상태에 사로잡혔다.

"당신이 우리하고 비교해서, 특히 나하고 비교해서 아주 훌륭하다고 생각하는 그 망할 놈의 개자식들 말이야, 난 그 작자들이 우리 조상하고 비교할 수 있는 훌륭한 조상을 몇이나 내놓을 수 있는지 보고 싶어. 난 항상 족보 자랑하는 놈들을 멍청하다고 생각했지만, 맹세코 어느 누가 어떻게 비교한다 해도 자랑스럽게 내 족보를 보여주겠어! 사과는 이제 그만하자구!"

"그게 무슨 말이야?"

"다른 사람들은 '안녕'이나 '잘 가'라고 말해. 그런데 우리는 뭘 하건 항상 '실례합니다'라고 말하지." 그는 두 손을 허공에 들어올렸다. "앞으로는 절대 사과하지 마! 좋아, 우린 가난해! 가난해도 괜찮아! 여긴 미국이야! 미국은 이 한심한 세계에서 가난한 것 때문에 미안해하지 않아도 되는 나라야. 미국에서는 이런 걸 중요하게 여겨야 해. '이 사람은 훌륭한 시민인가? 정직한가? 자신의 역할을 다하고 있는가?'"

프레드는 포동포동한 두 손으로 원고를 들어올리더니, 가엾은 캐럴라인에게 위협적으로 들이댔다. "로드아일랜드의 로즈워터 가문 사람들은 지금까지 적극적이고 창조적이었고, 앞으로도 계속 그럴 거야. 어떤 사람은 돈이 있었고, 어떤 사람은 없었지. 하지만 맹세코 그들은 역사 속에서 제 역할을 다했어! 그러니 앞으로는 누구한테도 사과하지 마!"

캐럴라인은 그의 사고방식에 전염되었다. 이는 열정적인 사람 주변에서 흔히 일어나는 단순한 현상이었다. 그녀는 외경심에 사로잡혀 거의 얼이 빠졌다.

"워싱턴에 있는 국립기록보관소 문 위에 뭐라고 적혀 있는지 알아?"

"아니."

"'과거는 서막이다!'"

"아."

"자, 이제 로드아일랜드 로즈워터 가문의 발자취가 적힌 이 원고를 함께 읽고, 우리 서로 자부심과 신뢰를 가지고 결혼생활을 이끌어보자구."

그녀는 바보같이 고개를 주억거렸다.

* * *

블러디마시전투에서의 존 로즈워터 이야기는 원고의 두번째 페이지에서 끝났다. 그래서 프레드는 엄지와 검지로 두번째 페이지의 모서리를 단단히 잡고 극적으로 넘겨 그 뒤에 숨은 경이로운 이야기를 드러냈다.

원고는 움푹 꺼져 있었다. 흰개미들이 소중한 역사의 핵심을 갉아먹고 말았다. 놈들은 지금도 구더기처럼 희끄무레한 몸통을 실룩거리며 원고를 갉아먹고 있었다.

캐럴라인이 질겁하고 지하실 계단을 쿵쾅거리며 올라가는 동안 프레드는 이제 정말 죽을 때가 되었다고 스스로를 침착하게 타일렀다. 그는 눈을 감고도 교수형용 밧줄매듭을 지을 수 있었다. 빨랫줄로 그 매듭을 지은 그는 의자 위로 올라가 반대편 끝을 수도관에 두겹말뚝매기로 묶고 시험해보았다.

올가미에 막 목을 들이밀려 하는데, 계단 위에서 어린 프랭클린이 손님이 왔다고 외치는 소리가 들렸다. 노먼 무샤리였다. 그는 고무밴드를 X자로 맨 뚱뚱하고 입이 벌어진 서류가방을 질질 끌며 무턱대고 계단을 내려왔다.

프레드는 재빨리 몸을 움직여 자살 행위를 들키는 망신을 간신히 모면했다.

"누구시오?" 그가 무샤리에게 물었다.

"로즈워터 씨?"

"그런데요."

"선생님, 바로 지금 당신의 인디애나 친척들이 당신과 당신의 친척을 속이고 당신의 상속권과 수백만 달러를 편취하려 하고 있습니다. 내가 여기에 온 이유는 비교적 저렴하고 간단한 소송으로 그 수백만 달러를 찾을 수 있다는 걸 알려드리기 위해서입니다."

프레드는 실신했다.

12

이틀 후, 인디애나폴리스 매럿 호텔에서 실비아를 만나기 위해 엘리엇이 로즈워터의 소시티캔디키친에서 그레이하운드 버스를 타야 할 시간이 거의 다 되었다. 지금은 정오였다. 그는 아직 잠을 자고 있었다. 전화가 밀려오기도 했지만, 밤새 그의 사무실로 찾아온 사람들 때문에, 그리고 그들 중 태반이 술에 취했기 때문에 그는 지옥 같은 밤을 보냈다. 로즈워터 군은 공황 상태였다. 엘리엇이 아무리 부인해도 그를 찾아온 사람들은 그가 영원히 로즈워터를 떠날 거라고 굳게 믿었다.

엘리엇의 책상은 깨끗이 정리되어 있었다. 그 위에는 파란 새 양복, 하얀 새 셔츠, 파란 새 넥타이, 검은 새 나일론양말, 새 속옷, 새 칫솔과 구취제거제가 놓여 있었다. 그는 새 칫솔을 한 번 사용했다. 그의 입은 피가 나고 엉망이었다.

밖에서 개들이 짖었다. 소방서에서 길을 건너와 그들이 가장 좋아하는 동네 주정뱅이 델버트 피치를 환영하는 것이었다. 개들은 인간이기를 포기하고 개가 되려 노력하는 그에게 환호를 보냈다. “쉿! 쉿! 쉿!” 그는 개를 쫓으려 소리쳤지만 소용없었다. “제기랄, 난 발정기가 아니야.”

그는 엘리엇 사무실의 1층 출입문 앞에 비틀거리며 당도했고, 문을 세게 닫아 절친한 친구들을 따돌린 뒤 노래를 부르며 계단을 올라갔다.

나는 임질에 걸렸고, 매독에도 걸렸지.
임질은 안 아프고, 매독은 아프다네.

수염이 덥수룩한 델버트 피치는 고약한 냄새를 풍기며 계단을 오르다, 중간쯤에서 노래가 끝나자 발걸음이 느려졌다. 그는 미국 국가로 노래를 바꿨고, 엘리엇의 사무실에 들어올 때에는 트림을 하고 헐떡거리면서 허밍으로 불렀다.

“로즈워터 씨? 로즈워터 씨?” 엘리엇은 두 손으로 담요를 움켜잡고 머리를 파묻은 채 곤히 잠들어 있었다. 피치는 사랑스러운 엘리엇의 얼굴을 보기 위해 담요를 잡은 그보다 더 큰 힘을 써야 했다. "로즈워터 씨, 살아 있어요? 괜찮아요?"

엘리엇은 담요를 뺏기지 않으려고 힘을 주는 바람에 얼굴이 일그러졌다. "뭐요? 뭐요?" 그의 눈이 동그래졌다.

"아, 천만다행일세! 당신이 죽는 꿈을 꿨어요!"

"개꿈이요."

"꿈에서 천사가 내려와 당신을 데리고 올라갔어요. 그리고 빛나는 예수님 옆에 내려놓았죠."

엘리엇은 우물거렸다. "천만에. 그런 일은 절대 없어요."

"언젠가는 일어나겠죠. 그러면 온 마을이 슬픔과 눈물로 가득 찰 거고, 그 소리가 위에서도 들릴 거예요."

엘리엇은 행여 위에 가더라도 그런 소리가 들리지 않기를 바랐지만, 아무 말도 하지 않았다.

"로즈워터 씨, 당신은 죽지 않았지만 다시는 이곳으로 돌아오지 않을 거죠? 당신은 모든 즐거움과 불빛과 아름다운 건물이 있는 인디애나폴리스로 갈 거고, 다시 상류생활의 맛을 볼 거고, 그걸 더 많이 원하게 될 거예요. 원래 상류생활의 맛을 본 사람은 누구나 그러니까요. 그런 다음엔 뉴욕으로 가서 최고의 상류생활을 즐기겠지요. 왜 안 그러겠어요?"

엘리엇은 눈을 비비며 말했다. "피치 씨, 내가 어찌어찌 뉴욕에 가서 다시 최고의 상류생활을 시작한다면, 나한테 어떤 일이 벌어질 것 같아요? 내가 큰물 근처에 가는 순간 벼락이 쳐서 물속으로 떨어질 거고, 고래가 다가와 나를 삼킬 거예요. 그 고래는 멕시코 만으로 헤엄쳐 가고, 미시시피 강을 따라 올라오고, 도중에 오하이오 강으로 빠져 워배시 강, 화이트 강, 로스트 강, 로즈워터 샛강을 타고 올 거예요. 고래는 그 샛강에서 로즈워터 주간 운하로 펄쩍 뛰어든 다음 이 도시까지 헤엄쳐 와서 나를 파르테논 앞에 토해놓을 거예요. 그러니 거기서 날 찾아요."

* * *

"로즈워터 씨, 당신이 돌아오든 안 돌아오든, 난 당신에게 좋은 소식을 선물로 주고 싶어요."

"무슨 소식인데요, 피치 씨?"

"십 분 전에 술을 끊기로 맹세했어요. 그게 내 선물이에요."

* * *

엘리엇의 빨간색 전화기가 울렸다. 그는 펜싱선수처럼 돌진해 전화를 받았다. 소방서의 긴급 직통전화였기 때문이다. "여보세요!" 그는 왼손의 모든 손가락을 접고 중지만 곧추세웠다. 그 동작은 욕이 아니었다. 소방서 꼭대기의 경보 사이렌을 울리는 적색 단추를 즉시 누르기 위한 준비 동작이었다.

"로즈워터 씨?" 여자였고 아주 수줍은 목소리였다.

"네! 말씀하세요! 불난 곳이 어디죠?" 엘리엇은 깡충깡충 뛰었다.

"내 마음이요, 로즈워터 씨."

엘리엇은 불같이 화를 냈다. 그가 그렇게 화내는 모습을 보더라도 놀라는 사람은 없을 것이다. 그가 소방서에 걸려오는 장난전화를 얼마나 증오하는지 모르는 사람은 없었으니까. 그것이 그가 유일하게 증오하는 것이었다. 그는 전화 건 사람이 누구인지 알았다. 어제 세례를 해준 쌍둥이의 헤픈 엄마 메리 무디였다. 그녀는 방화 용의자였고, 절도 전과자였으며, 오 달러에 몸을 파는 창녀였다. 엘리엇은 긴급전화를 사용한 그녀를 한바탕 나무랐다.

"빌어먹을, 왜 이 번호를 사용했나! 감방에 처박혀 썩을 때까지 못 나올 줄 알아! 소방서 번호로 개인 전화를 하는 개자식은 지옥에 가서 끓는 기름에 영원히 달달 볶일 거야!" 그는 수화기를 쾅 내려놓았다.

몇 초 뒤 검은색 전화기가 울렸다. "로즈워터 재단입니다." 엘리엇은 부드럽게 전화를 받았다. "무엇을 도와드릴까요?"

"로즈워터 씨, 다시 걸었어요, 메리 무디예요." 그녀는 흐느꼈다.

"무슨 일이야, 메리?" 그는 정말로 이유를 몰랐다. 그녀를 울게 만든 사람이 누구든 당장에 때려죽이겠다고 마음먹었다.

* * *

운전사가 모는 검정색 크라이슬러 임페리얼 한 대가 엘리엇의 두 창문 밑에 멈춰 섰다. 운전사가 검은색 문을 열었다. 오래된 관절에 통증을 느끼며 리스터 에임스 로즈워터 인디애나 상원의원이 차에서 내렸다. 난데없는 방문이었다.

그는 삐걱거리며 위층으로 올라갔다. 이런 비참한 걸음걸이는 원래 그의 스타일이 아니었다. 그는 놀랄 정도로 늙었고, 그렇게 늙은 자신의 모습을 보여주길 원했다. 그는 방문객이 좀처럼 하지 않는 행동을 했다. 엘리엇의 사무실 문을 똑똑 두드리고 들어가도 되느냐고 물은 것이다. 엘리엇은 냄새나는 전쟁 잉여물자 속옷 차림인 채로 아버지에게 달려가 힘차게 포옹했다.

"아버지, 아버지. 깜짝 놀랐어요. 어쩐 일이세요?"

"여기까지 오기가 쉽지 않구나."

"제가 환영하지 않는다고 생각해서 그러신 건 아니죠?"

"이 지저분한 꼴을 보면 참을 수가 없어."

"그래도 일주일 전보다는 훨씬 나아졌어요."

"그래?"

"일주일 전에 천장에서 바닥까지 싹 청소했거든요."

상원의원은 움찔하며 발끝으로 맥주캔을 밀었다. "물론, 날 위해서 한 건 아니겠지. 난 다만 콜레라가 창궐해도 네가 그냥 이대로 살 것 같아 걱정이다." 그는 조용히 말했다.

"여긴 델버트 피치예요. 아시죠?"

"그래 안다." 상원의원은 고개를 끄덕였다. "안녕하시오, 피치 씨. 당신의 군복무 기록을 알고 있지. 두 번 탈영했지, 아마? 세 번이던가?"

피치는 위엄이 넘치는 사람 앞에서 잔뜩 겁을 먹고 움츠린 채 자기는 군대에 간 적이 없다고 우물우물 말했다.

"그러면 당신 아버지였군. 미안하오. 사람이 씻지도 않고 면도도 안 하면 얼마나 늙었는지 알 수가 없거든."

피치는 세 번 탈영한 사람이 아마 아버지였을 거라고 침묵으로 시인했다.

상원의원이 엘리엇에게 말했다. "우리가 잠시 조용한 시간을 가질 수 있는지 궁금하구나. 혹시 우리 사회가 최대한 개방적이고 친절해야 한다는 네 생각과 어긋나는 건 아니냐?"

"난 이제 갈 거요." 피치가 말했다. "언제 자리를 피해야 하는지 정도는 나도 알아요."

"당신은 그걸 배울 기회가 아주 많았을 것 같군." 상원의원이 말했다.

피치는 발을 질질 끌고 문밖으로 나가다, 상원의원의 모욕적인 말에 돌아섰다. 그리고 자신이 모욕당한 걸 알아챘다는 사실에 스스로 놀랐다. "이것 보시오. 평범한 사람들의 표로 당선된 상원의원이 그렇게 비열한 말을 해도 되는 거요?"

"피치 씨, 당신 같은 술주정뱅이는 투표소에 못 들어간다는 걸 분명히 알고 있을 텐데."

"난 투표했어요." 뻔한 거짓말이었다.

"당신이 투표했다면, 아마 나를 찍었겠지. 난 평생 인디애나 주민들에게 잘 보이려고 한 적이 없고, 심지어 전쟁 때도 그랬지만, 사람들은 대부분 나를 찍었거든. 왜 사람들이 나를 찍었는지 아나? 모든 미국인의 마음속에는 나같이 삐쩍 마르고 깐깐한 영감탱이가 들어앉아 있는데, 그 영감탱이는 불량한 놈과 나약한 놈을 나보다 훨씬 더 싫어하거든."

* * *

"이런, 아버지. 이렇게 오실 줄은 전혀 몰랐어요. 정말 잘 오셨어요. 좋아 보이시는데요."

"기분이 몹시 울적하구나. 네게도 우울한 소식이 있다. 직접 전하는 게 나을 것 같아서 왔다."

엘리엇은 얼굴을 살짝 찡그렸다. "마지막으로 언제 변을 보셨어요?"

"별걸 다 묻는구나!"

"죄송해요."

"변통을 하려고 여기 온 건 아니다. 보좌관은 뉴딜 산업부흥법이 위헌으로 선언되고부터 내가 변을 보지 않았다고 말하지만, 그 때문에 온 건 아니야."

"모든 게 울적하다고 하셨죠?"

"그래서?"

"대개 어떤 사람이 여기 와서 그렇게 말하면, 십중팔구 변비 때문이거든요."

"너에게 그 소식을 전해야겠다. 그 소식을 듣고도 변비약으로 우울증을 치료할 수 있는지 확인해보자. 매캘리스터, 롭젠트, 리드, 맥기 사에서 일하던 젊은 변호사가, 너에 관한 모든 기밀문서를 볼 수 있는 놈이었는데, 갑자기 회사를 그만두었다. 그놈은 이제 로드아일랜드의 로즈워터 가에 고용되었어. 그들은 너를 법정에 세우고, 네가 정신이상이라는 걸 입증할 예정이다."

그때 엘리엇의 알람시계가 울리기 시작했다. 엘리엇은 시계를 집어들고 벽에 달린 빨간 버튼으로 갔다. 그리고 시계 초침을 뚫어지게 쳐다보고 입술을 오물거리면서 카운트다운에 들어갔다. 그는 뭉툭한 왼손 중지를 곧추세워 버튼을 겨냥하고 있다가 갑자기 눌러 서반구에서 가장 시끄러운 화재경보를 작동시켰다.

엄청나게 큰 사이렌의 진동에 상원의원은 벽으로 떠밀렸다. 그는 즉시 두 손으로 귀를 막고 몸을 구부렸다. 7마일 밖의 뉴암브로시아에서는 개 한 마리가 자기 꼬리를 물려고 빙글빙글 돌기 시작했다. 소시티캔디키친에 있던 낯선 여행객은 마시던 커피를 자신과 가게 주인에게 쏟았다. 군청사 지하실의 벨라 미용실에 있던 몸무게 300파운드의 벨라는 약한 심장 발작을 일으켰다. 그리고 군내의 재치꾼들은 기회는 이때다 하고 소방서장 찰리 워머그랜에 대한 진부하고 엉뚱한 농담을 써먹을 준비를 했다. 그들은 소방서 옆에 보험대리점을 차린 워머그랜이 사이렌 소리를 듣고는 "분명 자지러지게 놀라 비서 몸 밖으로 절반은 나왔을 것"이라 말하곤 했다.

엘리엇이 버튼을 놓자 거대한 경보기는 점차 목청을 죽이며 쉰 목소리로 끊임없이 "버블검, 버블검, 버블검"이라 외쳤다.

불이 난 게 아니었다. 단지 로즈워터의 정오 사이렌이 울린 것뿐이었다.

* * *

"웬 소란이냐!" 상원의원이 구부렸던 몸을 천천히 펴면서 투덜거렸다. "알고 있던 걸 죄다 잊어버렸다."

"그게 나을지 몰라요."

"내가 로드아일랜드 사람들에 대해 얘기한 것 들었지?"

"네."

"어떻게 생각하느냐?"

"슬프고 두려워요." 엘리엇은 한숨을 쉬었고, 아쉬운 미소를 지어보려 했으나 뜻대로 되지 않았다. "그게 입증되지 않으면 좋겠어요. 내가 제정신인지 아닌지 그런 게 문제가 되지 않았으면 좋겠어요."

"너도 너 자신의 정신 상태를 얼마간 의심하느냐?"

"그럼요."

"그게 얼마나 오래됐지?"

엘리엇은 솔직한 대답을 찾으면서 눈을 동그랗게 떴다. "열 살 때부터일 거예요."

* * *

"농담을 하고 있구나."

"그게 낙인걸요."

"넌 억세고 건강한 아이였어."

"정말요?" 엘리엇은 어린 시절의 자기 모습을 떠올리자 진심으로 행복했고, 그에게 몰려오는 괴짜들보다는 어린 시절의 그 모습이 그를 더 기쁘게 했다.

"너를 이런 곳으로 데려오다니 미안할 따름이다."

"난 이곳이 정말 좋았어요. 지금도 그렇구요." 엘리엇은 꿈을 꾸듯 털어놓았다.

상원의원은 발을 약간 넓게 벌렸다. 더 확실하게 자세를 잡고 아들에게 치명타를 날리기 위해서였다. "그럴 수도 있지. 하지만 엘리엇, 이젠 이곳을 떠날 때가 됐다. 이게 마지막이야."

"마지막이라뇨?" 엘리엇이 놀라서 되물었다.

"이곳에서의 인생은 이제 끝났다. 진작 끝났어야 했는데. 난 로드아일랜드의 벌레들이 고마울 따름이다. 어쨌든 그들 덕분에 네가 지금 당장 이곳을 떠나게 됐으니."

"그들 때문이라뇨?"

"이런 배경을 내세워 너의 정신 상태를 변호할 수 있겠느냐?"

엘리엇은 자신의 모습을 둘러보았지만, 남다를 게 전혀 없었다. "내가 별나 보여요?"

"네가 더 잘 알지 않느냐?"

엘리엇은 천천히 고개를 저었다. "놀라시겠지만 난 정말 모르겠어요, 아버지."

"세상 어느 구석에도 이런 구호기관은 없어. 만일 여기가 연극 무대이고, 각본에 적힌 대로 커튼이 올라갔는데도 무대 위에 배우가 없다고 해보자. 커튼이 올라갔을 때 관객은 이런 식으로 사는 미치광이가 대체 누구인지 보고 싶어 안달할 거다."

"그 미치광이가 무대로 나와 왜 이렇게 사는지 알아듣게 잘 설명한다면요?"

"그래도 그놈은 미치광이야."

* * *

진심인지 시늉인지는 알 수 없지만 엘리엇은 일단 아버지의 말을 인정했다. 그리고 더는 말다툼하지 않고 여행을 위해 말끔히 씻고 옷을 차려입는 게 낫다는 데 동의했다. 그는 책상 서랍을 샅샅이 뒤져 작은 종이백을 찾아냈다. 그 안에는 어제 구입한 '다이얼' 비누, 무좀투성이 발에 바를 '앱소바인주니어', 비듬투성이 머리에 쓸 '헤드앤숄더', 뿌리는 탈취제 '애리드', '크레스트' 치약이 들어 있었다.

"엘리엇, 네가 다시 멋진 모습으로 돌아온다면 아주 기쁘겠구나."

"이런?" 엘리엇은 애리드의 라벨을 읽고 있었다. 그는 애리드를 비롯해 겨드랑이 탈취제라는 걸 한 번도 써본 적이 없었다.

"깨끗이 씻고, 술을 줄이고, 여기서 벗어나 인디애나폴리스나 시카고나 뉴욕에 버젓한 사무실을 내면, 공판이 열릴 때쯤 넌 어느 누구 못지않게 멀쩡한 사람으로 보일 게다."

"흠." 엘리엇은 아버지에게 애리드를 써본 적이 있느냐고 물었다.

상원의원은 기분이 나빴다. "난 매일 아침저녁으로 샤워한다. 그 정도면 몸에서 나는 악취는 충분히 없앨 수 있다고 생각한다만."

"여기 이렇게 쓰여 있어요. 피부에 발진이 생길 수 있습니다. 발진이 생기면 사용을 중단하세요."

"그게 걱정되면 사용하지 말거라. 중요한 건 비누와 물이야."

"흠."

"이게 우리나라의 큰 문젯거리야. 매디슨 가 사람들이 러시아, 중국, 쿠바 연합군보다 우리 자신의 겨드랑이를 더 걱정하게 만들고 있어."

극히 예민한 두 사람이 나누기에는 사실 매우 위험했던 이 대화는 우연히 작은 평화구역으로 표류해 들어갔다. 두 사람은 불안을 떨치고 서로에게 동의할 수 있었다.

"그거 아세요? 킬고어 트라우트가 쓴 어느 소설인데, 거기에 냄새와의 전쟁에 혈안이 된 나라가 나와요. 국가적인 목표죠. 질병도 없고, 범죄도 없고, 전쟁도 없는 나라거든요. 그래서 냄새를 박멸하려는 거예요."

"법정에 가면, 트라우트를 좋아한다는 말은 안 하는 게 나을 거다. 〈별들의 전쟁〉이나 벅 로저스를 좋아한다고 하면 많은 사람들 눈에 미숙한 아이처럼 보일 테니까."

대화는 평화구역을 벗어났다. 엘리엇은 고집스럽게 트라우트의 소설에 대해 계속 이야기했고, 목소리는 어느새 날카로워졌다. 소설 제목은 『자 말해라, 냄새가 나는가?』였다.

“그 나라는 냄새와의 전쟁을 선포하고 거대한 연구 프로젝트를 시행했어요. 어머니들도 개인적으로 자원봉사에 참여해 일요일마다 행진을 하고 모든 집을 방문했죠. 연구의 최종 목적은 모든 냄새를 제거하는 특수한 화학탈취제를 만드는 거였어요. 그런데 그때 영웅이 등장해요. 그는 과학자가 아니라 그 나라의 독재자인데, 과학적으로 놀라운 발견을 했고, 그래서 프로젝트는 소용이 없어졌어요. 그는 문제의 근원으로 직행했어요.”

“아하.” 상원의원은 트라우트의 소설에 짜증이 났고, 아들 때문에 당황스러웠다. “그가 모든 냄새를 제거하는 화학물질을 발견한 거냐?” 상원의원은 서둘러 이야기를 끝내기 위해 선수를 쳤다.

“아뇨. 말했잖아요, 그 영웅은 독재자라고. 그는 후각을 제거했어요.”

* * *

엘리엇은 대단히 비좁은 욕실에서 목욕을 했다. 그는 와들와들 떨고, 이상한 소리를 내고, 기침을 하면서 종이타월에 물을 흠뻑 적셔 온몸을 철벅철벅 닦았다.

그의 아버지는 그 모습을 차마 볼 수 없어 사무실을 배회했다. 그는 외설적이고 비효율적인 목욕에서 눈을 돌려 사무실을 둘러보았다. 출입문에 자물쇠가 없었기 때문에 엘리엇은 아버지의 고집에 따라 문 앞에 서류함을 밀어놓았다. “누가 들어와 네 벌거벗은 몸을 보면 어쩌느냐?” 상원의원이 다그치자, 엘리엇은 “아버지, 여기 사람들한테 나는 남자도 여자도 아니에요”라고 응수했다.

그래서 상원의원은 정신이상의 또다른 증거들과 함께 그 자연법칙에 어긋나는 무성별에 대해 곰곰이 생각하면서 씁쓸한 심정으로 서류함의 맨 윗서랍을 잡아당겼다. 서랍 안에는 맥주 세 캔, 1948년에 발급된 뉴욕 주 운전면허증, 그리고 실비아의 파리 주소가 적혀 있지만 부치지는 않은 편지봉투 하나가 열린 채 들어 있었다. 봉투에는 엘리엇이 실비아에게 쓴 사랑의 시가 들어 있었고, 이 년 전 날짜가 적혀 있었다.

상원의원은 아들을 변호할 만한 내용을 찾을 수 있을까 하는 바람으로 수치심을 접고 그 시를 읽었다. 그러나 시를 읽어내려가는 동안 그는 수치심을 떨칠 수 없었다.

난 꿈속의 화가, 아는가,
혹은 모르는가, 그리고 조각가.

오랫동안 보지 못하였네.
그리하여 나를 흥분시키는 것은
물질과 이 두 손의 상호작용.
내가 그대에게 할 일이
그대를 놀라게 할지 몰라.
예를 들어, 당신이 이 시를 읽을 때
그 곁에 내가 있다면,
그리고 당신이 누워 있다면
난 당신에게 아랫배를 드러내라고 할지 몰라.
내가 왼손 엄지손톱으로
당신의 음모에서부터 5인치 위까지
길게 일직선을 그리고
그런 다음 오른손 검지로
당신의 유명한 배꼽의
오른쪽 가장자리 바로 위에 도달해
그곳에 가만히, 아마 삼십 분 동안 머물지 몰라.
이상해?
분명 그럴 거야.

상원의원은 충격에 빠졌다. 특히 음모를 언급한 대목에서 완전히 경악했다. 일생 동안 나체를 기껏해야 대여섯 번 봤을 뿐이고, 음모는 모든 음란물 중에서 가장 입에 담을 수 없고 생각조차 할 수 없는 것이었기 때문이다.

바로 그때 엘리엇이 털북숭이 알몸으로 욕실에서 나오며 행주로 물기를 닦았다. 행주는 새것이었고, 아직 가격표가 붙어 있었다. 망연자실한 상원의원은 사방에서 덮쳐오는 불결하고 음란한 힘에 괴롭고 답답했다.

엘리엇은 아무것도 눈치채지 못했다. 그는 천진난만하게 계속해서 행주로 몸을 닦은 다음 행주를 휴지통에 버렸다. 검은색 전화기가 울렸다.

"로즈워터 재단입니다. 무엇을 도와드릴까요?"

"로즈워터 씨······" 여자 목소리였다. "라디오에서 당신 얘기가 나왔어요."

"그래요?" 엘리엇은 무의식적으로 자신의 음모를 가지고 장난을 치기 시작했다. 그것은 전혀 과한 행동이 아니었다. 그는 단지 꼬불꼬불하고 탄력 있는 음모를 잡아당겼다가 톡 하고 놓아 원상태로 돌려보내기를 되풀이했다.

"당신이 미쳤다는 걸 입증하려고 한다는데요."

"걱정 말아요. 끝나봐야 아는 일이니까."

"아, 로즈워터 씨······ 당신이 떠나고 돌아오지 않으면, 우린 죽을 거예요."

"내 이름을 걸고 약속할게요. 반드시 돌아온다고. 그럼 됐죠?"

"어쩌면 그 사람들이 막을지 몰라요."

"내가 미친 것 같아요?"

"어떻게 얘기해야 할지 모르겠어요."

"편하게 얘기해봐요."

"아무리 생각해도, 사람들은 당신이 우리 같은 사람들에게 이렇게 관심을 기울이는 걸 보고 미쳤다고 생각할 것 같아요."

"관심이 필요한 다른 사람들을 본 적 있어요?"

"난 로즈워터 군을 나가본 적이 없어요."

"오, 사람은 여행을 해야 해요. 내가 돌아오면, 뉴욕으로 여행을 보내줄까요?"

"오, 세상에! 하지만 당신은 절대 못 돌아올 거예요!"

"내 이름을 건다고 했잖아요."

"그래요, 그래요. 하지만 우린 직감으로 느껴요. 냄새가 나요. 당신은 못 돌아올 거예요."

엘리엇은 방금 최고로 멋진 털을 발견했다. 계속 잡아당기니 길이가 1인치까지 늘어났다. 그는 그것을 내려다본 다음, 그런 걸 가졌다는 게 너무나 자랑스럽다는 듯 아버지를 힐끗 보았다.

상원의원은 창백해졌다.

여자가 말했다. "로즈워터 씨, 우린 당신에게 작별 인사를 하려고 모든 계획을 짜놨어요. 퍼레이드, 간판, 깃발, 꽃 같은 거요. 하지만 당신은 우릴 못 볼 거예요. 우린 너무 무서워요."

"뭐가요?"

"몰라요." 그녀는 전화를 끊었다.

* * *

엘리엇은 새로 산 속옷을 입었다. 속옷이 그의 몸에 착 달라붙자마자 그의 아버지가 험상궂게 말했다.

"엘리엇."

"네?" 엘리엇은 탄력이 좋은 고무밴드 안쪽을 양손 엄지손가락으로 기분 좋게 쓱쓱 쓸었다. "이 속옷은 확실히 몸을 받쳐줘요. 그게 얼마나 좋은 건지 잊고 있었네요."

상원의원은 드디어 폭발했다. "넌 어째서 날 그렇게 미워하냐?"

엘리엇은 소스라쳐 놀랐다. "미워해요? 난 아버지를 미워하지 않아요. 아무도 미워하지 않아요."

"너의 모든 행동과 말은 나에게 최대한 큰 상처를 주기 위한 것이잖아!"

"아니에요!"

"내가 너한테 무슨 잘못을 했기에 지금 네가 복수를 하는 건지 도저히 모르겠다. 하지만 그 빚은 지금까지 다 청산했다."

엘리엇은 무슨 말을 해야 할지 몰랐다. "아버지, 왜 그러세요?"

"집어치워라! 넌 앞으로도 나한테 상처만 주겠지. 더는 그 고통을 참을 수 없다."

"제발 그러지 마세요. 난 아버지를 사랑해요."

"사랑이라고!" 상원의원은 씁쓸하게 아들의 말을 되받았다. "넌 분명히 날 사랑했어, 그렇지? 날 너무나 사랑해서 내 모든 희망과 꿈을 산산조각 내버렸어. 그리고 넌 분명히 실비아도 사랑했어, 그렇지?"

엘리엇은 귀를 막았다.

노인은 침방울을 튀기며 계속 소리쳤다. 엘리엇은 그 말을 들을 순 없었지만, 그가 그를 사랑한 죄밖에 없는 한 여자의 인생과 건강을 어떻게 망가뜨렸는지, 그 끔찍한 이야기를 아버지의 입술에서 읽을 수 있었다.

상원의원은 거칠게 문을 닫고 사라졌다.

엘리엇은 손을 내리고, 마치 아무 일도 없었던 것처럼 옷을 마저 입은 뒤 주저앉아 구두끈을 맸고, 구두끈을 다 맨 다음 똑바로 일어섰다. 그러고는 송장처럼 뻣뻣하게 얼어붙었다.

검은색 전화기가 울렸다. 그는 받지 않았다.

13

하지만 엘리엇의 마음속에는 시계를 계속 주시하는 어떤 눈이 있었다. 버스가 출발하기 십 분 전까지는 소시티캔디키친에 도착해야 했다. 그는 굳었던 몸을 풀고 움직였다. 입술을 오므리고 양복에서 보푸라기를 떼어낸 다음 문밖으로 나갔다. 그의 단기 기억에는 아버지와 싸웠던 일이 떠오르지 않았다. 그의 발걸음은 건달 역을 맡은 채플린처럼 경쾌했다.

거리로 나선 그는 허리를 굽히고 그를 반갑게 맞는 개들의 머리를 쓰다듬었다. 새 옷은 가랑이와 겨드랑이를 조이면서 움직임을 방해하고 신문지를 안에 댄 것처럼 바스락거려, 그가 얼마나 맵시 있게 변했는지 상기시켰다.

간이식당에서 말소리가 흘러나왔다. 엘리엇은 밖에 선 채로 대화에 귀를 기울였다. 친구들의 목소리였지만, 정확히 누군지는 알 수 없었다. 남자 세 명이 잔뜩 풀 죽은 목소리로 돈 없는 자신들의 처지에 대해 얘기하고 있었다. 대화가 자주 끊기는 걸로 봐서는, 돈처럼 생각도 쉽게 걸려들지 않는 듯했다.

마침내 한 명이 말했다. "그러게, 가난은 창피한 게 아니야." 이 말은 인디애나 출신의 유머작가 킨 허버드가 오래전에 한 유명한 농담의 절반이었다.

"그래." 다른 남자가 나머지 반을 말했다. "하지만 차라리 창피한 걸로 끝나는 게 낫지."

* * *

엘리엇은 길을 건너 소방서장 찰리 워머그랜의 보험대리점으로 들어갔다. 찰리는 불쌍한 사람이 아니었고, 어떤 일로든 재단에 손을 벌린 적이 없었다. 또한 군에서 진정한 자유기업가로서 사업에 성공한 대략 일곱 명 중 한 명이었다. 벨라 미용실의 벨라도 그중 한 명이었다. 둘 다 무일푼으로 시작했고, 둘 다 아버지가 니켈플레이트 철도의 보조차장이었다. 찰리는 엘리엇보다 열 살이 어렸고, 6피트 4인치 키에 어깨가 넓었으며, 엉덩이와 배가 전혀 나오지 않았다. 그는 소방서장 외에 연방보안관과 도량형 검사관 직을 맡고 있었고, 또 '파리 부티크'를 벨라와 공동 소유했다. 파리 부티크는 뉴암브로시아의 잘사는 사람들을 위해 새로 개장한 쇼핑센터 안의 아담하고 멋있는 신사용 잡화점이었다. 현실세계의 모든 영웅처럼 찰리에게도 치명적인 약점이 하나 있었다. 그는 임질에 걸렸으면서도 그 사실을 믿으려 하지 않았다.

* * *

찰리의 유명한 비서는 심부름을 나가고 없었다. 엘리엇이 대리점에 들어갔을 때, 찰리 외에 다른 사람이라곤 바닥을 쓸고 있는 노이스 피너티뿐이었다. 그는 1933년에 전승을 거둔 불멸의 노어로즈워터기념 고등학교 농구팀의 센터였다. 1934년에 그는 열여섯 살의 아내가 공공연히 바람을 피우자 교살하고 교도소에서 종신형을 살았다. 지금은 가석방된 상태였는데, 엘리엇 덕분이었다. 그는 쉰하나였고, 친구도 친척도 없었다. 엘리엇은 오래 지난 〈로즈워터 군 나팔소리〉를 뒤적이다 우연히 그의 사연을 알게 되었고, 그때부터 그의 가석방을 위해 동분서주했다.

노이스는 조용하고, 냉소적이고, 화를 잘 내는 사람으로, 어떤 것 때문에도 엘리엇에게 감사하지 않았다. 엘리엇은 마음 아파하거나 놀라지 않았다. 망은(忘恩)이 어떤 것인지 익히 알고 있었기 때문이다. 그가 좋아하는 킬고어 트라우트의 소설 중에 오로지 망은만을 다룬 책이 있었다. 그 책의 제목이기도 한 '감사 지방법원'은 어떤 사람이 은혜를 입고도 제대로 감사를 표하지 않으면 고소할 수 있는 법정이었다. 만일 피고가 소송에서 패하면 그는 법원의 명령에 따라 원고에게 공개적으로 감사하거나 빵과 물만 가지고 독방에서 한 달 동안 지내거나, 둘 중 하나를 선택해야 했다. 트라우트에 따르면 유죄 선고를 받은 사람의 80퍼센트가 더럽고 비좁은 감방을 선택한다고 했다.

* * *

노이스는 엘리엇이 결코 정상이 아니라는 것을 찰리보다 훨씬 더 빨리 감지했다. 그는 청소를 멈추고 엘리엇을 예리하게 바라보았다. 그에겐 지저분한 관음증이 있었다. 찰리는 엘리엇과 함께 수많은 화재에 아주 잘 대처해왔던 기억에 도취해 있었기 때문에, 그가 삼 년 전에 받은 상 이야기를 엘리엇이 불쑥 꺼내며 축하하기 전까진 전혀 이상하다고 느끼지 못했다.

"엘리엇, 지금 놀리는 거예요?"

"내가 왜 자넬 놀리겠나? 그건 아주 큰 명예잖아." 그것은 '젊은 공화당 보수주의 경영자 클럽의 인디애나 연합'이 찰리에게 1962년에 수여한 '젊은 인디애나인 허레이쇼 앨저* 상'이었다.

"엘리엇…… 그건 삼 년 전 일이에요." 찰리가 주춤하며 말했다.

"그래?"

찰리는 의자에서 일어났다. "그때 우리 둘이 당신 사무실에 앉아 그 빌어먹을 상패를 돌려보내기로 결정했잖아요."

"그랬나?"

"우린 그 상의 역사를 훑어보았고, 결국 죽음의 키스라고 판단했죠."

"왜 그렇게 판단했지?"

"역사를 파헤친 건 당신이었어요."

엘리엇은 인상을 살짝 찡그렸다. "잊어버렸네." 얼굴에 나타난 작은 찡그림은 격식에 불과했다. 그걸 잊어버린 것 따위는 아무 상관이 없었다.

"인디애나 연합은 1945년부터 그 상을 주기 시작했죠. 나는 열일곱번째 수상자였어요. 이제 기억나요?"

"아니."

"그 상을 받은 열여섯 명 중에 여섯은 사기나 탈세로 감옥에 갔고, 넷은 이런저런 죄목으로 기소된 상태였고, 둘은 군대 기록을 위조했고, 한 명은 전기의자로 갔죠."

---

* 아메리칸드림의 미덕을 주로 소설화한 19세기 소설가.

*   *   *

"엘리엇, 내 말 들었어요?" 찰리는 점점 더 걱정이 되었다.

"그래." 엘리엇이 말했다.

"내가 방금 뭐라고 했죠?"

"잊어버렸네."

"내 말 들었다고 했잖아요."

그때 노이스 피너티가 끼어들었다. "그의 귀에는 커다란 찰깍 소리밖에 안 들려." 그는 엘리엇을 자세히 살펴보려고 가까이 다가갔다. 동정에서가 아니라 진료를 위해서. 엘리엇의 반응 역시 진료의 일부였다. 마치 훌륭한 의사가 그의 눈에 밝은 불빛을 비추고 뭔가를 살피는 것 같았다. "그는 그 찰깍 소릴 들었어. 이런, 이런, 그 찰깍 소릴 들은 거야."

"도대체 무슨 말을 하는 거요?" 찰리가 물었다.

"감옥에 있으면 소리를 가려듣는 방법을 배우게 되지."

"여긴 감옥이 아니잖아요."

"꼭 감옥에서만 일어나는 일은 아냐. 그렇긴 해도 감옥에 있으면 점점 더 소리를 가려듣게 되지. 감옥에 오래 있으면 눈은 멀고 귀는 커진다네. 재깍거림도 귀를 기울이면 들리는 소리야. 당신네 둘이 아주 가까운 사이라고 생각하나? 두 사람이 정말로 가까운 사이라면, 그러니까 상대방을 좋아할 필요까지는 없고 단지 그를 잘 안다면, 1마일 밖에서도 그의 찰깍 소릴 들을 수 있지. 당신이 어떤 사람을 알게 됐어. 그런데 아주 깊은 곳에서 뭔가가 그를 지독하게 괴롭혀. 아마 당신은 그게 뭔지 알아내지 못하겠지. 하지만 바로 그게 그의 행동을 지배하고, 그에게 비밀이 있다는 걸 그의 눈빛으로 내비치게 만들어. 당신은 그에게 말하지. '진정해, 이제 그만 진정하라니까.' 혹은 이렇게 묻지. '왜 너는 다시 잡혀올 걸 알면서도 그 미친 짓거릴 계속 되풀이하는 거냐?' 다른 사람은 몰라도 당신만큼은 그와 논쟁하는 게 아무 소용 없다는 걸 알지. 그를 미치게 만드는 건 마음속의 그것이기 때문이야. 그게 '뛰어'라고 말하면 그는 뛰어. 그게 '훔쳐'라고 말하면 그는 훔치고, '소리쳐'라고 말하면 소리치지. 하지만 그가 일찍 죽지 않는다면, 또는 자기 멋대로 다 하고도 큰 문제가 생기지 않는다면, 그의 마음속에 있는 그것은 태엽을 감아놓은 장난감처럼 서서히 멈출 거야. 당신은 교도소 세탁실에서 그 사람과 나란히 일을 해. 당신은 그와 이십 년 동안 알고 지낸 사이지. 어느 날 당신들이 함께 일하는데 갑자기 그에게서 그 찰깍 소리가 들려. 당신은 그를 돌아보지. 그는 일손을 놓고 아주 차분해져. 이젠 진짜 바보처럼 보이고, 진짜 즐거워 보여. 그의 눈을 들여다보니, 비밀도 다 사라졌어. 심지어 그는 자기 이름도 즉시 대질 못해. 그는 다시 일을 하지만, 절대 이전으로 돌아가지 않을 거야. 그를 지독하게 괴롭히던 그건 두 번

다시 돌아오지 않을 거야. 그건 죽었어. 완전히 죽은 거야. 그리고 미친 짓을 하며 살 수밖에 없었던 인생, 그것 또한 끝이 나는 거야!"

노이스는 처음에는 그다지 열정적이지 않았지만, 지금은 뻣뻣하게 굳은 채 땀을 삘삘 흘렸다. 그의 두 손은 저승사자처럼 창백했고, 빗자루 손잡이를 질식시킬 듯 움켜잡고 있었다. 그의 이야기를 자연스럽게 따라가다보면 그가 차분하게 자신의 세탁실 동료가 얼마나 멋지게 변했는지 설명한 것으로 볼 수 있었지만, 그는 더이상 마음의 동요를 감출 수 없었다. 그는 두 손으로 빗자루 손잡이를 비틀었고, 꺼지지 않을 것 같은 열정에 사로잡혀 말도 똑바로 하지 못했다. "끝났어! 끝났어!" 그는 계속 강조했다. 지금 그의 분노를 자극하는 건 빗자루 손잡이였다. 그는 빗자루 손잡이를 부러뜨리려고 양쪽을 잡아 허벅지에 세게 내리친 다음, 빗자루 주인인 찰리를 보고 버럭 소리를 질렀다. "망할 놈의 빗자루가 왜 안 부러지는 거야! 왜!"

그는 계속 빗자루를 부러뜨리려 안간힘을 쓰면서 욕을 퍼붓다가, 엘리엇을 보고 말했다. "이 운 좋은 개자식. 너한테도 그 소리가 났군!" 그는 엘리엇에게 온갖 욕설을 퍼부었다.

"염병할 놈이 왜 안 부러지는 거야!" 그는 소리치더니 빗자루를 내팽개치고 문밖으로 달려나갔다.

* * *

엘리엇은 이 모든 장면을 보고도 흔들리지 않았다. 오히려 찰리에게, 저 사람이 무엇 때문에 빗자루를 싫어하느냐고 부드럽게 물었다. 그리고 이제 버스를 타러 가야 할 것 같다고 말했다.

"정말…… 괜찮아요, 엘리엇?"

"난 아주 좋아."

"아주 좋다고요?"

"지금까지 살아오는 동안 이렇게 기분 좋은 적이 없었네. 이건 마치…… 뭐랄까……"

"뭐요?"

"새롭고 놀라운 인생이 막 시작될 것 같은 기분이야."

"그것 참 멋지군요."

"그럼! 그럼!"

* * *

그 기분은 그가 소시티캔디키친까지 어슬렁거리며 걸어가는 동안에도 계속되었다. 거리 풍경은 곧 총싸움이라도 벌어질 것처럼 이상하리만치 고요했지만, 엘리엇은 전혀 알아채지 못했다. 마을 사람들은 그가 영원히 떠날 거라 확신했다. 엘리엇에게 의지했던 사람들은 그 찰깍 소리를 대포 소리처럼 분명하게 들었다. 많은 사람들이 그럴듯한 작별을 계획하기 위해 어처구니없고 어리석은 생각들을 내놓았다. 소방관의 퍼레이드, 가장 필요한 말을 적은 현수막 내걸기, 소방 호스로 물을 뿌려 개선문 아치 만들기 등. 이 계획은 모두 취소되었다. 그런 일을 조직하고 이끌 사람이 아무도 없었다. 대부분의 사람들은 엘리엇이 떠난다는 생각에 넋이 나가 군중의 맨 뒤에 서서 힘없이 손을 흔들 용기조차 내지 못했다. 엘리엇이 걸어갈 거리를 알고 있는 그들 대부분은 그 풍경으로부터 멀리 도망쳤다.

엘리엇은 인도에 내리쬐는 오후의 눈부신 햇살을 피해 파르테논의 축축한 그늘로 들어선 뒤 운하를 따라 걸었다. 상원의원과 나이가 거의 비슷한 은퇴한 톱제조공이 접의자에 앉아 대나무 낚싯대로 고기를 잡고 있었다. 인도 위에는 굽이 높은 신발 사이로 트랜지스터라디오가 놓여 있었다. 라디오에서 〈올드 맨 리버〉가 흘러나왔다. "검둥이는 모두 일하고 백인은 즐겁게 노는구나"라는 부분이었다.

노인은 주정뱅이나 미치광이가 아니었다. 단지 늙고 홀아비에 말기 암 환자였으며, 미전략공군에 있는 아들에게서 한 번도 편지를 받지 못한, 개성이 두드러지지 않은 사람이었다. 그는 술을 마시지 못했다. 로즈워터 재단은 그에게 의사가 처방해준 모르핀을 구입할 돈을 준 적이 있었다.

엘리엇은 그에게 인사했지만, 그의 이름도, 그의 어려움이 무엇인지도 기억나지 않았다. 엘리엇은 숨을 크게 들이마셨다. 어쨌든 슬픈 일을 생각하기엔 날씨가 너무 좋았다.

* * *

길이가 10분의 1마일인 파르테논의 반대쪽 끝에는 구두끈, 면도날, 청량음료, 〈아메리카 뉴스〉 등을 파는 작은 노점이 있었다. 노점 주인은 링컨 이월드였는데, 2차 세계대전 당시 열렬한 나치 동조자였다. 전쟁 중에 이월드는 로즈워터 톱공장에서 매일 생산하는 물자가 낙하산부대 단검과 전차용 장갑판이란 정보를 독일군에게 알려주기 위해 단파송신기를 설치했다. 독일군은 어떤 메시지도 요구한 적이 없었지만, 그는 만일 독일군이 로즈워터를 폭격하면 미국 경제 전체가 휘청거리고 무너질 거라는 내용의 첫번째 메시지를 보냈다. 그는 정보의 대가로 돈을 요구하지 않았다. 자신은 돈을 경멸하며, 미국을 증오하는 이유가 돈이 왕이기 때문이라고 말했다. 그리고 철십자훈장을 원하며, 평범한 포장지에 싸서 보내달라고 요구했다.

그의 메시지는 40마일 떨어진 터키런 주립공원의 수렵구를 감시하는 두 관리자의 워키토키에 크고 선명하게 잡혔다. 두 관리자는 그 정보를 연방수사국에 알렸고, 연방수사국은 철십자

훈장이 도착할 주소지에서 이월드를 체포했다. 그는 전쟁이 끝날 때까지 정신병원에 수감되었다.

재단은 그의 정치적 견해를 들어준 것 외에는 특별히 해준 게 없었지만, 그것은 재단 말고는 누구도 할 수 없는 일이었다. 엘리엇이 그에게 사준 것은 값싼 축음기와 독일어 레코드 교재가 전부였다. 이월드는 간절히 독일어를 배우고 싶어했지만, 항상 지나치게 흥분하고 화를 냈다.

엘리엇은 이월드의 이름도 기억나지 않았고, 하마터면 그를 못 보고 지나칠 뻔했다. 위대한 문명의 폐허에 파묻힌 그의 불길하고 작은 나병환자의 노점은 못 보고 지나치기 십상이었다.

"하일 히틀러." 이월드가 찌르레기 같은 목소리로 말했다.

엘리엇은 걸음을 멈추고 인사가 들려온 쪽을 상냥하게 바라보았다. 이월드의 노점은 온통 〈아메리카 뉴스〉로 도배가 되어 커튼을 쳐놓은 것 같았다. 그 커튼은 물방울무늬처럼 보였는데, 물방울들은 표지 모델인 랜디 헤럴드의 배꼽이었다. 그녀는 천재 아기를 낳게 해줄 남자를 찾는다고 계속 광고를 냈다.

"하일 히틀러." 이월드가 다시 말했다. 커튼을 열지 않은 채로.

엘리엇이 미소를 지으며 말했다. "나도, 하일 히틀러. 그리고 굿바이."

* * *

파르테논에서 벗어나자 살인적인 햇볕이 따갑게 내리쬐었다. 순간적으로 시야가 캄캄해져, 군청사 계단에서 서성거리는 두 사람의 모습이 안개에 둘러싸인 그을린 나무인형처럼 보였다. 지하 미용실에서 벨라의 목소리가 들렸다. 그녀는 어떤 여자에게 왜 손톱을 잘 관리하지 않았느냐고 소리를 질렀다.

엘리엇은 한동안 아무하고도 마주치지 않았지만, 창문으로 그를 엿보는 사람을 얼핏 보긴 했다. 누군지는 몰라도 엘리엇은 그에게 윙크를 하고 손을 흔들었다. 노어로즈워터기념 고등학교에 도착했을 때 학교는 여름방학이라 굳게 닫혀 있었다. 그는 국기게양대 앞에 서서 잠시 우울함에 잠겨, 빈 마룻줄에 달린 쇠붙이가 속이 빈 철장대를 구슬프게 톡톡 두드리고 쓰다듬는 소리에 사로잡혔다.

엘리엇은 떠오르는 생각을 말하고 싶었고, 누군가가 곁에서 그 말을 들어주길 바랐다. 그러나 주변엔 아무도 없었고, 그를 따라다니던 개 한 마리가 꼬리를 흔들 뿐이었다. 그는 개를 보고 말했다. "얼마나 미국적인 소리냐, 그렇지? 수업이 끝나고 국기도 내렸지? 아주 슬픈 미국적인 소리야. 해가 지고 가벼운 저녁 바람이 불 때, 온 세상이 저녁식사를 할 때, 저 소리가 들리는 거란다."

그는 목이 메었고, 기분이 좋았다.

* * *

엘리엇이 수노코 주유소를 지날 때 젊은 남자가 주유기 사이에서 기어나왔다. 롤런드 배리였다. 그는 벤저민해리슨 훈련소에서 입대 선서를 한 지 십 분 만에 신경쇠약에 걸렸고, 그 덕분에 100퍼센트 장애연금을 받고 있었다. 그에게 신경쇠약이 발병한 것은 백 명의 사람들과 함께 샤워를 하라는 명령이 떨어졌을 때였다. 연금은 농담이 아니었다. 롤런드는 속삭임 이상으론 말을 하지 못했다. 그는 매일 주유기 사이에서 많은 시간을 보내며, 처음 보는 사람에게 그곳에서 중요한 일을 하는 척했다.
"로즈워터 씨?" 그가 속삭였다.

엘리엇은 미소를 지으며 손을 들었다. "날 용서하게나. 자네 이름을 잊었어."

롤런드는 자존감이 아주 낮았기 때문에, 그가 작년에 최소 하루에 한 번은 찾아갔던 사람이 그를 잊었다고 해도 별로 놀라지 않았다. "내 목숨을 구해줘서 감사하다는 말을 하고 싶었어요."

"뭘 구해줬다고?"

"내 목숨이요, 로즈워터 씨. 어쨌든 당신이 구해줬어요."

"과장이 심하군."

"나한테 일어난 일이 웃기다고 생각하지 않은 사람은 당신뿐이었어요. 아마 당신은 시도 웃기다고 생각하지 않겠지요?" 그는 종이 한 장을 엘리엇의 손에 쥐여주었다. "그걸 쓰면서 울었어요. 나한테 그건 조금도 우습지 않아요. 나한텐 이 모든 것이 우습지 않아요." 그는 달아났다.

엘리엇은 어찌할 바를 몰라하다 시를 읽었다.

호수, 카리용,
웅덩이와 종,
피리와 홍수,
하프와 우물,
플루트와 강,
시내, 바순,
간헐천, 트럼펫,
차임벨, 개펄,
그 음악을 들어라,
그 물을 마셔라,
우리 가엾은 양들이
도살장으로 갈 때.
엘리엇, 당신을 사랑해.
안녕. 난 운다.

눈물과 바이올린.

심장과 꽃,

꽃과 눈물.

안녕, 로즈워터.

엘리엇은 더이상 별 탈 없이 소시티캔디키친에 도착했다. 안에는 주인과 손님 한 명뿐이었다. 손님은 계부의 아이를 임신한 열네 살의 조숙한 소녀였다. 계부는 지금 감옥에 있었고, 재단은 그녀에게 의료비용을 대주고 있었다. 재단은 계부의 범죄를 경찰에 신고한 뒤 인디애나에서 돈으로 살 수 있는 가장 훌륭한 변호사를 고용해 그에게 붙여주었다.

소녀의 이름은 토니 웨인라이트였다. 토니가 엘리엇을 찾아와 문제를 털어놓았을 때 엘리엇은 기분이 어떠냐고 물었다. 소녀는 대답했다. "글쎄요. 완전히 엉망은 아닌 것 같아요. 이게 영화스타의 길로 나갈 수 있는 가장 좋은 방법인 것 같기도 하구요."

그녀는 지금 코카콜라를 마시며 〈아메리카 뉴스〉를 읽고 있었다. 그녀가 엘리엇을 힐끗 보았다. 그것이 마지막이었다.

* * *

"인디애나폴리스 한 장 주시오."

"편도요 왕복이요, 엘리엇?"

엘리엇은 주저하지 않고 대답했다. "편도로 주시오."

토니의 안경이 앞으로 떨어질 뻔했다. 그녀는 간신히 안경을 붙잡았다.

"인디애나폴리스 편도 한 장이요. 여기 있습니다!" 주인이 큰 소리로 외쳤다. 그는 화가 난 듯 엘리엇의 차표에 도장을 쾅 찍고, 차표를 건네준 다음 재빨리 돌아섰다. 그 역시 엘리엇을 다시 쳐다보지 않았다.

엘리엇은 주변에 흐르는 긴장을 전혀 의식하지 못한 채 차에서 읽을 것을 고르기 위해 잡지와 책이 꽂혀 있는 진열대 쪽으로 걸어갔다. 그는 〈아메리카 뉴스〉에 마음이 끌렸다. 신문을 펼치니 일곱 살 여자아이가 곰에게 머리를 먹힌 기사가 눈에 들어왔다. 1934년 옐로스톤 국립공원에서 일어난 사건이었다. 그는 신문을 다시 진열대에 꽂아놓고, 킬고어 트라우트의 문고판 책을 뽑아들었다. 제목은 『은하계 3일 장정』이었다.

밖에서 버스의 공허한 경적 소리가 울렸다.

* * *

엘리엇이 막 버스에 오르려 할 때 다이애나 문 글램퍼스가 나타났다. 그녀는 흐느꼈다. 하얀 프린세스 전화기를 들고, 콘센트에서 뽑힌 전선을 질질 끌면서. "로즈워터 씨!"

"네?"

그녀는 버스 출입문 옆 인도 위에 전화기를 내리쳤다. "난 더 이상 전화기가 필요하지 않아요. 이제 전화를 걸 사람도 없고 받을 사람도 없으니까요."

그는 그녀가 불쌍하긴 했지만, 그녀를 알아보지 못했다. "저, 미안해요. 무슨 말인지 모르겠군요."

"모르겠다니요?"

"누구시죠?"

"나예요, 로즈워터 씨! 다이애나예요! 다이애나 문 글램퍼스!"

"만나서 반가워요."

"만나서 반갑다니요?"

"반갑고말고요. 그런데 이 전화기는 대체 뭐죠?"

"당신이 바로 이 전화기가 있어야 하는 유일한 이유였어요."

그는 믿을 수 없다는 듯 주저하며 말했다. "아, 하지만……나 말고도 아는 사람이 많이 있잖아요?"

그녀는 버스에 몸을 기대고 흐느꼈다. "오, 로즈워터 씨…… 친구는 당신뿐이에요."

"이제 친구를 많이 사귀도록 해요." 엘리엇이 희망적으로 제안했다.

"아, 이럴 수가!" 그녀가 소리쳤다.

"교회 모임 같은 데 들어봐요."

"당신이 내 교회 모임이었어요! 당신이 내 전부였어요! 당신이 내 국가였어요. 당신이 내 남편이었어요. 당신이 내 친구였어요."

엘리엇은 마음이 불편했다. "아주 고마운 말씀이군요. 행운을 빌어요. 이젠 정말로 가야 할 시간이에요." 그는 손을 흔들었다. "굿바이."

* * *

엘리엇은 『은하계 3일 장정』을 읽기 시작했다. 버스 밖에서는 소란이 계속됐지만, 엘리엇은 그 소란이 자기와 상관있을 거라고 생각하지 않았다. 그는 즉시 소설에 빠져들었고, 너무 깊이 빠져든 탓에 버스가 출발하는 것도 알아차리지 못했다. 소설은 '루이스와 클라크의 탐험'을 우주시대로 옮겨놓은 흥미진진한 이야기였고, 주인공은 그 탐험대에 복무하는 레이먼드 보일 하사였다.

탐험대는 우주의 궁극적인 가장자리처럼 보이는 곳에 도달했다. 그들이 속한 태양계 밖에는 아무것도 없는 듯했지만, 그들은 그 경계 너머로 검은 벨벳처럼 끝없이 펼쳐진 무(無)의 공간에서 어떤 존재가 아주 미약한 신호라도 보내온다면 놓치지 않고 감지하기 위해 장비를 설치했다.

보일 하사는 지구인이었다. 탐험대에서 유일한 지구인일 뿐 아니라 사실 은하계 출신의 유일한 생명체이기도 했다. 다른 대원들은 우주 곳곳에서 온 생명체였다. 이 탐험은 약 이백 개의 은하가 지원하는 합동 프로젝트였고, 보일은 기술자가 아니라 영어 교사였다. 중요한 것은, 지금까지 알려진 바로는 우주 전체에서 언어를 사용하는 장소가 지구뿐이라는 사실이었다. 지구 밖에서는 모두가 텔레파시를 사용했고, 그래서 지구인은 어딜 가나 언어 교사라는 아주 좋은 직업을 가질 수 있었다.

생명체들이 텔레파시 대신 언어를 사용하고 싶어하는 이유는, 언어를 사용하면 훨씬 더 많은 일을 할 수 있었기 때문이다. 언어는 그들을 훨씬 더 활동적으로 만들었다. 텔레파시로는 모든 사람이 다른 모든 사람과 모든 것에 대해 항상 대화하기 때문에, 모든 정보에 대한 일종의 일반화된 무관심을 낳았다. 그러나 의미 전달이 느리고 협소한 언어를 사용하면 한 번에 한 가지만 생각하게 되므로 계획에 따라 생각하는 것이 가능했다.

보일은 영어 강의를 하던 중에 호출되어 즉시 함장에게 출두하라는 명령을 받았다. 그는 무엇 때문인지 이유를 떠올릴 수 없었다. 함장실에 들어간 그는 노인에게 경례를 했다. 사실 함장은 지구의 노인과는 전혀 달랐다. 그는 '트랄파마도어' 행성에서 왔고, 키는 지구의 맥주캔만 했다. 하지만 외모는 맥주캔처럼 생기지 않았고, 긴 자루가 달린 흡입용 고무컵과 비슷했다.

그는 혼자가 아니었다. 함장실에는 탐험대 지도 신부도 있었다. 신부는 '글린코 X-3' 행성 출신으로 엄청나게 큰 고깔해파리처럼 생겼고, 바퀴 달린 황산탱크 안에 잠겨 있었다. 신부는 수심에 차 있었다. 무서운 사건이 터진 게 분명했다.

신부는 보일에게 마음을 굳게 먹으라고 했고, 뒤이어 함장이 고향에서 매우 나쁜 소식이 왔다고 말했다. 부고가 당도했으며, 보일에게 사흘 특별휴가를 줄 테니 당장 떠날 준비를 하라는 것이었다.

"누가 죽었죠? 엄마인가요?" 보일은 눈물을 참으며 말했다. "아빠인가요? 낸시인가요?" 낸시는 이웃집 여자애였다. "그램프스인가요?"

함장이 말했다. "이보게, 기운 내게. 정말 애통한 얘기지만, 누가 죽은 게 아니라네. 무엇이 죽었다네."

"무엇이 죽었습니까?"

"그건 말이야, 은하계라네."

엘리엇은 책에서 눈을 떼고 고개를 들었다. 로즈워터 군은 이미 사라졌지만 그립지 않았다.

* * *

버스가 인디애나 주 브라운 군의 소재지인 내슈빌에 도착했을 때 엘리엇은 다시 창밖을 힐끗 보다가 그곳에 있는 소화장비에 눈길이 머물렀다. 그는 내슈빌에 더 좋은 장비를 기부할까 생각하다, 곧 그러지 않기로 결심했다. 사람들이 그것을 잘 다룰 것 같지 않아서였다.

내슈빌은 미술공예의 중심지였기에, 엘리엇은 유리공예가들이 6월에 크리스마스트리 장식을 만드는 것을 보고도 놀라지 않았다.

* * *

엘리엇은 버스가 인디애나폴리스 외곽에 당도하고 나서야 다시 고개를 들었다. 그리고 도시 전체가 화재 폭풍에 휩싸인 것을 보고 소스라치게 놀랐다. 그는 화재 폭풍을 직접 본 적은 없지만, 글을 읽고 꿈을 꾼 것은 여러 번이었다.

그는 사무실에 책 한 권을 감춰놓았다. 왜 그 책을 감춰놓았는지, 왜 그것을 꺼내 볼 때마다 죄의식이 드는지, 왜 그 책을 읽다가 들킬까봐 두려워하는지는 스스로에게도 수수께끼였다. 그 책을 볼 때 드는 감정은 의지가 약한 청교도가 포르노를 보고 느끼는 것과 같았지만, 그가 숨겨놓은 책은 어느 책보다 성애 묘사가 적었다. 바로 한스 럼프가 쓴 『독일 폭격』이었다.

엘리엇이 창백한 표정으로 손에 땀을 쥐며 수없이 반복해 읽은 구절은 드레스덴의 화재 폭풍을 묘사한 대목이었다.

> 불타는 건물에서 수많은 화염이 지붕을 뚫고 솟구치자, 높이가 2.5마일이 넘고 지름이 반 마일이나 되는 뜨거운 공기 기둥이 하늘로 치솟았다…… 기둥은 광포하게 소용돌이쳤고, 지상의 더 차가운 공기를 빨아들여 밑에서부터 에너지를 끌어올렸다. 이 공기 흡입은 화재로부터 1마일, 1.5마일 떨어진 곳들의 풍속을 시속 11마일에서 33마일로 끌어올렸다. 이 구역의 외곽에서는 지름이 3피트나 되는 나무가 뿌리째 뽑힌 것으로 보아 풍속이 더욱 강했을 것으로 여겨진다. 짧은 시간 안에 온도는 모든 연소물의 발화점에 도달했고, 그로 인해 구역 전체가 활활 타올랐다. 그런 불 속에서 완전연소가 이루어

졌다. 다시 말해 연소물질의 흔적이 전혀 남지 않았다. 그 구역은 이틀 후에야 사람이 접근할 수 있을 정도로 열이 식었다.

엘리엇은 버스 좌석에서 벌떡 일어나 인디애나폴리스의 화재 폭풍을 바라보았다. 그는 화염 기둥의 장엄함에 경외심을 느꼈다. 화염 기둥은 지름이 최소 8마일에 높이가 50마일이었다. 기둥의 경계선은 유리로 된 것처럼 날카롭고 분명했다. 경계선 안에서 소용돌이 모양의 짙붉은 화염이 순백의 핵을 중심으로 웅장하고 조화롭게 회오리쳤다. 핵은 성스러워 보였다.

14

엘리엇 앞의 모든 것이 우주의 궁극적인 가장자리 너머에 펼쳐진 무의 세계처럼 검게 변했다. 그런 뒤 깨어나보니 그는 물이 마른 분수대의 편평한 언저리에 앉아 있었다. 무화과나무를 통과한 햇빛이 그의 몸을 얼룩덜룩하게 물들였다. 나무 위에서 새 한 마리가 노래를 불렀다. "뾰롱뾰롱 뾰로르." 엘리엇은 높은 담장에 둘러싸인 어느 정원에 있었다. 낯익은 정원이었다. 그는 바로 이곳에서 실비아와 여러 번 얘기를 나눈 적이 있었다. 이곳은 인디애나폴리스에 있는 브라운 박사의 개인 정신병원이었고, 여러 해 전에 실비아를 데리고 자주 오던 곳이었다. 분수대 언저리에는 이런 글귀가 새겨져 있었다.

항상 선한 척 행동하면 신조차 속을 것이다.

엘리엇은 누군가가 입혀준 눈처럼 하얀 테니스복을 입었고, 마치 백화점 진열장의 마네킹처럼 누군가가 그의 무릎 위에 테니스 라켓까지 올려놓았다. 그는 라켓이 진짜이고 또 자신이 진짜인지 확인하기 위해 시험 삼아 라켓 손잡이를 쥐어보았다. 그는 자신의 팔뚝 근육이 정교한 바구니 세공처럼 잡히는 것을 보았고, 자신이 테니스를 칠 줄 알 뿐 아니라 아주 잘 친다는 것을 감지했다. 그리고 어디서 테니스를 치는지도 금방 알 수 있었다. 정원 한쪽 끝이 테니스 코트와 접해 있었고, 코트의 육각형 철망에는 나팔꽃과 스위트피 덩굴이 감겨 있었다.

"뾰롱뾰롱 뾰로르?"

엘리엇은 새와 푸른 나뭇잎을 올려다보고는, 그가 봤던 불이 실제로 일어났다면 인디애나폴리스 도심의 이 정원은 무사하지 못했을 것임을 깨달았다. 결국 그 불은 실제가 아니었다. 그는 이 사실을 차분히 받아들였다.

* * *

그는 계속 새를 올려다보았다. 자신이 작은 새로 변해 나무 꼭대기로 올라가 절대 내려오지 않았으면 좋겠다고 생각하면서. 그렇게 높이 날고 싶은 이유는 지상에서 그를 불편하게 만드는 어떤 일이 벌어지고 있어서였다. 불과 6피트 떨어진 곳의 콘크리트 벤치에 검은색 정장을 입은 네 남자가 그를 에워싸고 앉아 있었다. 그들은 그가 어떤 중요한 말을 꺼내길 기대하며 그를 주시했다. 그러나 정작 본인은 그들에게 해줄 중요한 말이 전혀 없는 듯한 느낌이었다.

목 뒤 근육이 아파오기 시작했다. 더이상 고개를 젖히고 있기가 힘들었다.

"엘리엇?"

"네?" 엘리엇은 조금 전까지 아버지와 이야기하고 있었다는 사실을 깨달았다. 그는 이 가지에서 저 가지로 옮겨다니는 병든 작은 새처럼 나무 꼭대기에서 시선을 점차 떨어뜨렸다. 그의 눈이 마침내 아버지의 시선과 마주쳤다.

"우리한테 중요한 이야기를 하겠다고 했지?" 아버지가 그의 기억을 일깨웠다.

엘리엇이 주위를 둘러보니 늙은 남자 세 명과 젊은 남자 한 명이 벤치에 앉아 우호적인 표정으로 그가 하려는 말에 귀를 기울이고 있었다. 젊은 남자는 그가 아는 브라운 박사였다. 그 옆에 있는 늙은 남자는 가족의 법률대리인 서먼드 매캘리스터였다. 세번째 인물은 모르는 사람이었다. 엘리엇은 그가 누군지 알 수 없었지만, 어떤 불편하지 않은 느낌과 함께 친절한 시골 사업가 같은 얼굴이 친한 친구처럼 다가왔다.

* * *

"말이 안 떠오릅니까?" 브라운 박사가 물었다. 의사의 목소리에는 초조함이 배어 있었다. 그는 좌우로 왔다갔다하면서 엘리엇이 막 하려던 말을 쉽게 꺼낼 수 있도록 몸짓으로 유도했다.

"말이 안 떠오르는군요." 엘리엇이 동의했다.

"안 떠오른다면, 정신감정 공판에서 그걸 이용할 수 없겠구나." 상원의원이 말했다.

엘리엇은 이 말의 의미를 이해하고 고개를 끄덕였다. "내가 그걸 조금이라도 말로 표현했나요?"

상원의원이 말했다. "넌 단지 이 모든 혼란을 멋지고 공정하게 즉시 끝낼 수 있는 생각이 떠올랐다고 말했을 뿐이야. 그런 다음 나무를 올려다봤어."

"음." 엘리엇은 뭔가를 생각하는 척하다 어깨를 으쓱했다. "그게 무엇이든, 기억에서 사라졌어요."

* * *

로즈워터 상원의원은 군데군데 반점이 생긴 늙은 손으로 손뺵을 쳤다. "이 문제를 매듭지을 방안이 드디어 보이는군." 그는 득의만만한 승리의 미소를 지으며 매캘리스터의 무릎을 두드렸다. "안 그렇소?" 그는 매캘리스터 뒤로 손을 뻗어 세번째 인물의 등을 두드렸다. "안 그렇소?" 그는 세번째 인물에게 깊이 빠져 있었다. "세상에서 가장 위대한 아이디어맨이 우리 편에 있지 않은가!" 그는 그 모든 아이디어에 완전히 만족하고 소리 내어 웃었다.

이제 상원의원은 엘리엇을 향해 두 팔을 뻗었다. "하지만 여기 있는 내 아들, 이 잘생긴 모습과 단정한 몸가짐, 바로 이것이 우리가 승리할 수 있는 최고의 증거야. 얼마나 말쑥하고 깨끗한가!" 노인의 눈이 반짝거렸다. "의사 양반. 체중이 얼마나 빠졌소?"

"43파운드입니다."

"다시 살을 뺐지." 상원의원이 열광적으로 말했다. "단 1온스의 군살도 없어. 테니스는 아주 대단해! 아주 무자비해!" 그는 테니스 서브를 흉내 내기 위해 몸을 앞으로 기울이며 살짝 뛰어올랐다. "지금까지 내가 본 게임 중 최고의 게임이 한 시간 전에 이 담장 안에서 벌어졌지. 엘리엇, 네가 그 사람을 꺾었어!"

"음." 엘리엇은 주위를 둘러보며 거울이나 또는 비쳐볼 만한 표면을 찾았다. 그는 자신의 모습이 어떤지 전혀 몰랐다. 분수대 안에는 물이 전혀 없었다. 그러나 그 한가운데에 새를 위해 갖다놓은 물 쟁반에, 비록 검댕과 나뭇잎이 섞여 있긴 했지만, 약간의 물이 있었다.

"엘리엇이 물리친 그 사람이 프로 테니스선수라고 하지 않았소?" 상원의원이 브라운 박사에게 물었다.

"여러 해 전이었죠."

"그런데 엘리엇이 그런 사람을 해치웠어! 그 사람이 정신병 환자라고 해서 게임에 지장이 있었던 건 아니지, 그렇지 않소?" 그는 대답을 기다리지 않았다. "엘리엇이 당당하게 재판정에서 걸어나와 우리와 악수할 때, 난 웃음과 울음이 동시에 터져나왔소. 난 속으로 이렇게 말했지. '내일 저 녀석이 미치지 않았다는 걸 입증할 사람은 바로 저 녀석일 거다! 하!'"

엘리엇은 네 사람이 자신을 지켜본다는 사실에 용기를 얻어 자신이 정상임을 확신했다. 그는 기지개를 켜는 척하며 일어났다. 그가 일어난 진짜 목적은 물 쟁반에 더 가까이 다가가기 위해서였다. 그는 운동선수라는 평판을 십분 활용해 마른 분수대 안으로 펄쩍 뛴 다음 마치 남아도는 동물적 감각을 잠재우기라도 하듯 무릎을 잔뜩 굽히고 착지했다. 그는 아주 가볍게 모든 동작을 완수했다. 그의 몸은 강철 스프링이었다.

박력 있는 동작을 하던 중 바지 뒷주머니에 꽂혀 있는 두툼한 무엇인가가 엘리엇의 주의를 끌었다. 꺼내보니 둘둘 만 〈아메리카 뉴스〉였다. 그는 랜디 헤럴드가 천재의 씨앗을 받겠다고 애걸하는 광고가 나올 거라 예상하며 신문을 펼쳤다. 그러나 1면에 등장한 것은 자신의 사진이었다. 그는 소방 헬멧을 썼다. 7월 4일에 찍은 소방서 단체사진에서 그의 모습을 확대한 것이었다.

표제는 다음과 같았다.

미국에서 가장 멀쩡한 사람?(12면)

* * *

엘리엇은 12면을 펼쳤고, 다른 사람들은 다음 날 열릴 공판에 대한 낙관적인 이야기에 몰두했다. 엘리엇은 신문 한가운데 면에서 자신의 또다른 사진을 발견했다. 정신병원 코트에서 테니스를 치는 모습을 찍은 흐릿한 사진이었다.

그 옆 면에서 용감하게도 화난 표정을 짓고 있는 프레드 로즈워터의 작은 가족은 마치 그의 경기를 노려보는 것 같았다. 그들은 소작농처럼 보였다. 프레드 역시 살이 많이 빠졌다. 그들의 변호사 노먼 무샤리의 사진도 있었다. 홀로 독립한 무샤리는 멋들어진 조끼를 사 입고 굵직한 황금 시곗줄을 늘어뜨렸다. 신문은 이렇게 그의 말을 인용했다.

"나의 의뢰인들이 원하는 것은 그들 자신과 후손의 천부적 권리와 법적 권리를 되찾는 것뿐이다. 거만한 인디애나 재산가들은 수백만 달러를 쏟아붓고 전국 각지에서 힘 있는 친구들을 동원해 사촌의 소송을 방해했다. 공판은 하찮은 이유로 지금까지 일곱 차례나 연기되었고, 그러는 동안 정신병원의 담장 안에서 엘리엇 로즈워터는 운동으로 세월을 보냈으며, 그의 부하들은 그가 정신이상이라는 것을 당당하게 부인했다.

만일 나의 의뢰인들이 이 소송에서 패한다면 그들은 소박한 집과 평범한 가구, 값싼 중고차, 아이의 조그만 요트, 프레드 로즈워터의 보험증권, 절친한 친구에게서 빌린 수천 달러를 잃게 될 것이다. 이 용감하고 건전하고 평범한 미국인들은 미국의 사법제도에 모든 것을 걸었으므로, 우리의 사법제도는 그들을 절대 실망시키지 말아야 하고, 실망시킬 수 없으며, 실망시키지 않을 것이다."

엘리엇의 사진이 나온 지면에는 실비아의 사진도 두 장 실렸다. 오래된 사진은 파리에서 영화배우 피터 로퍼드와 트위스트를 추는 장면이었고, 최근 사진은 침묵의 규율을 지켜야 하는 벨기에의 한 수녀원으로 들어가는 장면이었다.

엘리엇이 실비아의 이 기이한 행적에 대해 막 숙고하려는 찰나, 그의 아버지가 늙은 세번째 인물을 다정하게 부르는 소리가 들렸다. "트라우트 씨."

* * *

"트라우트!" 엘리엇이 소리쳤다. 그는 너무 놀란 나머지 순간적으로 균형을 잃었고, 넘어지지 않기 위해 물 쟁반을 붙잡았다. 물 쟁반은 분수대 위에 그냥 놓여 있었기 때문에 한쪽으로 기울어졌다. 엘리엇은 〈아메리카 뉴스〉를 놓고 떨어지는 물 쟁반을 두 손으로 붙잡았다. 그때 그는 물에 비친 자신의 모습을 보았다. 그의 눈에 들어온 모습은 열이 있고 수척한 중년 남자였다.

그는 속으로 생각했다. '이런 세상에. 살날이 하루밖에 안 남은 F. 스콧 피츠제럴드인걸.'

* * *

그는 사람들 쪽으로 돌아서면서 또다시 트라우트의 이름을 외치지 않으려고 조심했다. 그렇게 했다간 그의 상태가 얼마나 안 좋은지 드러날 수도 있었다. 그는 기억을 잃은 동안 자신과 트라우트가 서로 알게 되었을 거라고 확신했다. 엘리엇이 그를 알아보지 못한 것은, 책 커버에서 본 그의 사진이 모두 턱수염으로 뒤덮여 있었다는 단순한 이유 때문이었다. 눈앞의 낯선 사람에겐 수염이 없었다.

그때 상원의원이 말했다. "정말이지, 엘리엇. 네가 트라우트 씨를 데려오라고 했을 때 난 의사 선생에게 네가 아직도 미쳤다고 말했다. 넌 네가 로즈워터에서 했던 그 모든 일의 의미를 너는 설명할 수 없지만 트라우트 씨는 할 수 있다고 말했지. 그 말을 믿지는 못했지만 난 지푸라기라도 잡는 심정이었다. 트라우트 씨를 부른 건 내가 한 일 중에 가장 현명한 일이었어."

"맞아요." 엘리엇은 아주 조심스럽게 다시 분수대 가장자리에 앉았다. 그리고 손을 뒤로 뻗어 〈아메리카 뉴스〉를 다시 집어들었다. 그 신문을 둘둘 마는 중에 처음으로 날짜를 보았다. 차분히 계산해보니, 어디서 어떻게 보냈는지 몰라도 그는 일 년을 잃어버렸다.

* * *

"이제 네가 말해야 한다고 트라우트 씨가 일러준 것을 그대로 외워봐라." 상원의원이 엘리엇에게 주문했다. "그리고 지금의 네 모습을 봐라. 우린 내일 틀림없이 이길 거다."

"물론 내가 말해야 한다고 트라우트 씨가 일러준 걸 한 자도 틀리지 않고 말할 겁니다. 하지만 트라우트 씨에게 들으면서 마지막으로 한번 더 검토해보고 싶습니다."

"그야 어렵지 않죠." 트라우트가 말했다. 그의 목소리는 굵고

낮았다.

“이미 여러 번 검토하지 않았나?”

“그야 그렇지만, 마지막으로 한번 더 듣고 싶어요.”

“자……” 트라우트는 자기 손을 바라보면서 두 손을 비볐다. “당신이 로즈워터 군에서 했던 일들은 결코 미친 짓이 아니었소. 그건 분명 우리 시대에 가장 중요한 실험이었소. 왜냐하면 기계의 정교한 발달로 인해 전 세계에 끔찍한 문제가 확산될 수 있는데, 그 문제를 아주 적은 규모로 해결하는 실험이었기 때문이오. 그 문제는 이것이었소. 아무짝에도 쓸모없는 사람들을 어떻게 사랑해야 하는가?

때가 되면 거의 모든 사람이 상품, 음식, 서비스, 더 많은 기계를 만들어내는 생산자로서 가치를 잃을 것이고, 경제와 기술 분야는 물론이고 어쩌면 의료 분야에서도 실용적인 아이디어 원천으로서 가치를 잃을 것이오. 따라서 만일 우리가 인간을 인간이기 때문에 소중히 여길 수 있는 근거와 방법을 찾지 못하면, 많은 사람이 종종 제안하듯 그들을 완전히 없애는 게 나을지도 모르오.”

* * *

“미국인은 오래전부터 일할 의지가 없거나 일할 능력이 없는 모든 사람을 증오하라고 배워왔소. 그 잔인한 상식이 판치던 개척지가 사라진 것을 우리는 고맙게 생각하오. 지금 당장은 아니겠지만, 그것이 더는 상식으로 통하지 않을 시대가 오고 있소. 그때가 되면 그것은 단지 잔인함에 지나지 않을 거요."

"가난해도 진취적인 사람은 지금도 수렁에서 빠져나올 수 있소." 상원의원이 말했다. "그리고 앞으로 천 년이 지난 뒤에도 계속 그럴 것이오."

"그럴 수도 있습니다." 트라우트는 부드럽게 응수했다. "가난해도 진취적이고 적극적이라면, 그 후손은 피스콴투잇 같은 유토피아에서 살 수 있겠죠. 하지만 그곳의 정신적인 부패와 어리석음, 무감각과 나태함은 로즈워터 군의 전염병만큼이나 지독합니다. 가난은 아주 나약한 영혼을 가진 미국인에게도 비교적 가벼운 질병인 데 반해, 무익함은 강인한 사람과 나약한 사람을 가리지 않고 모든 미국인을 매번 파괴합니다.

우린 해결책을 찾아야 합니다."

* * *

"엘리엇, 당신이 의용소방대 일에 헌신한 것도 지극히 정상이었소. 이 나라에서 의용소방대는 화재경보가 울리기만 하면 열정적으로 남을 돕는 거의 유일한 예이기 때문이오. 그들은 위기에 처한 사람이라면 누구든 구조하러 달려가고, 비용을 따지지도 않소. 마을에서 가장 비열한 사람이라도 그의 비열한 집에 불이 나면, 그의 적까지도 달려가 불을 끄기 마련이오. 그리고 그가 잿더미 속에서 그의 비열한 소유물을 건지기 위해 잔해를 뒤적일 때 그를 위로하고 동정하는 사람은 다름 아닌 소방서장이오."

트라우트는 두 손을 폈다. "바로 그곳에서 우리는 인간을 인간답게 소중히 여기는 사람들을 발견하는 거요."

* * *

"맹세코, 당신은 대단한 사람이오!" 상원의원이 트라우트에게 말했다. "그 정도면 홍보관을 하고도 남을 텐데! 당신이 말하면 파상풍도 사회에 유익한 것처럼 들릴 거요! 그런 재능을 가진 사람이 쿠폰교환소에서 대체 무슨 일을 하고 있는 거요?"

"쿠폰 교환이요." 트라우트는 상냥하게 대답했다.

"트라우트 씨, 수염은 어떻게 된 거죠?" 엘리엇이 물었다.

"맨 처음 봤을 때도 그걸 물었지."

"다시 한번 얘기해줘요."

"굶주리고 사기가 떨어진 나에게 한 친구가 일자리를 알아봐줬소. 그래서 면도를 하고 지원했지. 그리고 취직이 됐소."

"면도를 안 했으면 취직이 안 됐겠군요?"

"회사에서 수염을 놔두라고 했어도 난 면도했을 거요."

"왜죠?"

"예수처럼 생긴 자가 쿠폰을 면죄부처럼 받고 물품을 내주는 건 신성모독 아니겠소?"

* * *

"알면 알수록 놀라운 양반이로군!" 상원의원이 트라우트를 보며 소리쳤다.

"고맙습니다."

"다만 당신이 사회주의자라는 말은 그만했으면 좋겠소. 당신은 사회주의자가 아니오! 자유기업주의자요!"

"정말이지, 그건 내가 선택한 말이 아닙니다."

엘리엇은 흥미로운 두 노인의 관계를 유심히 관찰했다. 트라우트는 따지고 보면 부정직한 인간, 즉 홍보담당자가 되어달라는 제안을 엘리엇이 우려한 것처럼 불쾌하게 받아들이지 않았다. 그는 분명 상원의원을 정력적이고 소신 있게 행동하는 특별한 사람으로 여겼고, 어떤 방식으로든 상원의원을 공격하거나 조롱하지 않았다. 그리고 상원의원은 트라우트를 무엇이든 합리화할 줄 아는 장난꾸러기로 여기고 감탄했다. 물론 그는 트라우트가 오직 진실만을 말하고 있다는 사실을 전혀 몰랐다.

"트라우트 씨, 당신은 정당의 강령을 쓰고도 남을 사람이오!"

"고맙습니다."

"변호사도 그런 사고방식을 갖고 있소. 절망스럽고 혼란한 상황을 멋지게 설명할 줄 알지. 하지만 참 희한하게도 변호사가 말하면 도무지 옳은 것처럼 들리지가 않아요. 그들의 말은 항상 〈1812년 서곡〉을 피리로 부는 것처럼 들린다니까." 그는 다시 자리에 앉아 환하게 미소를 지었다. "자, 엘리엇이 술독에 빠졌을 때 어땠는지, 그곳에서 어떤 굉장한 일을 했는지 얘기해주시오."

* * *

"법정은 분명 엘리엇이 그 실험을 통해 무엇을 알아냈는지 알고 싶어할 겁니다." 매캘리스터가 말했다.

"술을 끊어라, 네가 누구인지 기억하라, 그에 따라 처신하라." 상원의원이 딱 부러지게 선언했다. "그리고 사람들한테 하느님 노릇을 하지 말라. 하느님 노릇을 하면 사람들이 너에게 온갖 넋두리를 늘어놓을 것이고, 원하는 것을 얻기 위해 너를 이용할 것이고, 단지 용서받는 재미로 율법을 깰 것이고, 네가 사라지면 너를 욕할 것이다."

엘리엇은 이 대목을 그냥 지나칠 수 없었다. "나를 욕한다고요? 사람들이?"

"오, 빌어먹을…… 그들은 널 사랑하고, 증오하고, 너 때문에 울고, 널 비웃고, 매일 너에 대한 거짓말을 새로 지어낸다. 그들은 대가리가 잘린 닭처럼 이리저리 뛰어다니고 있어. 마치 네가 진짜 하느님이고 그 하느님이 어느 날 갑자기 떠나버린 것처럼."

엘리엇은 영혼이 움츠러드는 것을 느꼈고, 다시는 로즈워터 군으로 돌아갈 수 없다는 걸 깨달았다.

트라우트가 말했다. "엘리엇이 알아낸 중요한 사실은, 사람들은 무조건 사랑을 주면 주는 대로 다 받아들인다는 것입니다."

"그게 새롭단 말이오?" 상원의원이 퉁명스럽게 물었다.

"새로운 건 한 사람이 오랫동안 그런 사랑을 줄 수 있었다는 것이지요. 한 사람이 할 수 있다면 다른 사람도 할 수 있습니다. 그것이 의미하는 바는 무익한 인간에 대한 우리의 증오, 그리고 그들을 위한다는 명분으로 그들에게 가하는 잔인한 행위가 반드시 인간의 본성 탓은 아니라는 겁니다. 엘리엇 로즈워터라는 본보기 덕분에 수백 수천만 사람들이 누구를 만나든 서로 사랑하고 돕는 법을 배울 수 있지요."

트라우트는 마지막 말을 하기 전에 사람들의 얼굴을 번갈아 보았다. "기쁨으로."

*　*　*

"뾰롱뾰롱 뾰로르."

엘리엇은 다시 나무 위를 보았고, 자신이 로즈워터 군을 어떻게 생각해왔는지, 무화과나무 아래서 저도 모르게 잃어버린 그 생각을 되살려보았다.

"자식만 하나 있었다면!" 상원의원이 말했다.

그러자 매캘리스터가 익살맞게 대꾸했다. "그렇게 손자를 보고 싶으면, 가장 최근 집계로 쉰일곱 명인 애들 가운데 하날 골라보시오."

엘리엇을 제외한 모든 사람이 이 말에 박장대소했다.

"쉰일곱 명이라니요?"

"네 자손이지." 상원의원이 낄낄 웃으며 말했다.

"내 자손?"

"네가 뿌린 씨앗 아니냐."

엘리엇은 이것이 대단히 중요한 수수께끼라는 사실을 감지하고는, 자신의 병이 위중하다는 걸 드러낼 위험을 무릅쓰고 물었다. "무슨 말이죠?"

"로즈워터 군의 수많은 여자가 네가 아이 아빠라고 주장하잖니."

"다들 미쳤군요."

"물론이지."

엘리엇이 자리에서 일어나자 모두가 긴장했다. "이건…… 말도 안 돼요!"

"처음 듣는 얘기처럼 왜 그러느냐?" 상원의원은 불안한 눈초리로 브라운 박사를 힐끗 쳐다보았다.

엘리엇은 눈을 감았다. "죄송해요. 난…… 유독 이 문제는 백지장처럼 아무것도 기억나지 않아요."

"괜찮은 거냐, 아들아?"

"네." 엘리엇은 눈을 떴다. "괜찮아요. 내 기억에 작은 공백이 생겼나봅니다. 다시 채워주실 수 있죠? 어떻게 해서 그 많은 여자들이 그런 얘기를 하게 됐죠?"

매캘리스터가 말했다. "입증할 수는 없지만, 무샤리가 군 전체를 돌면서 사람들한테 뇌물을 주고 자네에 대해 나쁜 말을 해 달라고 부탁했다네. 아기 문제는 메리 무디부터 시작되었지. 어느 날 무샤리가 마을에 왔을 때, 그녀는 자네가 쌍둥이 폭스크로프트와 멜로디의 아버지라고 선언했다네. 그것이 발단이 되어 여자들 사이에 광적인 신드롬이 불어닥친 거지. 틀림없어."

킬고어 트라우트는 그 신드롬을 인정하고 고개를 끄덕였다.

"그래서 군 전체 여자들이 그렇게 주장하기 시작했다네, 아이 아버지가 자네라고 말일세. 적어도 절반은 진짜 그렇다고 믿는 것 같아. 계부가 임신시키고 감옥에 간 열다섯 살 여자아이도 그렇게 믿는다네. 지금 그 아이는 자네가 그랬다고 주장하고 있어."

"그건 사실이 아니에요!"

"물론이지, 엘리엇. 진정해라, 진정해. 무샤리는 법정에서 감히 그 말을 꺼내지 못할 거다. 그의 음모는 완전히 실패했을 뿐 아니라 걷잡을 수 없게 되었으니까. 그건 신드롬이 확실하기 때문에 어떤 판사도 귀담아듣지 않을 게다. 폭스크로프트와 멜로디의 혈액을 검사해보니, 네 자식이 아닌 게 분명하더군. 나머지 쉰여섯 명은 검사할 가치도 없어. 다들 지옥에나 가라지."

* * *

"뾰롱뾰롱 뾰로르."

엘리엇은 나무 위를 쳐다보았다. 그 순간 암흑 속에서 일어났던 모든 일이 기억났다. 버스기사와의 싸움, 구속복, 충격요법, 몇 번의 자살 시도, 테니스, 정신감정 공판에 대비한 전략 회의……

그리고 잃었던 기억이 세차게 분출하는 와중에 그가 품고 있던 해결책, 즉 모든 문제를 즉시, 멋지게, 올바르게 해결할 수 있는 방안이 다시 떠올랐다.

"여러분 모두 내가 정상이라고 맹세하실 수 있습니까?"

그들은 기꺼이 맹세했다.

"그리고 내가 아직도 재단의 이사장입니까? 아직도 재단 이름으로 수표를 쓸 수 있습니까?"

매캘리스터는 분명히 그렇다고 대답했다.

"잔액이 얼마죠?"

"자넨 지난 일 년 동안 거의 한 푼도 쓰지 않았어. 소송비용과 이곳의 입원비, 하버드에 보낸 삼십만 달러와 트라우트 씨에게 준 오만 달러가 전부라네."

"그래도 작년보다 올해 더 많이 썼소." 상원의원이 말했다. 사실이었다. 엘리엇이 로즈워터 군에서 썼던 운영비는 개인이 요양소에 머무는 비용보다 적었다.

매캘리스터는 잔액이 대략 삼백오십만 달러라고 말했다. 엘리엇은 펜과 수표를 달라고 했다. 그런 다음 사촌인 프레드 앞으로 백만 달러짜리 수표를 썼다.

상원의원과 매캘리스터는 펄쩍 뛰며, 이미 프레드에게 현찰을 제안했으나 변호사를 통해 거만하게 거절해왔다고 설명했다. "그놈들은 전부를 원해!" 상원의원이 말했다.

"그것 참 애석하군요, 그들은 이 수표를 받게 될 테니까요. 그 이상은 없어요."

"그건 법정에서 결정할 일이라네. 법정에서 어떻게 결정할지는 아무도 몰라. 아무도 모르는 일이야." 매캘리스터가 경고

했다.

"만일 나한테 자식이 있다면, 공판은 아무 의미가 없겠죠? 내가 정신이상이든 아니든 그 아이가 자동으로 재단을 상속받을 테니까요. 프레드는 촌수가 너무 멀어서 아무 자격도 없겠죠?"

"물론이지."

"아무리 그래도 로드아일랜드의 돼지에게 백만 달러는 너무 많아." 상원의원이 말했다.

"그럼 얼마로 할까요?"

"십만 달러면 충분해."

그래서 엘리엇은 백만 달러짜리 수표를 찢어버리고, 그 10분의 1에 해당하는 수표를 다시 썼다. 그런 다음 고개를 들자 놀랍고 두려운 눈초리들이, 그가 내뱉은 말의 의미가 수면 속으로 가라앉는 것을 걱정하며 그를 지켜보았다.

상원의원이 떨리는 목소리로 물었다. "엘리엇…… 지금 너한테 자식이 있다고 말하는 거냐?"

엘리엇이 그에게 성모마리아 같은 미소를 지었다. "네."

"어디 있느냐? 여자는 누구고?"

엘리엇은 조금만 참으라는 뜻으로 부드럽게 손짓했다. "잠시만 기다리세요."

"내가 할아버지가 되었구나!" 상원의원은 백발을 뒤로 젖히고 신에게 감사했다.

엘리엇이 말했다. "매캘리스터 씨, 내가 법률 관련 임무를 부여하면 그걸 수행할 의무가 있으시죠? 아버지나 다른 어떤 사람이 반대해도?"

"재단의 법률고문으로서, 당연하지."

"좋습니다. 이제 임무를 주겠습니다. 지금 즉시 로즈워터 군에서 내 자식이라고 주장하는 모든 아이가 혈액형에 상관없이 내 자식이라는 것을 법률로 인정하는 서류를 작성하시기 바랍니다. 그 모든 아이들에게 나의 아들딸로서 완전한 상속권을 부여하겠습니다."

"엘리엇!"

"이 순간부터 그 아이들의 성을 로즈워터로 바꾸게 하십시오. 그리고 아이들이 나중에 어떤 사람이 되든 이 아버지가 항상 사랑한다고 말해주십시오. 그리고 또……" 엘리엇은 잠시 말을 끊더니, 마치 마법의 지팡이라도 되는 양 테니스 라켓을 높이 치켜들고 말했다.

"이렇게 말해주십시오. 생육하고 번성하라."

커트 보니것 연보

1922년 11월 11일 인디애나 주 인디애나폴리스에서 커트 보니것 1세와 이디스 보니것의 아들로 태어나다.

1940년(18세) 쇼트리지 고등학교를 졸업하고, 코넬 대학 생화학과에 입학하다.

1942년(20세) 미군에 입대하다. 카네기 기술원과 테네시 대학에서 기계기술자 훈련을 받다.

1944년(22세) 5월, 어머니가 자살하다. 12월, 벌지전투에서 독일군에 포로로 잡히다.

1945년(23세) 독일 드레스덴으로 보내져 임산부용 비타민 생산 공장에서 일하다. 2월, 드레스덴 대공습에서 살아남아 소련군에 의해 구출되다(이 경험은 『제5도살장』의 주요 소재가 된다). 미국으로 돌아와 제인 마리 콕스와 결혼하다. 시카고 대학 인류학 석사과정에 등록하고, 〈시카고 시티뉴스 뷰로〉에서 경찰 출입 기자로 일하다.

1947년(25세) 아들 마크가 태어나다. 뉴욕 주 스케넥터디에서 제너럴 일렉트릭 사의 홍보 담당자로 일하다.

1949년(27세) 딸 이디스가 태어나다.

1950년(28세) 2월, 〈콜리어스〉 지에 첫 단편소설 「반하우스 효과에 관한 보고서」를 발표하다.

1951년(29세) 제너럴 일렉트릭 사를 그만두고 전업작가가 되고자 매사추세츠 주 프로빈스타운으로 옮겨가다.

1952년(30세) 첫 장편소설 『자동 피아노』를 출간하다.

1954년(32세) 둘째딸 나넷이 태어나다. 가족의 생계를 위해 호프필드 학교에서 영어교사로, 광고기획사에서 카피라이터로, 사브 자동차 영업사원으로 일하다.

1957년(35세) 10월 1일 아버지 커트 보니것 1세가 사망하다.

1958년(36세) 누나 부부가 사망하고, 세 명의 조카를 입양하다.

1959년(37세) 『타이탄의 미녀』를 출간하다.

1961년(39세) 단편소설집 『고양이 집의 카나리아』와 『마더 나이트』를 출간하다.

1963년(41세) 『고양이 요람』을 출간하다.

1965년(43세) 『신의 축복이 있기를, 로즈워터 씨』를 출간하다. 아이오와 대학 작가 워크숍에 출강하다.

1967년(45세) 구겐하임 기금을 받아 독일 드레스덴을 방문하다.

1968년(46세) 단편소설집 『원숭이 집에 오신 것을 환영합니다』를 출간하다.

1969년(47세) 『제5도살장』 출간으로 작가로서 명성을 얻다.

1970년(48세) 나이지리아 내전 때 비아프라를 여행하다. 하버드 대학에서 문예창작 강의를 하다. 희곡 「해피 버스데이 완다 준」을 쓰고, 뉴욕에서 상연되다.

1971년(49세) 시카고 대학에서 『고양이 요람』으로 석사학위를 받다. 아내와 결별하고 혼자 뉴욕으로 이사하다.

1972년(50세) 미국 PEN클럽 부회장으로, 전미예술가협회의 회원으로 선출되다. 『제5도살장』이 영화화되다. 아들 마크가 정신분열증을 앓다.

1973년(51세) 뉴욕 시립대학 영문학 명예교수로 임명되다. 인디애나 대학에서 명예 인문학 박사학위를 받다. 『챔피언들의 아침식사』를 출간하다.

1974년(52세) 호바트 앤 윌리엄 스미스 대학에서 명예 문학 박사학위를 받다. 에세이집 『웜피터, 포마와 그란팔룬』을 출간하다.

1975년(53세) 전미예술가협회의 부회장으로 선출되다. 아들 마크의 책 『에덴 익스프레스』가 출간되다.

1976년(54세) 『슬랩스틱』을 출간하다.

1977년(55세) 손자 재커리가 태어나다.

1979년(57세) 질 크레멘츠와 재혼하다. 『제일버드』를 출간하다.

1980년(58세) 소묘 작품 전시회를 열다. 크리스마스 이야기 그림

책 『해 달 별』을 출간하다.

1981년(59세) 에세이, 단편소설, 연설문 등을 모은 『성지 주일』을 출간하다.

1982년(60세) 딸 릴리가 태어나다. 『데드아이 딕』을 출간하다.

1984년(62세) 술에 수면제를 섞어 마시고 자살을 기도하다.

1985년(63세) 『갈라파고스』를 출간하다.

1987년(65세) 『푸른수염』을 출간하다.

1990년(68세) 『호커스 포커스』를 출간하다.

1991년(69세) 질 크레멘츠와 이혼 소송을 냈다가 철회하다. 에세이집 『죽음보다 나쁜 운명』을 출간하다.

1997년(75세) 마지막 소설 『타임 퀘이크』를 출간하고, 소설가로서 은퇴를 선언하다.

1999년(77세) 이전 단편집에서 빠진 단편들을 모아 『배곰보 코담뱃갑』을 출간하다. 『신의 축복이 있기를, 닥터 키보키언』을 출간하다.

2000년(78세) 집에 불이 나 연기 질식으로 입원 치료를 받다. 11월, 뉴욕 주 작가로 지명되다.

2005년(83세) 에세이집 『나라 없는 사람』을 출간, 베스트셀러가 되다.

2007년(85세) 4월 11일 맨해튼 자택에서 낙상으로 입은 치명적인 뇌 손상으로 사망하다.

2008년 미발표 원고들을 모은 유고집 『아마겟돈을 회상하며』가 출간되다.

2009년 미발표 단편소설을 묶은 소설집 『카메라를 보세요』가 출간되다.

옮긴이의 말

이 소설의 부제인 '돼지 목의 진주목걸이'는 "돼지에게 진주를 던지지 말라"는 성경 구절에서 온 말이다. 받을 자격이 없는 자에게 가치 있는 것을 줄 필요가 없다고 말할 때 우리는 이 신랄한 경구를 사용한다. 소설에서 진주목걸이는 돈, 그것도 값비싼 보석에 비유할 만큼 큰돈이다. 그렇다면 돼지는 누구일까? 다시 말해 막대한 돈을 가질 자격이 없는 자는 누구일까? 쉽게 생각하면 주인공의 먼 친척인, 가난과 자살 충동에 시달리는 프레드 로즈워터일 것이다. 그러나 소설은 답을 내리지 않는다. 독자인 우리에게 판단을 맡긴다. 따라서 돼지는 다른 사람일 수도 있다. 돼지는 주인공의 아버지인 상원의원일 수도 있고, 피스콴투잇의 부자들일 수도 있고, 악덕 변호사 노먼 무샤리일 수도 있고, 심지어 성인 같은 엘리엇 로즈워터일 수도 있고, 로즈워터 군에 사는 가난한 주민일 수도 있다. 우리는 누가 돼지인가보다는 누구를 돼지로 볼 것인가에 초점을 맞춰야 한다. 보니것답게 소설의 한구석에 작은 성찰을 숨겨놓았다.

후반까지도 소설은 미덕과 악덕, 부와 가난, 성인과 악인의 이분법을 유지한다. 그 때문에 이야기가 단순하기도 하고 가벼운 만화 같기도 하다는 인상을 받는다. 사실 작가의 다른 소설에 비해 이 작품은 절대 무겁지 않다. 전쟁과 살육, 도시 폭격과 대량학살 같은 무거운 이야기가 나오지 않는다(아주 잠깐 나온다). 소설의 주요 소재는 부와 가난, 보수주의와 박애주의, 돈과 노동과 인간 본성이다. 그러나 이 작품에는 걸작으로 평가받는 후반기 소설에 못지않은 유머와 재치가 가득하고, 작가 특유의 인간미가 짙게 배어 있다. 예를 들어, 작가는 "꿀벌 이야기에서 꿀이 빠질 수 없는 것처럼 사람 이야기에선 돈이 빠질 수 없는 노릇"이라는 말로 소설을 시작한다. 또 사마리안실조증이란 병은 "생물학적으로 대단히 성숙해 다른 사람을 사랑하고 그들을 돕고 싶어하는 극소수 사람만을 골라 공격하는 강력한 질병"이라고 너스레를 떤다. 주인공은 갓 태어난 아기에게 세례를 주면서 "제기랄, 착하게 살아야 한다"라고 축복한다. 어느 술집 화장실에는 이런 글이 붙어 있다. "우리는 당신의 재떨이에 오줌을 싸지 않습니다. 그러니 당신도 우리의 소변기에 담배를 버리지 말아주세요." 악덕 변호사의 스승은 제자에게 "훌륭한 조종사가 항상 착륙할 장소를 눈여겨보듯 변호사는 뭉칫돈이 막 손바꿈하려는 상황을 찾아야 한다"고 가르치고, 나이 많은 변호사는 "돈이란 건조시킨 유토피아라네"라고 말한다. (마르크스라면 "돈은 건조시킨 노동"이라고 하지 않았을까?) 재미있지만 씁쓸하고, 웃기지만 숙연하고, 만화 같으면서 철학적인, 거장 보니것의 멋진 소설이다.

2010년 2월

김한영

지은이 **커트 보니것**

미국 최고의 풍자가이자 소설가, 에세이스트. 1922년 11월 11일 인디애나폴리스에서 태어났고, 2007년 4월 11일 세상을 떠났다. 1952년 첫 장편 『자동 피아노』를 출간한 후 『신의 축복이 있기를, 로즈워터 씨』 『마더 나이트』 『제5도살장』 『챔피언들의 아침 식사』 등의 소설과 풍자적 산문집 『신의 축복이 있기를, 닥터 키보키언』을 발표했다. 1997년 『타임퀘이크』 발표 이후 소설가로서 은퇴를 선언했고, 회고록 『나라 없는 사람』을 남겼다.

옮긴이 **김한영**

서울대 미학과를 졸업하고 서울예대에서 문예창작을 공부했다. 현재 전문번역가로 활동중이다. 옮긴 책으로 『위대한 미국 소설』 『영혼의 박물관』 『나는 공산주의자와 결혼했다』 『신의 축복이 있기를, 닥터 키보키언』 『나라 없는 사람』 『마더 나이트』 『환각』 『낭만적 연애와 그 후의 일상』 『조지프 앤턴』(공역) 등 다수가 있다. 45회 한국출판문화상(번역 부문)을 수상했다.

문학동네 세계문학

신의 축복이 있기를, 로즈워터 씨

1판 1쇄 2010년 3월 5일 | 1판 6쇄 2020년 11월 17일

지은이 커트 보니것 | 옮긴이 김한영 | 펴낸이 염현숙
책임편집 류현영 | 편집 오영나 | 독자 모니터 양은희
디자인 윤종윤 이원경 | 저작권 한문숙 김지영 이영은
마케팅 정민호 이숙재 양서연 박지영 | 홍보 김희숙 김상만 지문희 김현지
제작 강신은 김동욱 임현식 | 제작처 영신사(인쇄) 경일제책사(제본)

펴낸곳 (주)문학동네
출판등록 1993년 10월 22일 제406-2003-000045호
주소 10881 경기도 파주시 회동길 210
전자우편 editor@munhak.com | 대표전화 031) 955-8888 | 팩스 031) 955-8855
문의전화 031) 955-3578(마케팅) 031) 955-2652(편집)
문학동네카페 http://cafe.naver.com/mhdn | 트위터 @munhakdongne
북클럽문학동네 http://bookclubmunhak.com

ISBN 978-89-546-0989-0 03840

잘못된 책은 구입하신 서점에서 교환해드립니다.
기타 교환 문의 031) 955-2661, 3580

www.munhak.com